神様（仮）のはた迷惑な寵愛

斎王ことり

Illustration
すらだまみ

イラスト／すらだまみ

神様（仮）のはた迷惑な寵愛

contents

gabriella

◆序章◆　淫らな妄想は姫を濡らす

「フフ、可愛《かわい》い姫だ……」

低く囁《ささや》くような声がメイリアの耳元にかかる。

微かに赤い光が見えるのはベッドの向こうに灯《とも》されているランプだろう。恐《こわ》がりなメイリアは侍女のメリーに頼んで夜中も灯《あか》りが消えないようにしてもらっている。

だから今も深い眠りから微かに浮きあがっている意識の中では、その灯りは部屋の灯りのはずだった。では背後から囁いている男の声は誰のものだろう?

メイリアはまだ沈んでいる意識の中でゆるゆると考える。

甘い低音。いつの間にか背後の人物はメイリアの身体を包みこむように抱き寄せている。

「ん……」

背中に、腕に、拘束してくる男の腕。その腕がメイリアの胸元にも延びてきて、指先が小さな顎《あご》に、首筋に絡みついてくる。腕の逞《たくま》しさからは想像もできないような繊細な指先。

柔らかく顎《あご》を撫《な》で首筋を撫で、胸元に下りてくる。夜着の中にもぐり込んでくる指は、白いメイリアの肌を撫でながら膨らみを揉《も》んでくる。

「あ……んぅッ」

「感じるのか？　乙女」

密やかでいて楽しんでいるような声。

「やめて……触らないで……」

「だがお前の身体はこの俺の身体にぴったりと合っている。そうだろう？　そしてこの肌は俺の体温を感じて燃えあがり始めている。違うか」

「そんなこと……ないです……」

メイリアは背後に寄り添う男に恐怖を感じていない。

それどころか、母に抱かれているようで心地よい。安心感さえ覚えている。

人肌の心地よさを教えてくれたのは母だったから、母以外では王女であるメイリアの身体を抱き締められるものはいない。

父である国王ですら、赤ん坊のとき以来、親として王女を抱くことはない。

（ダ……メ……、そんなところに息をかけたら……くすぐったいわ……）

「可愛い耳朶だ……食べてしまいたいくらいだ」

（だめよ……食べないで……）

「食・べ・て・いいか？」

ふっとささやかな吐息を耳朶に感じて身をすくめるも、男の腕はメイリアを放さない。それどころかもっと腕に力を強めてきて背中に感じる体温も強くなった。

「食べてやる……俺の血肉に……してやるからな……可愛い姫よ……」

「んあう……」

耳朶をぬらつくものが舐《な》め上げた。ぞくっとした甘酸っぱい肉欲がメイリアの肌を駆け抜け、身体の芯に染み込んでいく。唇に挟まれた耳朶が、温《ぬく》もりの中でねっとりとした舌先で舐められていくのを感じて、下肢を震わせた。

(この感覚は何……?)

ゾクゾクするのが止まらない。

身体の芯に蠢《うごめ》きはじめる紅炎《こうえん》。感じる甘い蜜の疼《うず》き。男の低い囁きは、蕩《とろ》けるように甘くメイリアの耳の奥に忍び込む。

「可愛い俺の乙女……この花弁はどれほどに甘いだろう……」

男の唇はメイリアの濡れた耳朶を挟み付けてきた。

「んんぅ……ッ」

指先はメイリアの夜着の中の胸の谷間に忍び込んで、二つの膨らみをいじり回してきている。

「あ、だ、め……」

耳を押さえようとした手を、胸元にずらして男の手を押さえ付ける。

(夢じゃない……?)

手に骨張った男の手を感じて、メイリアは改めて菫色《すみれいろ》の目を見開く。

ベッドの向こうに置かれているランプの灯りが、カーテン越しに薄ぼんやりと覗《のぞ》いている。

そして胸元にあるのはやはり男の手。指の長く、関節が綺麗《きれい》に浮きあがった青年の手だ。

「あ……あ……ッ！　あなた……だ、れ……」

唇が塞がれた。

「んん……ッ」

「あまり……大きな声を上げるな。俺だけに聞かせろ」

低い声で囁かれれば、肌がざわめく。

ランプの灯りにベッドを囲む天蓋《てんがい》のカーテンが燃えあがるような色に見えている。

「熱い……わ」

男の指が触れている肌が色づくように熱い。湿った熱を放つ白い肌が、ぼうっと輝いているかのようだ。

「あ……」

男の指が白い乳房の天辺《てっぺん》の桃色の乳輪をなぞってくる。

その柔らかな部分が男の指に触れられるたび尖《とが》って立ちあがっていく。

「あ、だめ……」

ぞくっとした寒気のような禁断の感覚がメイリアを襲う。そこだけ、自分の身体の中で唯一感覚が残されているような、そのほかの部分はすべて蝋人形《ろうにんぎょう》にでもなったかのような不思議な感覚。彼の手に触れられてドクドクと血脈が音を立てる。

メイリアの心の中も、そして胎内深くの女性の部分も淫らな液体を泡立てていく。

（何……これ……これは……な、に……）

引き締まった肉体がメイリアを背後から抱きすくめ、片手は胸元に、もう片手は夜着の裾を捲《まく》り上《あ》げながらメイリアの足の付け根にもぐり込んでいる。

「んあ……ぅ！」

恥丘をまさぐられてメイリアは身体を激しく揺らした。だが男の腕は離れない。

「動いちゃだめだ。指が、もっと奥に……入っていいのか？　そのほうが気持ちいいか？」

二つの花弁のあいだに、男の手がいつの間にかあてがわれている。

「あん……」

指が花弁を爪の先でなぞり、少しずつ奥にもぐり込んでいくのを、メイリアはそこをひくひく喘《あえ》がせながら受け入れるしかない。濡れた粘膜の内側に指が忍び込んだ。

「あ……ッ」

中をなぞられながら小さな突起が男の指に触れている。

「だ、め……ああ……」

そこが甘酸っぱい果実にでもなったように感じてメイリアは悶《もだ》える。

足にぎゅっと力を込めて内股を合わせる。だがそれは男の手をそこにしっかりと固定してしまったことにもなって、彼は笑みを含んだ声で囁いた。

「ふ！　気持ちいいのか？　俺の指が……俺の指をおまえは欲しているのだな」

「ち、ちが……」

ツンと尖った小さな雌しべは、男の指先に捉えられて先端をつままれている、その指先は次第にそれを苛《いじ》めるようにきつくつまんで、下から上にしごき始める。

「あ、や……んぅ、やめ……て……」

「気持ちいいくせに」

囁かれて、メイリアは息を呑《の》む。その言葉の代わりに、ドクン！　と、何かがメイリアの膣《ちつ》口から答えのように吐きだされた。蜜だ。

「これは極上の蜜が絡まりついてきた……答えだな？」

「んぅ……」

下腹部が重くて、中が渦巻いているのをメイリアはどうしようもなく感じている。

そうしてつまみながらくちゅくちゅとねじるようにして、男は笑った。

「可愛いな。こんなに小さな芽なのに……女の柔らかさがある……」

中から突き回すようにされて、芽芯は男の玩具《おもちゃ》のようにされている。

そしてもう片手でメイリアの乳房を二つ、寄せるようにして押さえつけ、片手でメイリアの乳首を一片に押し付け、つまみ上げながら、掌《てのひら》で回すようにして乳首を苛めてくる。

「あ……や……ああ……」

「気持ちいいくせに」

笑みを含んで得意げに囁く男にメイリアは怒りをみせなくてはいけないと決断した。

これが夢であってもなくても、王女の寝室に男が忍び込むなど許されないことだ。

それ以上に、陵辱まがいの愛撫《あいぶ》や口づけをくり返してくるなんて、屈辱だ。

（私が王族の中で高貴な色を持っていないから馬鹿にされているの？　お姉様や妹のように綺麗じゃなくて、男性が見向きもしないから、誰かが冗談半分にこんなこと？　それとも……）

メイリアのコンプレックスが男性に愛される喜びを夢で実現させているのだろうか。それとも本物の男が忍び込んでも内気で引き籠もりの彼女なら大丈夫だと思われたのか。それなら実際大声で助けを呼ばないメイリアが、この男の行為を増長させたのかもしれない。

（だって悔しいけれど、自分にこれほど優しく触れてくる異性が、この世にいるなんて思わなかった）

だから彼の手が胸元で淫らに動き、乳首を突いてくるたび、身体の中は欲情する。

頬《ほお》は羞恥心で熱くなる。

「お前は綺麗で、そして可愛い。俺が探し求めてきた娘だ。ああ、可愛すぎてすべてを食らいつくしてしまいたいぞ」

そんな風に囁かれると、胸がどきどきしてしまう。

彼はメイリアの鎖骨を唇で咥《くわ》えながら、次第に顔をずらして今は左の乳首を咥えている。

「ん、はあ……ぁッ！」

快楽と、ちりちりした痛みの狭間《はざま》でメイリアはのけぞって喘ぐ。

「娘よ……俺のものになれ……俺だけのものに……なるのだ。〝神の乙女〟に……」

乳首を大きな掌が包みこみ、掌で転がしてくる。

もう片手では、足のあいだに差し入れた指先で女陰の谷間を何度も優しくなぞりつけている。

芽芯はそのたび煽《あお》られ擦られて、敏感にされている。

「可愛いぞ……とてもとても美しい。舐め尽くしてしまいたくなるほど……綺麗な肌だ。綺麗な髪だ。菫色《すみれいろ》の瞳も、そしてこの赤い唇も……すべて俺のものだ……」

張りのある白い乳房を愛撫していた指先が、つと持ちあがってメイリアの顎を捉える。そして後方にねじるように振り向かせてきた。

男の顔を確かめる機会。なのに、いざとなると気恥ずかしくて視線を男からずらしてしまう。

そんな隙をついたのか男がやおら覆《おお》いかぶさって、メイリアの唇に唇を重ねてきた。

「ン、ぅんっ……」

ただ、息苦しくて息苦しくて、胸がどくどくと高鳴っていく。

目を開けてみれば、男の肌。高い鼻筋。その鼻筋の向こうに覗く青い瞳と伏せられた瞼《まぶた》を彩る長い睫《まつげ》がぼうっとした視界に見えた。

（こんなに綺麗な男の人がいるの……）

浅黒い肌。黒々と濡れたような黒髪は彼の逞しい首筋にまで絡み、長髪のようだ。

熱い唇がメイリアの唇をすっぽり包みこんでいる。そしてふっと吐息をつきながら、男の唇から舌が覗く。ぺろりとメイリアの赤い唇を舐めて、割り込むように皓歯《こうし》を舐める。

彼の顔がメイリアの唇から少しだけ距離をとると、ランプの灯りが彼の顔立ちをくっきりと浮きあがらせた。

（なんて……整った顔立ちなの……）

教会にある、アラバスタの彫像のようにしっかりとした彫りのある容貌《かお》。どこか異国の神様のようだった。

「あ……なたは……誰……」

「私か？　私は……お前が求めてきたもの。そしてお前を求め続けていた、絶対神《ぜったいしん》だ」

（神……？）

冗談だろうか。そう聞こえた。

メイリアは暗がりの中、身体を犯している相手を見定めようとする。

大きな影がのしかかっている。とても大きく、見たこともないような翼がある影。

（翼……？　天使なの……？）

メイリアの目に、悪魔か天使しか持つことはないだろうというしなやかな翼が大きく開く。

そしてどこからか、不思議なリズムが聞こえてくる。

『リ・ランディア。ル・リンディア……。ルルルル。天地を造りし神はおわす……天に大地に……万物の力を持つリ・ランディアの神……。白き翼……長き鼻……すべての声を聞く耳に、幾千本もの手足をもちて……ふるいたまう。世界の願いを叶《かな》えたまう……。人々に恐れなす悪鬼を倒す恐ろしき眼は……闇夜に浮かぶ三日月のごとく……吐息は白金、豪華なり……リ・ランディア……ル・リンディア……求める乙女はまるで奇跡。陽《ひ》の髪を広げ、菫《すみれ》のごとき双眸《そうぼう》で神を見つめる……フィンランディア……人々は神に捧《ささ》げる乙女を探す……』

天から降ってくるような声。重なり合うその声は不思議な音階でメイリアの耳に、肌に絡みつき、ぼうっとなって意識を手放したくなってくる。

男の口づけは激しくて、水音を立てて吸い上げては離し、また粘膜を舐め上げてくる。息がつまった。唇を開いたまま喉がひくつく。

「ん、くるし……」

男の異様な影がのしかかってきて、メイリアの鼻も、唇も何もかもすべて塞ぎ尽くす。

「んんぅ」

「メイリア様！」

（息をして。息をして。大丈夫……）

自ら呼吸を止めていたのだと思ったときには、メイリアは名前を呼ばれていることに気づく。

「――メイ……リア……メイリア様……」

（あ……）

「メイリア様ったら……いつまでおやすみですか？」

はっとして目を開ける。今まで夜中だと思っていたのに、薄暗い室内の奥のほうでは鎧戸《よろいど》の隙間から微かな光が溢《あふ》れている。

「あ……メリー……」

名前を呼んでいたのは、今し方部屋に入ってきたらしい侍女のメリーのようだ。

◆第一章◆　引き籠もりの王女様

メリーはつぎつぎと寝室の鎧戸《よろいど》を開け、レースの白いカーテンが光に揺れる。

「全部……夢……だったのかしら。夢にしては……生々しかったけれど……」

メイリアはもそもそと毛布の中から身を起こす。

まだランプの灯りは灯っていたけれど、もう朝日の光に負けている。

ベッドまわりに垂れているカーテンもいつも通り、メイリアの背後にいた男の姿など当然ながらどこにもない。けれど、どことなく異国風の大地をかける風のようないつものメイリアの香りではないものを強く感じた。

「この香りは……白檀《びゃくだん》？　それとも……乳香……？」

「あら、白檀が香りますか？　もしかしたらお客様の香水ではないですか？　今は色々な国の王族がいらしてますから」

メリーはコルセットやパニエ、キャミソールや靴下や、そういった細々としたものすべてを恭《うやうや》しくトレイに載せてベッド脇に持ってくる。

「さあ、お着替えをお早く」

「もうそんな時間？」

「ええ。いつもより丹念に身支度をしなくてはなりませんもの。遅いくらいです。ですからお早くおやすみになるように昨晩申しましたのに。また読書してらしたのですね？」

枕の脇に開いたまま置いてあった、大きな古い書物を見てメリーが呆《あき》れたように言う。

それは臙脂色《えんじいろ》の革張りの大きな本で、表紙にも背表紙にもたいへん豪華な金箔装飾が施されている。暗がりでもどこにあるのかひと目でわかるほどの輝きだ。

中には異国の言葉で綴《つづ》られた国造りの神話がびっしりと書かれている。文字のないところは、その国の神話の絵が繊細に描かれた、手彩色が施されている手描きの書物だ。

幼い頃はただ絵を眺めるだけで愉《たの》しかったメイリアだったが、成長するにつれ、その異国の言葉を少しずつ学んで読めるようになっていた。

「こんなに大きな本をベッドで開いたままでは、おやすみになりにくいでしょうに。お顔にあとがついていますよ」

メリーは書物を手早く閉じて、パンと軽く叩《たた》くとチェストの上へと持っていく。

「あ……それ」

メイリアにとってその書物は特別大切なものだ。

母が懐かしくなったときや、自分の容姿のことで落ち込んだときなど、寂しいときや辛いときには、いつもその本の絵画を見つめては心を静めて慰めている。

「ベッドメイクをしましたら、ちゃんとまたベッドの上に置いておきますわ。メイリア様の大切な本で、亡き王妃様も気に入っていらした書物ですもの。わかっておりますとも」

メイリアが幼い頃から世話係としてそばに置かれていたメリーは、メイリアにとって姉と同じような存在だ。メイリアが八歳の頃に亡くした母の代わりでもある。

「それより、今日もコルセットをつけるの？　豪華なドレスを今日も着るの？」

「当然です。お父上様から言いつかっております。当面、王宮にはお客様が大勢いらしているのですから『〝引き籠もり姫〟であってもコルセットをつけるように』と」

メリーはメイリアに淡いピンク色のコルセットをあてがい背後から締め付け始める。

「そ、そんなに……きつくしては……痛いわ……」

「何をおっしゃっているんですか。いつも通りですよ」

メリーは鏡越しに答えながらも、足を踏ん張り、両手をぐいぐいとつかって締め上げる。

侍女たちの手つきは慣れたもので、メイリアのコルセットを絞り上げると、次には凝った王女の正装ドレスの金ボタンやレースのリボンを結んでいる。

ローブデコルテをはめようとした侍女をメイリアは止めた。

「ローブデコルテもつけているようにと国王様のお達しです」

「でも、ずっと手袋をしていては本が読みにくいわ。私すぐに外してしまうわよ？　それにどうせ私は今日の昼食会にも出ないわ。晩餐会《ばんさんかい》や舞踏会にも」

「そうなのですか？　ですが、今夜だけは王女様全員揃《そろ》って出席するようにと国王様がお言いつけになったと伺《うかが》っておりますわ」

「〝王女全員〟と言ってもジェイン姉様とファウリンのことでしょう。私は別。お父様も昔はともかく、今では私にそんな無理はおっしゃらないわ。むしろ大勢の客人の前で私のような地味な娘にいてほしくないでしょう」

「ですが国王陛下の命令は絶対ですし……」

格下の侍女たちはメリーの顔を見て指示を待っている。

「メイリア様。いくら引き籠もりで人恐怖症でも、正装はなさっていてください。正装で客人を迎え接待するのは王女様の務めですので」

「――わかったわ……部屋からは出ないけど」

メイリアは人嫌いではないものの、人に姿を見られることは嫌いだった。

イグリス国王族の証《あかし》といわれている黄金の髪をメイリアは持っていない。あるのは赤みがかったストロベリーブロンドだ。そしてイグリス国の民族において最も高貴な瞳の色とされる青い目もメイリアは持ってはいなかった。

メイリアの目は菫《すみれ》色だ。

四人の姉たちも妹のファウリンも、それは美しい青い瞳をして黄金の髪を腰までうねらせているというのに、五番目の王女のメイリア王女は赤に近い髪色と紫の目だ。

王家の中ではそれは高貴の色とは言いがたく、メイリアの容姿は娘たちを政略結婚させることで国力を強める戦略をとっている王にとっては落胆させるものなのだ。

「メイリア様は年々美しくおなりです。さあ、俯《うつむ》いていないで。髪も結い上げませんと」

「髪は……下ろしたままでいいわ。時間をかけて結い上げてもらっても無駄だから」

メイリアには、父王が客の接待を命じてくることはないだろうとわかっている。男性の興味や視線は、いつも姉たちや妹のファウリンに向かうことも。

(私も……男性には興味ないもの。私はあのリランディア国の神様のことがわかればそれで……。あの国が本当にあるのなら、一度行ってみたいわ。海の向こうの国らしいけれど)

そしてメイリアは、夢の中で触れられた唇と胸の天辺に、布が擦れて飛びあがった。

(それよりあの夢の中の人は……誰？　知らない人だと思うけれど)

メイリアは夢の中の男のことが気になって仕方がない。

(あんなに綺麗な人、会っていたら覚えているわ。神様が見せてくれた予知夢？)

メイリアは容姿にコンプレックスがあってあまり社交の場には出ていない。そんなメイリアが殿方と出会うことはほとんどないし、舞踏会で殿方に誘われることもほとんどなかった。だから、〝会ったことがない〟というメイリアの記憶は確かなはずだ。

『可愛い娘。なんて綺麗なんだ……』

あんな言葉、八歳のときに亡くなった母親にしか言われたことがない。

異性にあんなに甘く触れられたことも一度もない。なのに、あの感触は夢だとは思えないほどはっきりと、メイリアの身体に刻まれている。

「――――様……メイリア様？　大丈夫ですか？　お具合でも悪うございますか？」

「え？」

メリーに覗き込まれるようにされて、メイリアははっとして現実の室内に視線を戻す。

「昨日は久しぶりに大広間で迎えの宴《うたげ》に参列されましたし、お疲れでしょう。これほど大がかりな狩りのウイークは今までないですから。王陛下も本当に大勢の客人を招いて……」

「いいえ、大丈夫よ。参列したくらいで疲れたりしてないわ」

「王宮にこれほど多くの異国の方々が集うのも久しぶりですし、メイリア様は特に気疲れしますでしょう。それで今朝も遅くまでおやすみだったのかと思っていましたわ」

「お父様の念願だった〝狩りの苑《えん》〟が完成して、様々な国の王侯貴族を招待したんですもの。賑《にぎ》やかなのもしかたないわ」

メイリアの部屋のある棟から繋《つな》がる庭園や向かいの別棟から、賑やかな舞踏の音楽や酒を飲んでの夜会の賑わいがメイリアの部屋の中にまで届いた。知らない国の言葉が響き、女性たちの楽しそうな笑い声が聞こえてきていた。

「メイリア様がもう少しお酒をたしなまれて、お喋《しゃべ》りが得意でしたら王陛下もそういう場にもっと出るようにおっしゃるのでしょうけど」

メリーがメイリアのドレスを着せ替えながら、柔らかな物腰で話し掛けてくる。

「私……強いお酒は頭痛がするから無理だわ。お喋りも……得意じゃないし」

「ええ。わかっておりますとも。メイリア様はそれでよろしいですわ。お喋りが得意なファウリン様やお姉様方が今回のイベントでもメイリア様の分も頑張っていらっしゃいますし」

メリーには悪気はないのだろう。むしろメイリアを励まそうとして言ってくれた言葉だ。でも、メイリアは妹のファウリンの名前を聞いてまた落ち込んでしまう。

「ああ、ちょうどあそこにいらっしゃるわ」

他の侍女たちは恭しく頭を下げて退出。それを見送ったメリーが窓に寄ってカーテンを小さく開ける。窓の外の庭園で男性たちに囲まれて、楽しそうな若魚のように飛び跳ねながら、ドレスの裾を翻《ひるがえ》しているのはメイリアの二つ年下の妹、ファウリンだ。

輝く黄金の縦ロール。強いピンクのドレスはたっぷりとしたローズロココ。フリルとレースが彼女の細い二の腕で舞っている。天鵞絨のドレスは薔薇《ばら》のつぼみのよう。

小さな足が楽しげに芝を蹴り、彼女の姿は花咲く庭園に遊ぶ蝶《ちょう》のように見える。

（ファウリン……私にはないものを全部持っているわ……）

メイリアは六人いる王女の中で一人だけ目立たない存在。王家の品格を生まれつき失っている存在価値の低い王女。

暗い眼差《まなざ》しで妹を見ていたメイリアがカーテンを下ろそうとしたとき、ファウリンたちの向こうに不思議な一行が横切るのが見えた。

豪華な繻子《しゅす》の房が彩る大きな黄金のパラソル。そのパラソルをさした下僕にかしずかれたターバンの男たち。白いターバン、白い裾の長いチュニック。その上にベストと金刺繍《ししゅう》の眩《まばゆ》い上着を纏《まと》った異国の服装。

そしてメイリアは、その一行の中に驚くべき姿を見た。

あの夢の中の美麗な男がそこにいる。

遠目ではっきりとわからないというのに、なぜかその男がそうだという気がしてならない。

「メイリア様？　どうされました？」

メイリアが窓を開き、身を乗り出してまで外の景色に夢中なのを見てメリーが慌てて身体を押さえにかかっている。

「メイリア様。危のうございます。どうか中へ！」

「メリー。教えて。あの白いターバンを頭に巻いている一行はどちらの国の方々なの？」


『リ・ランディア。ル・リンディア……』


メイリアの頭の中にあの独特の節回しの詩が流れてきている。

「ああ、あれは確か南東の……黄金の国の王陛下ですわ。リランディア国の王と王子ですね」

さきほど出て行った侍女のひとりが紅茶を淹《い》れて持ってきてそう口を添える。

「リランディア国の？　本当に〝リランディア国〟なの？　今、そう言った？」

「リランディア国といえば、メイリア様がいつも大切にベッド脇に置いているあの書物がその国のものでしたよね？　その国の神話が書かれているとか」

メリーは、ナイトテーブルの上に開かれたままの〝リランディア国神話〟の書物があるのを一瞥《いちべつ》してからメイリアにまた視線を戻す。

あのターバンを巻いた男性陣たちの中で粛々《しゅくしゅく》と進む中の一人。

黒髪に白いターバンで巻いた青年。チュニックのような、キトンと呼ばれるくるぶし丈のドレスのような衣を纏い、腰を二重に黄金のベルトで巻いている。その上に極彩色で被《おお》われた美しいマント、ヒマティオンを纏《まと》った青年。

彼の周囲だけ、鮮明な景色が揺らぐほどその人物だけ浮きあがっている。

(あの人は……夢の人？　私を〝美しい〟と〝可愛い〟と言ってくれた夢の人？)

幻だろうか。気のせいだろうか。何となく、あの夢の人物と衣装が似通っているから、そんなふうに思い込んでいるだけかもしれない。

だって、夢で見た見知らぬ人が同じ日に、目の前に現れるなんて、普通ならあり得ない。

「メイリア様」

声をきつくかけられて、メイリアははっとした。

視線を遙《はる》か彼方の庭園から戻した途端、腰を押さえられて部屋の中に引きずり込まれる。

「あ？　きゃ。ちょっと待って……な、何を……？」

「『何を？』と言いたいのは私ですわ。メイリア様、窓から落ちるおつもりですか？　それとも飛び降りるおつもりでしたか？」

メリーがメイリアの身体を抱き締めたまま、怒ったように眉を吊《つ》り上げている。

「飛び降りるなんてこと、するわけはないわ……」

ここは王宮の三階の部屋だ。落ちたらまず死んでしまうだろう。

「ではそのように腰まで身を乗り出す危険な行為はおやめください」

ここから落ちたら怪我《けが》どころでないのはメイリアも十分承知している。

「ごめんなさい……私、つい……」

「どうされたというのですか？　お知り合いでも？　それとも〝あの国〟の方が来国したから乗り出したのですか？」

メリーはほぼ言い当てている。

「だって、あの〝リランディア国神話〟の書物の国リランディアから国王が来ているなんて……」

「〝黄金と宝石の国〟ですわよね？　距離ではそれほど遠くはないものの、海流の激しい海峡を挟んでいるせいで、西洋の列国が過去何度か征服しようとしてすべて失敗に終わった対岸の国。様々な獣神に護《まも》られた神国だと言われていますわ。攻めようとしても上陸するどころか海神にたたられて、大嵐で軍船はすべて沈められてしまったとか。それ以降どの国も、あのリランディア国には手出ししなくなったとか」

メリーはかつての戦《いくさ》の話をメイリアにしながら、窓をしっかりと閉め切っている。

「王が長年友好関係を結びたいと連絡を取り、かの国を来訪して今回やっと口説き落としたようですわ。メイリア様。あの神話の国の王にお近づきになりたいのでしたら、今宵《こよい》の晩餐会に参加なさればよろしいのに。今は毎晩大広間で豪華な晩餐会が開かれておりますわ。毎日参加されていればご挨拶も叶いましょうに」

「ええ、でも……私が晩餐会に参加するなんて、それは無理だわ」

「無理だなんてことありませんわ。ファウリン様もすぐ上のお姉様、ジェイン様も毎晩出席されています。国王陛下もメイリア様が参加なされればお喜びになるでしょうに」

「お父様が喜ぶなんてこと絶対ないわ。国賓の方々を迎える祝賀パーティーの参列もやっと許されたのですもの。それも今王宮にいる王女全員が出席するのに、私一人だけ欠けるのはみっともないと言う理由で」

「メイリア様ったら……そんなことありませんから」

メリーは困惑した表情に、無理に作り笑顔を浮かべてメイリアの肩をそっと撫でる。

「お父様は私のことが恥ずかしいの。王族の王女として高貴な色を一つも持っていないから」

「恥ずかしいなんてことございませんわ。メイリア様は国王陛下に一番似ていらっしゃいます。紫の目も、ストロベリーブロンドも。可愛くないはずなんてありませんわ」

（それが一番問題なの。女にはその色は求められていないのだもの……）

メイリアには父が自分を疎《うと》んでいることがよくわかっている。

メイリア自身も物心ついた頃から自分の容姿はとても大きなコンプレックスだ。

黄金の髪、純白の肌。すんなりとした手足。ふくよかな胸。澄んだ水色の瞳、または緑の瞳。

それが、冬は厚い氷と雪に閉ざされ、春と夏は陽射《ひざ》しに包まれ、秋は豊かな実りに歓喜する大陸に君臨するイグリス王国の国民の女性の特徴。

男性も同じように白い肌に金色の髪が多いものの、髪色はブルネットから栗色《くりいろ》、様々。

ただ、女性に限り、美しさの基準は黄金の髪に青い瞳だ。そして王侯貴族であればなお、それが最上級の美の賛辞となる。

王家の王妃はみな黄金の髪であり、青い瞳。だから生まれる姫君もほとんどがその遺伝を受け継ぐことになる。

『メイリアはね、一番賢い子……一番愛《いと》おしい子……一番……優しい子……』

そう言って愛してくれていた母が八つのときに亡くなり、鏡を見ることが辛《つら》くなった。

父王と同じような赤みがかった金の髪はくるくるとうねり、うねるどころかコイルのように縦に渦巻いている。

ころんとした円《つぶ》らな瞳は、やはり母ではなく父親譲りの紫の色。

（どうして、私だけ髪色も瞳の色もお父様とそっくりなの……）

父も最愛の王妃ではなく自分の目と髪色を継いだメイリアを、王女たちの中では最も格下として見ているようだった。だからメイリアはずっと〝王族の容姿〟を持ち、美しくて才知に長《た》ける姉たちや、利発で可愛らしい妹に引け目を感じていた。


「お姉様……！　もう、何をしているの」

二歳年下とは思えない、しっかりとしたファウリンは、晩餐会の席にもおどおどしてなかなか会場に入ってこないメイリアを見つけて、駆け寄ってくる。

駆け寄ってくるなどという淑女には許されない行動をしても、まだ誰もが大目に見るのは十三歳の可愛らしいファウリンだからだ。

「ファウリン……いいのに……」

彼女が側に来て、そして大食堂に誘えばかえってメイリアは注目を引いてしまう。

年上の姉なのに、ファウリンと並べば彼女の引き立て役になってしまうことはわかっている。

だがファウリンはそんなことを姉が考えているなどと思ってもいないのだろう。無邪気にメイリアの手を引いて自分の席の隣へと押しやった。

ボーイが椅子を引いて、そこにできるだけしとやかに座る。

メイリアは周囲の人々の顔などろくに見られず、膝の上に置かれたナプキンと、シャンデリアの輝きを受けて眩《まばゆ》いばかりの銀食器の数々を見ている。

ボーイたちが、前菜を運んできて各皿に盛り付けている。

「お姉様」

隣のファウリンが、テーブルの陰に隠れながら、こっそりとメイリアの肩を突いてくる。

「ほら」

メイリアの席にもボーイが前菜のゼリーよせを運んできて、その上にジュレをかけている最中だった。だから、〝ほら〟と言われて、さりげなくそのほうを上目遣いに見る。

「あ」

ファウリンが指していたのは、目にも鮮やかなロイヤルブルーの上衣を纏った青年だった。

髪に特殊な白い絹のターバンを巻いていて、その装束からしても目立っている。

西洋の人ではないのだろう。少し褐色の肌に、凛々《りり》しい眉、黒髪が額に溢れ、少し後ろ髪も

覗いている。

そして彼は、つがれたワインを金彩の施されたグラスで飲みながら、隣に座る同じような衣装の男性と話している。

年配の男性はその威風堂々たるたたずまいから王の地位にあるものではないかと推測される。となると隣の人はその親族か、大臣か。いずれにしてもとても若くてとても美貌な青年だ。

メイリアが目を奪われるほど、彼の姿は鮮やかで、その切れ長の瞳も、艶《つや》やかな髪も、ずっと見ていたいと思うほど。

メイリアが声もなく見とれていたのをファウリンも気づいただろう。

小さく笑みを唇に載せて、彼女は囁く。

「お姉様、ほら。あの方なのよ。リランディアの……王子様。とてもハンサムでしょう？」

その青年が、リランディアの王子だろうというのは、なんとなくわかっていた。窓から遠目に見た印象と違っていない。髪にターバンを巻いているのは、書物の挿絵によくあった。

メイリアにしてみれば、そのターバンは食事時には帽子を外すこの西洋で、かなり目立って見えるのだけれど、彼は気にする様子もなく西洋貴族たちの中に交じって柔らかく笑みを覗かせている。

男らしく太い眉。

長い指先でフォークやナイフを綺麗な所作で皿の上に踊らせている。

彼の手首が覗けばそれだけで見とれるほどセクシーだったし、胸元は他の貴族とは違って幾分ラフに開いているハイカラーだから、喉元が覗くのもとても男らしくて精悍《せいかん》だ。

きっと背も高いだろう。

メイリアがずっと見とれていたのに気づいたか、彼が突然こちらに視線を向けてきた。

「あ」

見たこともない深いコバルトブルーの瞳が、輝く。

メイリアは急いで目を伏せて、何も見ていなかったかのように目の前の料理に向かう。外側のフォークとナイフを手にとると食事を始めた。

彼はまだ自分を見ているだろうか。それとも、自分の隣のファウリンを見ているだろうか。

ファウリンにはどんな男性も虜《とりこ》になるから、きっとこちらを見ているとしてもファウリンを見ているだろう。

そう思うと、食事をしながら気分が次第に落ち込んでくる。

目の前の鮮やかな赤鯛のソテーにも目が入らない。グリーンのサラダもまるで味気なく、ファウリンは勝手に最悪な晩餐会を送ってしまった。


その夜は周囲に満ちている人の嬌声《きょうせい》や賑やかな笑い声に寝付けずにいた。自分とは無縁の享楽にメイリアは部屋の中で悶々《もんもん》としている。

（今夜もとても騒がしいのね……）

賑やかな音楽、騒々しい笑い声。メイリアはとうとう、一度入ったベッドから起き上がる。

ドレスに着替え、ナイトテーブルの上に灯っていたランプを手にして、離れの王宮図書館に向かうことにした。新しい読み物をとりに行く目的もあったが、図書館に行く間には中庭を通りながら王宮のテラスが観察できる。

人々の戯《たわむ》れを外からこっそりと眺めることは嫌いじゃない。

図書館に行くまでに階段を下り、そして中庭を挟んだ回廊を行くことになる。その回廊沿いの庭園には夜中も灯りが灯っている。人々は大勢夜の散歩を楽しんでいるだろうし、茂みの陰で語り合う恋人たちもいるかもしれない。

中に入ろうとして扉を開けたとき、ランプの中の炎が消えた。

一人きりでいる暗闇はいつもならとても怖いと思うのに、周囲に人のざわめきが感じられるからか、不思議と恐怖を感じなかった。王宮図書館はいつも通い慣れた場所であり、自分のテリトリーであると感じているせいもあるからだろう。

マッチを取り出して火付け石を擦り、もう一度炎を灯そうとする。

ようやくマッチの先に炎が灯り、それをランプの芯につけると、周囲はぼうっと照らされた。

ほっとして立ちあがり、足を進めようとしたとき、どこかで唸《うな》り声《ごえ》がする。

ランプをかざして周囲を見渡せば、数歩先の床に黒いものが横たわっている。

「あ」

前方の大きな白い扉の横に、壁からずり落ちるようにしながら人が倒れこんでいた。

「大変……」

メイリアは急いでかけより、その人物の前にしゃがみ込む。

足先まで被うたっぷりとした白い衣を纏っているが、男のようだ。

「あの、大丈夫……ですか？」

そっと男の腕に触れ、顔にかかって表情を隠している黒髪を指先で上げる。

「――あ……」

メイリアは彼の髪の下に現れた顔や、ランプに浮かびあがった喉元、そして指先が普通の状態ではないことに気がついて息を呑んだ。

綺麗な額。綺麗な輪郭。高い鼻筋。それはすぐにわかったのに、彼の表情はまったくわからない、それは彼の顔が、白い包帯で包まれていたからだ。

片方の目元が覆われ、額も覆われ、顎も覆われて首にまで厳重に包帯は巻かれている。

思わずランプを取り落とし、ホヤにヒビが入る。メイリアは、その男性に視線を釘付《くぎづ》けにしながらも慌ててランプを立て直した。

厚めの色っぽい唇が微《かす》かに動いた。

「――驚かせたか……大……丈夫だ」

「でも……、あの、誰か呼びましょうか」

その人物が胸元にあてがっていた腕がだらりとメイリアのほうへと落ちる。

よく見ると手にも、腕にも包帯がぐるぐるに巻かれている。

「あ……」

そういう人を書物で見たことがあった。

そう、ミイラ。エジプトのミイラがこんなふうに全身に包帯を巻き付けて棺に横たえられていた。

その姿に留《とど》められる理由も、過程もメイリアは詳しくは知っていない。ただ、その国の高貴な人物がそういう処置を受けることが多いということを知っていたから、この人物もそうなのだろうか、と純粋に思う。

（でも、あれは死者を弔うときに、肉体を保存するため……だった気がするわ。この人は生きているし……）

包帯を、ここまで全身に巻き付けている人を初めて見てメイリアは驚いて声も出ない。

「あの、大丈夫ですか？　ここで怪我《けが》をされたのですか？」

そうとしか思えない。全身だなんてよほどの大怪我に違いない。メイリアは彼を助け起こそうとしたが、包帯の巻かれた腕に触れるだけでその人物が痛みに肌を震わせているのを見て、医者を呼んだほうがいいと判断する。

「待っていてください。今お医者様を呼んできますから」

彼の肩に自分のショールをかけてやると、メイリアは立ちあがった。

だが男の手がメイリアの手首を掴《つか》んで、引き寄せてくる。

「だめだ……」

低く響く、とてもいい声。だが痛みからかどことなく引きつった声でもある。

メイリアは困惑して、また彼の前にしゃがみ込んだ。

「でも痛むのですよね？　その怪我はなぜ負ったのですか？　どうしてこんな……」

この王宮に逗留《とうりゅう》を許されているなら、格式のある貴族か王族だろう。

「部屋に……運んでくれないか……」

「――――え……」

おそらく外国の客人なのだろう。少し言葉に癖がある。

「歩いて行くのを……助けてほしい」

男は包帯で思うように動かせない手で床を押し上げ腰を浮かせようとしている。

彼は話すのも包帯でままならないようで、苦しそうに何度か喉を鳴らしている。

メイリアは彼の腕を軽く持ち上げ肩の下に身体を滑らせる。

彼の身体を支えるようにして起きあがらせて、そして開いている白い扉の奥に一歩一歩進み入った。こんなところに客間があっただろうか。ふと考える。回廊の続きの一階の間に、見栄《みえ》っ張《ぱ》りの父が一世一代ともいうべきイベントに招待した客人を、このような部屋に泊まらせるとも思えない。客人の従者だろうか。

微かに香木の香りがする。上品で高価な香り。

身長がかなり高い。

長い手足で骨格も青年らしく張りがある。その身体に触れ、ときおり大きく寄りかかられながら部屋の奥に入っていくと前方に天蓋のある大きなベッドが目に入った。

「あそこのベッドで……いいですか？」

「ああ」

ランプを片手に提げ、青年に肩を貸しているから、メイリアの足取りも慎重だ。

濃紺の天鵞絨のカーテンは、天井付近から重厚な重みを見せて真《ま》っ直《す》ぐに下りている。

メイリアはそのカーテンとカーテンの隙間に指先を入れてそっと引き開け、ベッドに青年を座らせた。身体が強《こわ》ばっているようなのは痛みのせいか、ぐるぐるに巻かれた包帯のせいか。

「大丈夫ですか？　今、横にしますから……」

「ああ……すまない」

やはり低く響くいい声だ。冬の夜空に照る冴《さ》えた月の光のような声。

彼は体温の感じさせない身体をメイリアに預けるようにしながらゆっくりと白いベッドの上に横たえた。

そうしてようやく身体から力を抜いて両腕をだらりとシーツの上に落とす。

メイリアが持ち上げた足にも包帯は巻かれているから、白くたっぷりとした夜着の下もそうやって白い布で巻かれているのかもしれない。

それにしてもどんな怪我を負ったらこれほど包帯だらけになるのだろう。

痛むのか、彼がまた顔を歪《ゆが》める。

「あの、お薬……お持ちしましょうか？　痛み止めの……」

「大丈夫だ。それほど大事ではない」

「でも倒れていたんですよ？　それにこの怪我ではどう考えても酷《ひど》く痛むと思います。この王宮で怪我をしたのなら、私もとても気になりますし」

「――どうして君が……気になる？」

彼はメイリアのその言葉に引っかかりを感じたようだ。包帯で覆われていないほうの目を開けてじっと見上げてくる。

やはり澄んだ綺麗な瞳だ。まるで月の光を閉じ込めたかのような純度の高いサファイア。白い包帯がその瞳を、そして少し浅黒い肌をくっきりと見せている。

「私の父が皆様をご招待しているのですから、私も接待する側としてお客様には無事でいていただきたいと思っています。狩りで怪我をされたのでしょう？」

「――怪我ではないから……安心するがいい」

「ではどうして？　火傷《やけど》ですか？」

メイリアが彼の身体にそっと毛布を掛けようとしたとき、彼の動かした手から包帯が緩んではらりと落ちる。赤紫の爛《ただ》れたような皮膚が覗く。掌《てのひら》に花片《はなびら》のような文様が見えた。

「あ……」

メイリアが驚いて手を離す。途端、彼はその手を毛布の中に隠してしまった。

「なんでもない。たいしたことは……ないんだ」

「でも大怪我です。包帯の下は身体中そんなふうに？　やっぱりお医者様を呼びましょう」

「いいよ、大丈夫だ」

男は頑《かたく》なに診察を拒み、今度はメイリアの手首を握って離さない。

「でも……全身こんな包帯だらけでは……心配すぎます」

メイリアは医者を呼ぼうという強い思いで腕を引く。だが、男の強い力のほうが勝った。

メイリアの身体は彼の腕の力に負け、大きくよろめく。そのままメイリアは青年の身体の上に載るようにして倒れこんでいた。

「……あ、ご、ごめんなさい……」

彼の身体の上にのしかかるような体勢になりながら、メイリアは慌てて身を起こす。

彼の顔の包帯が緩んで、そして顔にも紫斑《しはん》のような、火傷の痕《あと》のようなものが見て取れた。

「あの……本当に……ごめんなさい……」

おそらくその顔を見たときにぎょっとして身をすくめてしまったのだろう。

それに気づいた青年が、口元に寂しそうな笑みを覗かせる。

「ああ、すまない。驚かせたな」

「いえ……あの。ただ大きなお怪我だなって思って、やっぱりお医者様を呼んだ方が……」

「いや……いいんだ。この姿は医者にも見せたくはないからな。それに誰にも治せはしない。痛むとき、横になって薬を塗るだけしか手立てはないんだ」

「そうなのですか？　では今日、怪我をされたわけではなくて？」

「少し前から傷があって、今日はいきなりぶり返したといったところだ。ここでの狩りでした怪我ではないから、姫が案じることはない」

一番たいへんなのは彼だろう。メイリアは自分の姿にコンプレックスがある。だから誰かに美しくないその姿を見せることがいやなこともよくわかっている。

そんな彼の身体が痙攣《けいれん》のように微かに震える。

「ではもっと毛布を持ってきます。ああ、暖炉に薪《まき》をくべましょう」

今夜はまだ普通なら暖炉が必要な寒さではない。だが気づけば今ベッドの上で彼はほとんど裸のような状態だ。

メイリアは慌てて今そこにある毛布を彼の全身を包むようにしてかけてやる。長身の彼を包むには毛布が小さく感じるほどで、メイリアは自分のショールで彼の肩をくるむ。

「もう戻っていい。自分で薬を塗るから。ありがとう。助かった」

「そのお薬、私が塗って差し上げます。包帯もほどけかけていますし」

「包帯は……傷がかゆくてかきむしってしまうからほどけてしまうんだ。大丈夫。朝になったら……供のものがくる」

「朝までまだだいぶあります。私が……薄暗い中でしたら負担になりませんし」

メイリアは毛布を捲《まく》り、包帯のほどけた部分をそっと捲るように広げて彼のナイトテーブルの上にあった膏薬《こうやく》のビンを手に取って、それを指先に取り始める。アラバスターの模様の膏壺《あぶらつぼ》だ。彼の肌には無数に走る赤紫の傷が線状に盛りあがっている。

「傷を……見て気持ち悪いだろうに」

「そんなことは……ないです」

彼は平静を保つようにしてメイリアに語りかけているものの、その額にも、首筋にもじっとりと脂汗が滲《にじ》んでいる。

メイリアは、近くにあったタオルを水差しの水で濡らし軽く絞ると彼の肌に走る不可思議な傷をそっと拭き取ってみる。盛りあがっているのは化膿《かのう》しているからかもしれない。ただ薬を塗って包帯を巻き直すだけでは、膿《うみ》がより出てきてしまうかもしれない。

そっと傷をなぞりながら様子を見たが、膿《う》んでいる気配はないようだ。

「顔の包帯を一度全部外していいですか？」

はっきりとはしなかった彼の頷《うなず》いたような首の動きと呻《うめ》きのような声を「イエス」と捉えて顔の包帯を外した。額から鼻にかけての包帯を外し、口元の包帯を外す。

整った彫刻のような顔が現れた。

「あ……」

顔に赤紫の模様が浮きあがっている。それは複雑な傷跡に見え、メイリアはそっと軟膏《なんこう》をすくい上げた指先で彼の傷に指を滑らせていく。

高い鼻筋にかけても赤紫の傷は延びている。まるで複雑な文様が描かれているかのよう。メイリアは彼の喉元や胸元にも軟膏を塗っていく。

（本当に全身にこの火傷のような痕があるの……？　なぜこんな大怪我を……）

メイリアは彼の肌をできるだけ早く癒やそうと薬を塗り込み続けている。彼がふいにメイリアに声を上げた。

「それ以上は……いい。さすがにそれ以上は……結構だ」

メイリアが彼の腹部から下腹部に手を滑らせていたせいで、足の付け根にまで及んでいたメイリアの手を彼が慌てたように掴んだ。

「あ……ごめんなさい……」

「いや……とても……楽になった。助かった」

それはほんとうだろう。今までと違って表情も声も穏やかだ。余裕を感じられる視線。

こうしてみると、肌に赤紫の爛れたような傷があってもとても美しい顔立ちだ。

なんて澄んだ瞳だろう。露草色の宝石の輝き。その透徹《とうてつ》とした瞳を長い黒髪が隠す。

「もう行っていい」

「でも」

「大丈夫だ。その薬酒を飲んで休めば……明日になる。明日になることがいとわしいが」

ナイトテーブルの上にデキャンタとグラスの載った銀の盆があってそれをとると彼は唇に流し込む。少し具合がよくなったのだろう。彼の声はしっかりと、尊大ささえ感じさせる。

体調が楽になったことの証だとして、メイリアは安堵《あんど》した。そして改めて彼の彫像のように彫りの深い顔立ちを見つめる。

彼の顔の包帯のないところにも傷がある。

複雑な線の痣《あざ》はミミズ腫《ば》れのように膨れていて痛々しい。

だが、白い包帯から解き放たれた彼の顔は美しく、身体中が、ぼうっと白い光を纏ったように輝いている。黒髪は濡《ぬ》れたように艶《つや》めき、部屋の奥にあったランプがシャンデリアのごときらきらとした光を見せ始めた。

「ああ……とても綺麗だわ……」

この部屋は最初からこのように美しく輝いていただろうか。

薄暗く、調度品もほとんどない素っ気ない部屋なのに、彼が少し痛みから解放されたというだけで彼の肌が艶めくほど輝いている。メイリアは自分の目を擦って、また周囲を見つめ直す。

ここは本当に質素な部屋だ。これほど立派な容姿で、品格のある男性がひとりで泊まるような部屋ではない。しかも供のものが来る気配がない。

「お水を持ってきておきますね。それとも紅茶のほうが？」

「姫は……ここの使用人ではないだろう？　どうしてそんなにかいがいしく働く？」

彼は問う。

「我が国のお客様には精一杯のおもてなしをしなくては。父にもそう言われております。でもそのお怪我が我が国での狩りの最中のものでないと伺って、安心しました」

「私が……怖くはないのか？」

「いいえ。なぜですか？」

不思議な人だ。客室ではない部屋にひっそりとひとりで休んでいる。異国の姿をしているからには父にこの国に招待された国賓だろう。

メイリアは見つめてくる真《ま》っ直《す》ぐな視線から顔を髪で隠すようにしながら俯《うつむ》く。

長年、容姿に自信がなかったメイリアは人と正面から目を合わせることをできるだけ避けている。相手が若く美しい青年ならなおのことだ。

「客間でもない部屋にいる、包帯で全身をくるまれた男」

「お客様ですから」

「どちら様ですか」

「名前も名乗ってない」

「シュヴァルと……」

「シュヴァル様」

明らかに異国のものとわかる響きのよい素敵な名前だ。

「優しい姫だな……。優しい上に美しい」

「そんな当然です。接待する国の王の……娘ですから」

「接待する側……では王女か?」

「え……」

「この国にはまだ年若いというのにとても美しい姫がいると聞いている。その姫か」

メイリアはびくっとして彼の手から手を抜こうとした。

王女だなどと自分から言ってはいけなかった。彼が言っている〝美しい姫〟は確実に自分ではないからだ。まだ未婚であるならばすぐ上の姉のジェインか妹のファウリンだ。

「噂《うわさ》など当てにしたことはなかったが……噂以上に美しい姫だ……」

シュヴァルはメイリアの手をもう一度握って、そして両手で包みこむ。

「美しい姫君……。国王のもっとも自慢の姫君だったかな。確か名前は……」

メイリアはじっと見つめてくる彼のタンザナイトのような瞳に吸い込まれそうだ。

綺麗な人。綺麗な瞳。美しく、それでいて自分の手を包みこむようにしてくれている人は男らしく精悍《せいかん》でもある。こんなに素敵な男性を見たことはない。

冬の寒さに閉ざされる石畳と石造りの建物、曇りがちな空。そういうものが日常のこの国では、彼のように漆黒の髪で浅黒い肌の男性はいない。

包帯に隠されているその下に鍛えられた筋肉を感じられて、メイリアはどきどきとしてしまっている。声も、この暗がりに浮かぶ顔立ちも、身体の線の何もかもがメイリアを惹《ひ》きつけている。この一句一句、考えながら吐息混じりに囁く声も、心が震えるほど心地いい。

（運命の人……なの？　こういう出会いが運命なの？）

彼はメイリアの身体を引き寄せベッドの自分の身体の上に載せるようにして、右手をとるとその甲に口づけた。そして、ゆっくりと腕を引き寄せて、額にも唇を押し当てる。

「蓮《はす》の花の蕾《つぼみ》を抱く姫君か……。特別な花の相だ……姫は我が特別の〝花〟……」

柔らかで厚い唇はメイリアの額に炎を植え付けた。

（あ……）

微かな吐息、柔らかな唇にメイリアは息もできない。

「感謝の印だ。姫に幸運が訪れるように」

「あ、ありがとうございます……」

彼が唇を離し、メイリアの身体が自由に動かせるようになっても、メイリアの鼓動は身体からはみ出しそうなほど激しく打ち続けている。今のはキスだ。口づけだ。

今まで男性に接したこともなかったメイリアは、急に恥ずかしさがこみ上げてくる。彼のベッドだ。彼の私室だ。そこにこんな夜更けに入り込んで二人きり、どうしたことだろう。

「名前を教えてくれ……美しい姫」

名前を請う瞳に目眩《めまい》さえ覚えそう。メイリアは困惑した。それと同時に戸惑い、動揺する。

「名前を教えてくれ……」

彼はメイリアの手首を引き、そして顔を寄せてくる。

(美しい？　この私が？　夢の中のことでもないのに、本当に彼は私の顔を見て言っているのかしら。それとも怪我のせいで、よく見えていないのかもしれないわ……)

目を覆う包帯を解かれているとはいえ、黒髪がさらさらと揺れて落ちている彼の顔は他者を褒めるよりも自らのその顔を自慢する方が先ではないかというほど麗《うるわ》しい。

「名は……私の名は……メイ……いえ。ファウリン……と申します」

どうしてそんなことを言ってしまったのか、そのときは動揺しすぎていてわからなかった。

ただ自分の名を名乗るのが怖かったのかもしれない。

恥ずかしかったのかもしれない。

「ファウリン。美しい名だ」

そう呟《つぶや》く彼の声のほうが遙かに美しいとメイリアは思う。

「ごめんなさい……私、もう部屋に戻らないと……」

「姫。約束をしてほしい。今宵のことは……私のことは一切他言しないと。この身体のことも誰にも話さないと約束を」

「もちろんです。シュヴァル様。私はあなたの望み通りにいたします」

メイリアは即答した。彼が望まないことを誰がわざわざするだろう。

これで自分だけの秘密にできる。この部屋での彼のことは、自分だけの秘密――。

「美しい君……また明日……会えるか？」

「あなたの怪我が少しはよくなっていることを確かめに……きっと。あの、その、私もこの国のものとしてとても心配ですから……」

メイリアはそう言って彼の手から逃れようとする。

「約束……ですよ……」

彼は心なしか、苦しそうに顔を歪めた。

やはり怪我が痛むのに違いない。全身に包帯が巻かれるほどの大怪我だ。そう簡単には治らないだろう。

「あの、また……明日の朝に来ますね」

「朝が待ち遠しい。約束だ。必ずだぞ。優しく美しいファウリン王女」

〝ファウリン〟彼がそう呼ぶのは当たり前だったが、それはメイリアをより動揺させ、そしてこの部屋から早く出なくてはと思わせる。

（ファウリンの名前を騙《かた》ってしまった。どうしよう。早く出て行かなくては）

彼の手が未練があるかのようにずっと手を握っている。

メイリアはその手から逃れるようにして身を引き、ベッドから飛び降りるとそのまま振り返ることもせずに部屋の扉から外に出た。

そして中庭に沿う回廊を走って抜け、階段を上がって部屋に戻る。

男性の部屋にその彼の身体を支えて入り込むなんて、王女としてあるまじきことだ。

未婚の王女が来賓である異国の男性の寝室に深夜入り込んでいたとなったら〝乙女の純潔〟にはとても厳しい王族の戒律に触れてしまう。

メイリアの父王も当然のごとく娘息子の異性交遊には厳しい。王女は王が決めた結婚相手ができるまでは正式に他の貴族とは交際させないことにしている。

メイリアは、王からすれば、容姿も社交性も劣った使えない王女だ。それなのに、勝手に王宮の客人の寝室に入り込んでいたと噂になれば大事になる。

メイリアは誰にも見つかっていないことを願いながら、ベッドに身を投げた。

眠らなくてはいけない。そう思うのに、胸の鼓動が止まらない。

それがあのシュヴァルの抱擁や、腕の強さ、綺麗な指先、低く胸を突くような美声。そういったもののせいなのか、それとも深夜、異性の寝室に入っていたことを誰かに見られてはいなかっただろうか。それを父に言いつけられたりはしないだろうか。

そんなことがすべてごちゃごちゃになってメイリアの小さな胸の中で渦巻いている。

でも、その中でも一番大きくメイリアの中を占めているものがある。

（少し……夢の中の人と似ていたからかしら……）

だがあの怪我と包帯では印象はかなり違う。それに、夢の中で自分を抱き、性交した男性とそっくりだなどと言われたら、あの彼が気を悪くしてしまうだろう。

（そうよ。別の人だわ。似ていても……彼はあんなこと、私にはしないわ。ただ『綺麗だ』そう言ってくれたのはとても嬉《うれ》しいことだけれど）

メイリアは、あの包帯だらけのシュヴァルのことを全身に思い起こしながら、いつしかぐっすりと寝入ってしまっていた。

口づけを受けたときのあの感触を覚えている手の甲をそっと抱き寄せながら――。

◆第二章◆　実は密航していたって、本当ですか？

「起きてください……メイリア様」

白い光の中にメリーが慌ただしく動き回っているのがメイリアの目に映った。

「あ……」

起きあがろうとしたが頭痛がする。

「どうされました？」

「頭が重くて……」

「ワインを召しあがったのですね？　お薬をお持ちしましょう」

「いえ。違うの。そうじゃなくて……」

けれど本当のわけはメリーにも言えない。

「あら、ランプがございませんね。メイリア様。ランプはどうされたのですか？」

「それは……」

ランプはあの場所に置いてきてしまった。今の今までそのことすら頭から消え去っていた。

彼にまた朝になったら部屋に行くとも言ってしまってある。

「ランプ……図書館に置いてきてしまったのかもしれないわ」

「そうですか。でしたら私がとってまいります」

「あ、いいの。また自分ですぐ行くから。それにどこに置いてあるか……わからなくなってしまったし」

「まあ。今はまだお客様が大勢いる王宮ですから、お気をつけて」

「わかったわ。今のうちのほうがよさそうよね。行ってくる」

「メイリア様！　まさかそのままで？　いけませんわ。ちゃんとお着替えをなさってください。髪も結い直しませんと」

メイリアが起きあがってベッドから下り、靴を履く。その姿を見てメリーが驚いて制止する。

「そんな必要はないわ。ただランプをとってくるだけだから。髪にはショールを巻くし、誰にも会わないようにするつもりだし……」

「お父上がそのようなことを許されませんわ」

「着飾るのは、ファウリンに任せておけばいいわ。似合うのだし……いえ、やっぱり着替えと髪をお願い。一番早くできるのでいいわ」

あの美しい青年シュヴァルに会うには、綺麗《きれい》に装う必要があると思い直した。

彼の前で、明るい朝の光の中で会うのだから、昨日よりも綺麗にしておきたい。

彼があれだけ〝美しい〟と言ってくれたのだ。夜の薄暗さが功を奏していただけで明るい朝日の中で見たらそんなことはなかったなんて思われたくはない。

（私……変だわ。今まで殿方に会ってこんなふうに思ったことは一度もなかったのに……）

メイリアは小首をかしげる。

メリーの指示で、二人の侍女が今日にふさわしいドレスをクローゼットルームから運び出してくると、ドレッサーと大きな姿見のかかっている空間の中でメイリアの着替えが始まる。

若草色のドレス。胸元には幾重《いくえ》にもレースが飾られ、肩はふっくら丸いパフスリーブで二の腕はキュッと締められ手首でベル袖になっているその縁には胸元と同じようにたっぷりとレースが飾られている。

足下を包んだ小さなヒールの靴も若草色のシルクで作られ、足の甲に大きな金のバックルのついたもの。メイリアの普段の服装よりも幾分《いくぶん》よそ行きだ。

「行ってくるわ」

メイリアは、急ぎ足で部屋を出てから階段を下りて一階の扉を押し開ける。まだ、この王宮に逗留《とうりゆう》している異国の来賓たちは起き出してはいないようだ。

庭園に出て昨日彼がいた回廊の突き当たりの扉に辿《たど》り着く頃にはメイリアは、随分と足が鈍ってきていた。

（昨日……あんなことをしてよかったのかしら）

部屋に担ぎ込んだまではいい。怪我《けが》をして倒れていた客人に当然してあげなくてはいけない人道的行為だ。

けれど包帯を解いて肌に薬を塗ったのはどうだろう。使用人に頼むべきだった気がする。

(でも彼が誰にも見せたくはないと言ったのだもののしかたないわ)

そう。あの酷い怪我では誰かに肌を見せたくもないだろう。庭園の花の香る中、周囲に目をやればやはり人の気配はない。今だったら、きっと誰にも見つからずに彼の部屋に入れるだろう。

メイリアは顔を覆っていたレースのショールを指先で押さえ、足を速める。だが、メイリアが目指した突き当たりのほうに、華やかな黄金の髪を揺らしたファウリンが歩いている。片手にしているのは大きな花束。彼女はシュヴァルの部屋の周囲を散歩しているようで、いつもの大勢の取り巻きも見うけられない。

「あ……」

「メイリアお姉様？　珍しいわ。お姉様がそんなに着飾って庭園にいらっしゃるなんて」

ファウリンは金の巻き毛の前髪の下からはっきりとした眉を覗かせ、碧い目をくるくると回して可愛らしい小首をかしげる。

「お父様の大切なイベントだもの。少しは身綺麗にしなさいとメリーにも言われて……」

「急にどうなさったの？　お客様の接待なら私たちが任されているわ」

ファウリンが、中庭の奥のあの扉を開けようとしている。

「あ……」

「なあに？」

その扉の向こうにはシュヴァルの部屋がある。そして彼はまだ傷ついていて、きっと誰も部屋に入ってほしくないと思っているはずだ。

「だめ。そこは……」

「だめって？　ここは……広間の続きのお部屋でしょ？　続きの続きの控え室。お父様が今度はここのお部屋も使うから、私に様子を見ておくようにっておっしゃったの」

「お父様が？」

メイリアの中に様々な考えが奔流《ほんりゅう》のように駆けめぐる。父はあの人にファウリンを会わせようとしているのだろうか。

それともそんな他意はなくて、ただこの部屋を使おうというのか。

(けれどもあの人もお客様かお客様の付き人のはず。この部屋を使っているとお父様は知らないの？　それにわざわざ執事ではなくてファウリンに部屋の様子を見させるなんて)

ファウリンはしばらくメイリアを見つめていたが、すぐ扉に向かって足を進める。

「待って。そのお部屋には私がいくから。ちゃんと見ておくから」

「ねえ、どうかされたの？　お姉様がそんなことを言い出すなんて珍しいわ」

「あ、そう？　……珍しいかしら」

「ええ。お姉様はイベントが大嫌いでしょう？　今回の狩りの館の完成披露の招待も、賑《にぎ》やかでうるさいだけだと思われているでしょう？」

「別に私は……」

「なのに、このお部屋に入るな、なんて、なにか特別な理由があるの？」

ファウリンは天真爛漫《てんしんらんまん》、無邪気なようでとても鋭くメイリアの痛いところを突いてくる。

「実は……私が……前にここに本を持ち込んで読んでいたから……それを先に片付けておきたいの。図書室に」

「まあ。お姉様ったら。このお部屋も自分専用にして使っていたの？　図書室だってメイリアお姉様専用みたいになっているのに。外には出ないけれど王宮の様々なお部屋を自分のものにしてしまって」

「……とにかく、このお部屋のことは私がやっておくわ。このお部屋にどなたか泊めるわけではないのでしょ」

メイリアは、ファウリンの華やかな顔から目をそらすと、いそいそと前方の扉に向かう。図書室はすぐそこだから、自分が日当たりのいいその部屋にいたとしてもおかしくはない。

「シュヴァル様？　いらっしゃいませんか？」

ノックを何度か重ねたあとにメイリアは扉のノブを掴《つか》み押し開ける。扉はそっと開いた。

中は薄暗く、鎧戸《よろいど》が開いた気配はない。通路を奥に進み広い天蓋《てんがい》つきベッドのある場所が目の前に開いた。

昨日と同じ部屋。昨日と変わりのない部屋だったが、天蓋の奥に人の気配はない。

そして彼がこのベッドに休んでいた様子もない。綺麗にベッドメイキングがされている。夕べメイリアが塗った軟膏《なんこう》が入っていた膏壺《あぶらつぼ》も、ナイトテーブルの上から消えている。

誰もこの部屋になどいなかったかのように、部屋は薄暗い静寂に満ちている。

（あれは……夢だったの？）

薄暗い室内に足を踏み入れ、彼を運んだベッドを見ると、そこに誰も寝た様子がないのを見てまた狐《きつね》につままれたような気になる。

メイリアがかけてあげたショールもなく、解いておいた包帯もない。軟膏の入っていた綺麗なアラバスターの容器もない。ただそこには沈滞した空気が感じられている。

だが、メイリアは奥のテーブルの上にある見慣れたランプに目を留めた。

メイリアが置いていってしまったランプだ。それがテーブルの上に残されている。

メイリアはティーテーブルの上にあった自分のランプに歩み寄る。

灯《あか》りのないガラスのホヤが、扉から差す陽《ひ》の光を受け、きらりと輝く。

メイリアは、そのランプにそっと手を触れて、昨晩の不思議な出来事がやはり夢だったのかとぼうっと立ち尽くした。

でもランプを持ち上げてみた途端、その思いは一度消えかけた炎が風に煽《あお》られ燃えあがるように、メイリアの中で夕べの彼との出来事が甦《よみがえ》った。

そこには小さな便せんが二つ折りにされておかれていた。

〝君に会いたかった。待っていたけれど、王について急に帰らなくてはいけなくなった。会いたかった。美しい姫。〟

手紙は、流れるような筆記体で、でもどことなくぎこちない言葉で書かれてあった。

異国の人だからこの国の文字は難しかったのかもしれない。それでも十分美しい文字だ。

メイリアは〝シュヴァル〟と最後の記名を指先でそっとなぞる。

「シュヴァル様……」

彼はあの国の人かもしれない。そう思えばより彼に会いたい気持ちが湧いてくる。

（そして彼自身もこんな風に私のことを思ってくれているのなら……）

いっそう強く会いたくなるが、メイリアにはどうすることもできない。

（シュヴァル様は王様に同行して今日この国を去るの？　身体の具合はどうなのかしら）

今から追っても間に合うだろうか。まだ王宮の門を出ていないかもしれない。

メイリアは便せんを握り締めて戸口へと足を速める。扉を出て回廊を走ろうとした途端、何ものかが立っていてメイリアはぶつかってしまう。

「あ……ごめんなさい」

だが、謝罪しながら振り返ったそこにいた人物は、ファウリンだった。

「お姉様。どうしてもう部屋から出てきているの？」

「え」

「だってお姉様、このお部屋を片付けて準備もしておくっておっしゃったじゃないの」

「あ……何も手を入れることはないと思うわ……。メイドを……今から呼んで、窓を開けさせるわ。風を通せばすぐにもお客様に使っていただけると思う。薔薇《ばら》の花も見頃だし。それより私はお帰りになるお客様のお見送りに行かなくては」

メイリアは手にしているランプを抱きかかえ、妹をかわすようにして先に進もうとする。

「待って。お姉様。お姉様に勝手をされては困るわ」

「ファウリン。どうしたんだ？　こんなところで騒々しい」

回廊の向こうから角を折れて父が現れた。ファウリンはちょうどよいとばかりに父王に駆け寄っていく。

「お父様」

「どうした。メイリアも一緒か、珍しいのではないか」

「お姉様が、中庭のお部屋の用意を見てくださるとおっしゃったのに、急に放り出してしまわれたのです。リランディア国の王陛下方を見送りしたいとか」

「リランディア国の？　見送りしたいというのは……まさか王子様をか？　我が国の未婚の王女の誰かを嫁がせてほしいと国王がおっしゃったあの第二王子のことか」

メイリアにはまた話がまったく見えなくなる。

「あのお父様。嫁がせてほしいと言ってきたという、そのお話はいったい……」

「お前たちまだ婚約もしていない王女に、リランディア国の王子に嫁がせようという話をお前は聞いていないか？　あちらも我が国と今後どこの国よりも深い友好関係を築いていきたいという意思の現れだろう。なあ、メイリア」

メイリアはぞんざいな父の言葉に、『はい』とも『いいえ』とも言えず、ただ〝憧れのリランディア国〟が知らぬ間に急に身近になっていたことに驚いている。

「王子にはファウリン、おまえを嫁がせるつもりだ。気難しいといわれるカシュバ王にもファウリンなら気に入られるだろう。メイリア。おまえは邪魔せず、いつも通り部屋に籠もって好きな本でも読んでいるといい」

王は、叱責をするようにメイリアを遠ざけようとする。

「お父様」

「王陛下と王子は共にいる。緊急の事態があったとかで、狩りの参加は取りやめて帰国されることになった。だが、王子にはファウリンを紹介するつもりだったゆえに、来月にもかの国にはファウリンを友好使節として送ることにする」

「本当ですか？　お父様。私、黄金と宝石の国に行けるのですか？」

「ああ」

メイリアは、自分が最も気に入っているあの書物の国にファウリンが行くことになるということが今、実感を持てずにいる。

「あの……お父様……それで……リランディア国の王陛下は今どちらに？」

「王宮から一番近い港へ馬車で出立される。あそこに準備の一軍が見えるであろう」

父王は回廊の向こうの棟にある、アーチ型の馬車抜けの向こうに黒馬が何台かの馬車に、御者によって繋《つな》がれている様子を目で示す。

「リランディア国の王族の方々が、もう帰られてしまう……」

かの国は海の向こうだ。渡航を約束されたファウリンと違って、メイリアはこの機会を逃せば、あの麗《うるわ》しの国の国王に会う機会も失うだろう。

「私、急いでおりますので、すみません。お父様、失礼します……」

メイリアは父王に一度深く頭を下げると、ドレスを翻《ひるがえ》してかけだした。

「お姉様？　待って、ねえ、待って。抜け駆けですの？」

「メイリア！　待ちなさい。王女のくせに走るなどはしたない」

背後から、メイリアの行動を咎《とが》める父王とファウリンの声が聞こえてくる。でもメイリアは足を止めはしなかった。

（私は王子様目当てじゃなくて、リランディア国の王陛下にご挨拶しておきたいだけなのに……シュヴァル様に一目会いたいだけなのに）

メイリアは引き留められ、後れをとったその分を取りもどそうとするように足を速める。それでも前方の木々の向こうにもう出立しそうな馬車の一団を見て、必死に走った。

馬車の車輪が走り出す音がしている。アーチ型の馬車門をくぐり抜けると、まだ何台かの馬車が停まったまま、乗り込む王侯貴族らしき姿も見えている。

馬車の窓の横に辿り着いて、御者が前方の御者席に乗り込む隙に窓の中を覗き込む。

人影が動いてカーテンの中からこちらに視線を向けた気がした。

王陛下だろうか。強いときめきと、緊張からメイリアの身体がおののく。そのとき、ドレスの裾が足に絡まり前のめりに躓《つまず》いた。

「あ……」

メイリアがよろけ、地面に倒れかけたとき、馬車が動き出す。

車輪に手が触れそうになって、巻き込まれるやもしれないとギュッと目を瞑《つぶ》ったとき、

「待て！　止めろ」

鋭い声と共に馬車の扉が開け放たれ、黒い影が伸びてメイリアの倒れかけた身体を支えた。

「――あ」

「危ないぞ」

どこかイントネーションの違う、それでいて優雅な声がメイリアの身体を伝って響いてくる。

「す……すみま……せん……」

顔を上げると、そこには黒髪の流れる美麗な顔が覗き込んでいる。宵闇《よいやみ》の藍と紫の混じり合ったような瞳の色。高い鼻梁《びりょう》。男らしく厚い唇。骨格のいい顎《あご》。筋肉が感じられる腕。

彼から微《かす》かに漂う乳香とジャスミン、オレンジのような香りが鼻に感じられる。

あのシュヴァルの部屋のベッドの脇で感じられたあの香りだ。

メイリアは、あらためて自分を抱き留めてくれた彼を見つめる。

彼もメイリアを見つめ、しばらく唇を中途半端に開けていたがすぐ、微笑した。

「ご令嬢。馬車が走り出すようなところに走り寄ったら危ないぞ、怪我《けが》をする」

全身を突き抜けるような鮮明な美声。

メイリアは、この感覚を知っていると確信して顔を見上げる。

あの人だ。

夕べは包帯ぐるぐる巻きになっていて、暗闇に灯《とも》された一つのランプの灯火《ともしび》にうっすらと浮

かびあがっていた赤紫の痣《あざ》のような傷が今はまるで見うけられない。

だからメイリアは戸惑った。

(この人は昨日のシュヴァル様のようだけれど、でもあの傷跡が朝にはまるで消え去るなんてことはあり得ない。とてもよく似た他人なの?)

「我がリランディア国の一行の誰かに用がおありですか? 美しい人」

メイリアは、彼が自分を覚えていない様子なのを見て、やはりよく似た他人なのだと思う。

「あの……申し訳ありません。リランディア国の王陛下の従者の方にひと目お会いしたくて」

彼は澄んだ眼差《まなざ》しでメイリアを見つめる。

「どうかしたのか? 王子」

「国王陛下」

彼の背後の馬車の扉の奥から恰幅《かっぷく》のよい、褐色の髪がうねり、髪から耳元にかけてあご髭《ひげ》のうねる、壮年の男性が顔を覗かせる。その傲岸《ごうがん》な顔立ちにメイリアは圧倒されて居すくんだ。

「我らが出立を邪魔するとは何用ぞ?」

「あ、あの……リランディア国の王陛下ですか……私……リランディア国の信仰される大神シルヴァ様にずっと憧れていました。このたび我が国に来訪をいただき、とても嬉しく存じます。そしてこうしてご挨拶も叶いまして光栄です。それだけお伝えしたく……馬車を引き留めて申し訳ありません」

リランディア国王は、メイリアを無表情に見つめ、そして「美しいが寒い国だ。早々に失礼

することになったが、また機会があれば来国することもあるやもしれぬ」と言う。

メイリアは彼が怒っているのかもしれないと思いつつ、ドレスをつまみ深く頭を下げる。

不格好なカーテシーになったのは、まだシュヴァルそっくりの青年に身体を抱き留められていたせいもある。

「あ、の……ありがとうございました。もう大丈夫です」

メイリアが一礼し、慌てて身を翻すと、血相を変えて走ってくる少女が目に入った。

「お姉様！　どういうことなの？」

向こうから馬車に駆け寄ってきていたファウリンが、メイリアに気づいてやってくる。

「あ……」

メイリアはそこからどう逃げていいのやら困惑して、周囲を見渡すがここからすぐに身を隠せそうな場所はない。

「おいで」

青年が自分の馬車にメイリアを抱きかかえ、そして扉を閉め切った。

ファウリンはそれでもメイリアを探している。

それどころかその背後には父までいて、こんな場には不似合いな豪勢な上着と金のバックルの着いた大きなベロのある革靴で固い石畳を歩いている。

メイリアは馬車の座席の中で小さくなって窓際から身を遠ざける。自然と青年のほうに身を預けるようになって、その体温を感じてどきんとしたが、それよりも今はファウリンたちに見つかりたくはない思いが勝っている。

（どうしよう。お父様まで追いかけてきているなんて……）

メイリアが怯《おび》えて身を丸めたとき、馬車が大きく揺れ、動き始めた。

「え？」

馬車が揺れ、車輪が回る音が次第に早くなっている。馬の蹄《ひづめ》の音も軽快になっている。

「あの……？」

メイリアは驚いて隣に座るシュヴァルそっくりの青年を見上げる。

「ふ……あの娘は……どうして君にあんなに怒っているのだろうな」

「――え」

「美しい君に嫉妬《しっと》しているのかな」

そんなことがあるはずがない。そう答えようとしたが、そのとき彼に唇を奪われる。

「……んぅ」

唇を彼の厚い唇に覆われて、前髪が顔に触れ、微かな吐息がメイリアの鼻先に感じられる。こんな近くで嗅《か》いだことのない男性の香り。それは想像以上に草原のような香りでかぐわしく、そして彼の唇の弾力と、包容力のある舌先の滑らかさにメイリアは驚いて胸をときめかせた。

大きく深呼吸して、彼の香りを胸一杯に吸い込んでみる。そして改めて彼の胸を押しやった。やっと離れた唇に、安堵もし、それでいて残念な気持ちも否《いな》めないのが我ながら不思議だ。

「降ろしてください」

「せっかく追っ手から逃してやったというのに」

この人は、本当にあのシュヴァルだろうか。そっくりだし、こうしてみればあのときメイリアがシュヴァルの掌《てのひら》に見つけた同じ文様がある。それはこの国の人にはよくあるものなのだろうか。それとも国の印として入れ墨《タトゥー》のようにするのだろうか。

「あなた……シュヴァル様？」

彼は身を固くした。

「シュヴァル様ですよね？　昨晩私がお部屋にお連れした。王陛下の従者様だったのですね。でもどうして？　あの全身の傷がもうすっかり治ったのですか？」

「シュヴァルとは何ものだ？　この俺が聞きたい」

「それは……」

メイリアは口ごもる。彼のことは何も誰にも話さないと約束している。

「その男、全身に傷があったなら、俺とは別人だとは思わないか？」

「そう……ですけどでも、そっくりです。あの……シュヴァル様ですよね。私ずっと心配していて夜も気になっていて……」

メイリアはたじろぎながらも彼の顔を伺い、自分の気持ちを訴えてみる。

「イグリス国の女性は、私的な場ではベール越しに男を見ることが多いのだろう？　異国ものの顔など、皆同じに見えるのではないか？」

「そんなことありません。だって……あの方は特別で……」

「証明できるのか？」

「証明は……」

メイリアは相手の掌《てのひら》の花片の文様を指差す。シュヴァルも彼もまったく同じところに同じ赤紫色でついている。それにこれほど美しい男性が偶然王宮に二人いたとも思えない。

「それが証明です。私、あなたのこともっとちゃんとお世話すればよかったと後悔してましたから、こうして傷が癒《い》えているならとても安心です。とても安堵いたしました」

「安堵……ね」

メイリアは軽くいなされた気がして、少々むっとした。だから彼にさらに訊《たず》ねる。

「ではあなたのお名前は？」

「シュヴァルだ」

「――え」

あっさりと同じ名前を口にされてメイリアは面食らった。

「やはりそうなのですね。でも、怪我の痕《あと》がまるでないです。どうして治ったのですか？」

「――俺が普通の人間ではないからだな」

「――それは……そうだと思います」

「おや。ずいぶんあっさりと認めてくれるんだな」

また冗談めかした表情で彼がメイリアを覗き込む。

「シュヴァル様……私をからかったのですか？」

メイリアは、シュヴァルであることを隠そうとされたことに幾ばくかの憤《いきどお》りを覚えながらも、彼と再会できたことに嬉しさを隠せない。嬉しすぎて、涙が浮かびそうになるのを堪《こら》えている。食い下がって、よかった。そう思いながら、彼の顔をじっと見つめる。

「どうして違う人のふりなんてしようと？」

メイリアに、彼はやおら身を折って、耳元に囁いた。

「大きな声を出されると困る。公《おおやけ》の場では、気軽に名乗れる身分ではない。我が身分が……許さないからだ」

「え……身分……ですか？」

「シュヴァル・シヴァ王子だ。姫君」

「は？」

彼は涼やかな竜胆色《りんどういろ》の目をメイリアに向けると、今掴まれていた手を逆に握り返してメイリアの手の甲に足を折って口づける。

「我はリランディア国国王カシュバの第二王子。王から供をするよう仰せつかってこの国に来た」

「リランディア国の王子様？　あなたが？」

メイリアはシュヴァルを見上げた。どうして気付かなかったのか、確かに晩餐会《ばんさんかい》で見た彼だ。

『王子はファウリンの婚約者にと思っておる』

メイリアはあのとき父が言った言葉を思い出す。

「シュヴァル様が……リランディアの王子様だったなんて……」

メイリアの中にはまだ混沌《こんとん》とした謎と、急に彼があの夜中の彼だという事実を肯定されたことに戸惑いを覚えている。

「招待されて訪問した王宮で、全身包帯だらけの姿になっている王子は百年に一度も出会えないだろうな」

「私……あの、すみません。王子様だなんて知らず、無礼を……」

メイリアのように小心ものの娘は、王女であっても、とにかく相手に謝罪するように自己暗示が入っている。

「なぜ謝るのか？」

「え……それは……」

「ふん。面白いな。先ほどまでの勇猛果敢な姫はいきなり影をひそめたか？　いつも王宮の日陰にいて、窓から外を見下ろすだけで自分はだめな存在だと思っているのではないだろうな？　そんなことは全然ないのに」

「私のことなど何もご存じないのに」

くっと、彼は嗤《わら》った。

「どうしてそんなに卑屈なのだろうかな。昨日はそんな風に見えなかったが」

彼はとても高貴な香りがする。この麗しい目も、浅黒く男らしい肌の色も長い手足も、引き締まった肉体も見ているだけでうっとりする。それに加えて、この最高純度の宝石のような瞳、海色の瞳の美しいこと。

その瞳に見つめられているだけでメイリアは、ずっとその瞳の中に存在したくなってくる。

「王族はもっとも神に近く、すべての民に敬われているのですよね。神殿に入ることが許されているのも、巫女《みこ》と王族だけだとか」

メイリアは、美しい男性と二人きりで馬車に乗っているという気恥ずかしさもあって、つい饒舌《じょうぜつ》になっている。

「ああ、まあ。我が国の神に真摯《しんし》に祈れば、傷も治る。国の民はそう信じている。普通の人じゃないっていうのではないな」

彼は幾分砕《くだ》けた、親密な間柄のものどうしで語り合うときのようにくつろいだ様子で座席の背もたれに背を押し付ける。

「黄金と宝石の国。輝ける太陽の国。冬は雪に閉ざされる我が国とはまったく違うのですよね。神様のお姿も全然違って煌《きら》びやかで」

「――それはあくまで絵画や彫刻でのものだろう？」

「ええ。あの……その、私のよく読んでいた書物では、いくつもの神の絵が載っていて……」

「ふん」

王子は意外なほど、性格が悪そうに〝ふん〟と鼻を鳴らす。もしかしたら言われたくないことを言ってしまっただろうか。

「すみません。私……なにか……お気に障《さわ》ることいいましたか？」

「俺は遠い昔の画家が描いた銅板画の神より美しいつもりだったが。同列に語られるとは」

「あの、でも。本当に美しい銅版画なのです。私幼い頃から、その中の神様の虜《とりこ》です。私の亡くなった母もそうで……ずっと王宮の片隅でその本と共に生きてきたようなもので……」

その神と同じ国の王子とこうして二人きりでいる。なんて不思議なのだろう。

メイリアは手にしている手紙を握り締める。

あの夜中の彼と、今太陽の光の差すもとでの彼とは少し様子が違っている。でも同一人物ならば、この手紙は昨晩の彼が書いてくれたものだから、自分に会いたいと思ってくれていたのは確かなはず。

怪我に苦しんでいながらも、妖艶だったシュヴァルとの一夜の思い出の手紙だ。

『蓮《はす》の花の蕾《つぼみ》を抱く姫君か……。特別な花の相だ……姫は我が特別の〝花〟……』

彼はそう語りながらメイリアの額をじっと見ていた。そうしてメイリアの額に唇をつける。

軽い抱擁と共に受ける柔らかな口づけ。額に何があったのだろう。

そして彼の特別な花というのはどういうことだろう。

（私が彼の特別な花？）

彼にとってはそんなに意味のあるものではなかったのかもしれないけれど、メイリアは素敵な青年にあんな思わせぶりな言葉を囁かれたのは初めてだった。

「シュヴァル様……どうして王子様なのにあんなお部屋においでひとりでいらしたのですか？」

「ふ！　あんな部屋とは？　イグリス国最高の部屋だと王に聞かされていたが」

「あ……すみません。言葉が足らずに」

昨日の彼とはやはり雰囲気が違う。今のほうが居丈高《いたけだか》で、王子なのだと言われればそれにふさわしい物言いだ。

背の高い彼の顔がメイリアの顔に重なってくる。

まさかまた口づけ？　夕べのあのときの彼の仕草を思い出してメイリアはどきんと胸をときめかせている。

あのときの口づけを思いだして、覚悟して唇をギュッと結んだ。

だが彼はメイリアの上を通り越して、扉側の窓のカーテンを小さく持ち上げ外を見ている。

（え？）

「もう港だな」

拍子抜けしているメイリアのことなど思いもよらない淡々とした顔で彼は言う。

「そう……ですか。でしたらそこで降ろしていただければ結構です」

「歩いて王宮に戻るのか？」

「はい」

「姫にとって、あまり居心地の良さそうな場所ではないと見うけられたが……」

「そんなことありません。図書館もあるし、庭園も独り占めですし」

「――そうか。ならいいんだ」

だがメイリアの言葉に反して、彼はそっとメイリアを引き寄せて抱き締めてくる。

その突拍子もないタイミングでの抱擁にかえってメイリアはたじろいだ。

たじろぎすぎて、身動きもとれずにただ彼の腕に抱かれるがままになっている。

（どうして今なの？　どうして？　本当にこの人はわからないわ……）

「〝今宵《こよい》のことは誰にも言わない〟という約束を守ってくれたな。このまま……守れ……」

「――それは当然です。約束ですから」

「そうか」

白いターバンの下から覗く輝く黒髪。竜胆色《りんどういろ》の切れあがった瞳はメイリアをじっと見すえている。

彼はふっと、メイリアから腕を放して、また自分の座席のほうに身をただした。

「リランディア国へは船で一昼夜かかるのですよね」

「海峡を挟んだ向こう側だ。それだけで気候も風土も一気に変わる。あちらは一年中暖かで木々が緑の腕を広げ、花が咲き乱れる楽園だ。シルヴァ神に守られた大陸だから」

「一年中光に溢《あふ》れ、鳥が木々でさえずり蝶《ちょう》が舞う。花々は永遠のように咲き誇り、輝く太陽は永遠……って本当なのですね」

「どこでそれを？」

「書物にあったのです。あの……王宮の図書館の中にあって……私子供の頃からその書物がとても好きでいつも図書館に行って眺めていたのですけど、いつしかあまりに大切な本になってこっそり自分の部屋に置くようになって」

「ほう」

彼は目を細める。

「それはもしやこの書物か？」

ゆっくりとした声。優雅に指先が動いて、メイリアの前に革の書物が示される。

それはあの〝リランディア国神話〟の書物だ。赤い革。黄金の細かな蔓草《つるくさ》模様の太い帯が周囲を彩る。古さからいっても、革の擦れかたからいってもメイリアの本のはずだ。

「どうして……」

しばらくは驚きで声も出なかったメイリアが、ようやく声を絞り出す。

「どうしてそれがここに……」

「どういう意味かな」

王子だと名乗るシュヴァルが余裕を含んだ声で訊《き》き返す。

「どういうって、それは私の本です」

「これは我が国の書物だ。しかも門外不出の国創り神話の書物。中の挿絵も文章もすべて手描きの貴重な書物だ。これはわが王家の宝。それが姫の国にあったとなれば、いささか問題が起きるな」

それはどういう意味だろう。

「我が国の国宝級の書物が、見知らぬ異国の王宮に隠されていた。それは流出を意味する。このイグリス国が我が国の至宝を盗み隠匿《いんとく》していたことになる。これが証拠だ。となれば、我が国はこの国に賠償を請求できる。もしくは戦《いくさ》を始めるに正当な理由を与えられたわけだ」

「戦争だなんて……冗談ですよね」

「冗談かな。我が父王をなだめられるのは我ひとり。となれば、君はここでいたずらに騒がないほうがいい」

「でもそれは私が大切にしてきた……母の宝物でもあって、私と母の秘密の……」

秘密の共通点だ。この書物は王女の中のみそっかすであった自分と輝かしいまでに王家の女神であったかのような母と二人だけの共通の話題だった。

その書物を彼が奪い去っていく。

「それ……少しだけ見せていただいてよろしいでしょうか」

声が震える。

「見せるだけだ」

彼はそれをメイリアに差しだす。ずっしりと思い書物がメイリアの手と膝の上にのしかかる。

皮の表紙を撫《な》でる。それだけで自分の書物だとわかる。背表紙を膝につけたまま表紙を捲《まく》り、中の羊皮紙に触れる。それも自分の手に馴《な》染《じ》んだものだ。

あの最も気に入っている神の挿絵のページを開く。

「……っ」

何度も何度も、毎晩毎晩開いたそのお気に入りのページは、どこよりも早く自然にページがめくれるまでになっている。メイリアの手の中で簡単にそのページが開いた。

「やっぱり私の……」

「いいや、この書物は俺のものだ」

王子はそう言ってメイリアから書物を取り上げる。

「あ……」

そうして自らの身体の向こうに隠してしまう。

馬車は緩やかに止まった。

「港に到着しました。王子様」

馬車の前方の小さな窓からの御者の声だ。メイリアは窓のカーテンを開いて外を見た。

御者が御者台から下り、そして先に到着していた馬車からはすでに大勢のリランディア国王のお付きの者たちが降り立っていた。

前方に見える船着き場に、豪華な曲線を持ち舳先《へさき》に黄金の象がつく黒色と金の船がタラップを下ろして今や遅しと乗船の準備を整えている。

従者のひとりが王子の側の扉を開いた。

「さあ。お早く乗船を。陛下がお待ちかねです」

「わかった」

王子は素早く座席から身を滑らせて馬車を降りる。それからメイリアの身体を抱きかかえて、傷つきやすい花に触れるようにして地面に下ろした。

「さあ。別れがたいが、降ろせとあれだけ騒いでいた姫だ。降ろさないわけには行かぬな。俺は王子である前に……紳士だ」

　彼は従僕たちにかしずかれ、輿《こし》に乗って船着き場の先端のほうへと運ばれていく。

「あ……」

「姫君様。まもなく馬車は王宮に帰ります。姫君様をこの馬車で無事送り届けるようにとの王子様からのご命令です」

　御者が、馬車から離れようとするメイリアを見咎《みとが》めて声をかけてくる。

　メイリアは、乗船していく王子の姿を見つめながら一度は諦めて馬車に戻りかけた。

　だが、そのあとを追っていく従者の手に大事そうに抱えられたあの神の書を見て、いてもたってもいられなくなり、足をかけた足台から地面に下りるとやおらドレスをつまんで裾を足首より上にして走り出す。

「姫君？　どちらへおいでに？　王陛下からリランディア国ご一行を送り届けたらすぐに戻るようにとのご命令です。もう出発いたしますよ」

　御者がメイリアに声をかける。

「先に、戻っていてちょうだい」

「先に、ですか？　でもそれでは姫君は王宮に帰ることができないのでは？」

「大丈夫だから」

　何が大丈夫なのか自分でもよくわからなかったが、メイリアははっきりとそう答えていた。

　シュヴァル王子は書物を見て驚くメイリアのことを、口元を愉《たの》しそうに吊《つ》り上げて眺めていた。そう。〝見つめている〟というよりも、メイリアの出方を見ているようだった。もしくはメイリアの表情の変化を観察しているかのよう。

（私の大切な〝リランディア国神話〟の本をどうして彼が持っているの？　それにいつの間に手に入れたの？　どうして……）

メイリアは周囲に溢れている、別の貨物船に乗り込む船乗りたちを避けながら埠頭《ふとう》まで走って行き、そして今にも引き上げられそうなタラップに駆けあがる。

「おい？　何用だ？」

船からタラップを引き上げようとしていた船員が、何かを叫ぶ。

「王子様の忘れ物をお届けするように王に言いつかって参りました。急いでいます」

そうメイリアもこの国の言葉で口早に言って、足も止めずに船の中に乗り込んだ。

「もう船を出すんだ。王陛下は一刻も早く国に戻ると言ってお怒りなのに」

「出して……かまいません。私、王子様に用がありますから！」

メイリアは自分でもどこにこんな大胆な性格が潜んでいたかと思うほど、大胆な行動に出ている。それほどあの本は大事だったし、あのシュヴァル王子の謎めいた部分がメイリアの心を強烈に掴《つか》んでいる。

不思議な人だ。得体が知れないのと同時に、謎を解明したい思いに囚《とら》われる。

昨晩のあの人と同一人物にしては、物腰も、言葉の雰囲気も、瞳が見せる彼の性格もまるで違う。

そんなことを思い返しているうちに船が走り出したのを感じた。汽笛と蒸気の音がする。波をかき分け、滑るように海原に出ていく豪華な船。

（もう海上に出たんだわ）

小さな丸窓から外が見える。波止場はみるまに遠ざかって今や大きくかき分けられる海の波しか見えていない。

（揺れてるわ……足下も、壁も、ふわふわと揺れてる……）

メイリアは生まれて初めて船というものに乗り込んで、その船の内部の豪華さに驚いていた。質素な造りの木造船だと思っていたのに、中の装飾はまるで宮殿だ。床には緋色の絨毯《じゅうたん》が敷きつめられているし、天井にはシャンデリアが下げられている。船内のこぢんまりとした空間でありながら、すべてが手の込んだ高級なものである。

それでも階段を下りれば、その通路は階上よりせまく、より複雑だった。

（下は……使用人用の船室が並んでいるの？）

上の階とは明らかに仕様が違う。どことなく質素で実用主義の壁や天井。メイリアは、この階に王子の部屋があるとは思えずに、再び階段を上がり始めた。

だが、そのとき頭上から人の話し声が聞こえてきた。メイリアは慌てて置いてあった大樽《おおだる》の陰にしゃがみ込んで身を隠す。

「零《こぼ》すなよ」

「ああ。大丈夫だ。すごく重いが……。王陛下は気難しいから、たった一日の航海でも綺麗な水と入浴用の水がいるからな」

「王子様もか？」

「いや、王子様の部屋にはあまり出入りをしないように言いつかっている。ああ、そういえば、船に誰か乗り込んだとか聞いたが」

「忘れ物を届けに来たとかいう貴族の姫か？　船に乗り込んだのか？　見あたらないが」

「王子様の部屋にいるんだろ。王子様は女性がとてもお好きそうだからな。王陛下の血を引いているだけのことはある。王陛下は何人王妃様がいるんだっけな？」

「それはもう数え切れないだろう。王陛下自身もわからないんじゃないか？」

「だがもし王子が蓮神《はすがみ》のお告げを受けたなら、たいへんなことになる」

「まだ大丈夫なのだろう。お告げがあったらそれこそ主神《しゅしん》が変わることになるのだから」

「そうだな。まだ大丈夫だ。そうそうお告げがすぐ下りてはたいへんだ。天変地異がある予兆とも言われているからな」

「だが前の〝八尾虎《はちびとら》〟のザハナット様がお隠れになってからかなり経《た》つからな。そろそろ新しい神が下りてくれないと国民も不安だろう」

そんな会話が聞こえてきて、隠れている桶《おけ》に放水された、その水しぶきの多くが飛んでくる。

「――――ッ」

メイリアの顔に、胸元に水がかかる。あまりの冷たさに叫び声がでそうだったが必死に堪えて両手で口元を押さえた。

男たちはまもなく去って行く。足音が遠ざかり階上に上がっていったのを確認してからメイリアは陰から抜け出して、誰も来ないのを確かめながら上階へ進む。

あの書物はきっと王子の部屋に持ち込まれるだろう。

いくら豪華な船であっても、ここに宝物庫まではないだろうから、大切な書物は王子が自室に保管するはずだ。メイリアは豪華な彫刻の施された樫《かし》の木の扉の前にそっと歩み寄る。中の様子を耳をつけて確かめるが厚みのある扉の向こうではよほどの物音がしなくては伝わっては来ないようだ。

しかたなく、金の取っ手に指をかけてできるだけそっとノブを捻《ひね》る。そうして細心の注意を払いながら、そっと扉を引き開けた。

中の様子が覗ける程度開かれ、その奥にある豪華なソファやテーブル、そして暖炉まであるのを確認して感心しているメイリアの背後からまたしても人の足音が響いてくる。

メイリアは慌てて中に忍び込んだ。そして奥の寝室のカーテンの陰に身を潜める。

部屋に男が入ってきた。

豪華な黄金の刺繍が施された山羊《やぎ》皮のヒールつきの靴。続いて入ってきた従者は扉を閉め、男のそばにしゃがみ込んで彼の肩から纏《まと》っていたショールのようなものを剥《は》いでいく。

「お疲れでしょう。王子様」

「ああ、そうだな。短時間とはいえ、外国というのは気疲れするな」

「王子様でも気疲れなさいますか」

「むろんだ。それでも舞踏会にも出なければ、本来の招待の狩りにも参加しなかったのだから、あちらの王は我が所為《しょい》にさぞ不満を持たれただろうが」

「致し方ございません。お具合が悪いことは伝えてあったのでしょう？」

「父が伝えたはずだが、あの父だからな。ちゃんと伝えたかどうかは怪しいところだ」

「王陛下の命令とあらば、さすがの王子様も従わないわけにはいきませんから」

彼らはリランディアの言葉を話している。単語など、似た言葉があり、文法も似ているので幼い頃からリランディア国の書物に慣れて、言葉も勉強していたメイリアには何とか内容がわかる程度だが理解できる。

そうでなければ、メイリアはこの船の中でもっと途方に暮れていただろう。

王子様はやはり狩りの祝宴に呼ばれてきたようだ。でもどうしてあんな質素な部屋で夜中にひとり苦しんで回廊に倒れていたのだろう。

今この船に乗る前に見かけた多くの馬車と多くの従者を見れば、王陛下だけでなく王子にも多くの従者と召使いがいるはずだ。なのにあのときは彼はたったひとりで苦しんでいた。

やはり不思議だ。

メイリアはチェストの奥に寄り、そして逃げられそうな扉を探す。扉は奥のティーテーブルの後ろにある。メイリアは思い切って固まってきて痛む腰を伸ばして、そろりそろりとテーブルのほうへ這《は》うようにして進む。

「おや、まだこの部屋の掃除はすんでいなかったのか？」

すぐ目の前に白い衣が揺れ、革の靴先が突き出された。

「――ゃ」

メイリアは声もでないほど驚いて、後ろに身をのけぞらせる。

ころんと背中から倒れこむところを、前に立った男が腕を掴んで引き寄せた。

「おや、なかなかに美しい服の娘ではないか。メイドではなく、従者が手配しておいた側女なのかな」

男の声は、侵入者を警戒しているというより、飛び込んできた娘をからかうような口ぶりだ。

メイリアは腕を引かれて、今度は前方に転がりそうになっていたが、その身体を何ものかが抱き締め、そしてそのまま立ちあがらせていた。

（どうしよう。どうしよう、これはきっと、いえ間違いなく……）

「王子様……」

「おや、俺を知っているのか？　俺は君を知らないな。何ものだ？」

抱き締められた後方、耳の後ろから囁かれている。両腕の動きを押さえ込まれたまま、メイリアは彼の拘束から逃れることができずにいる。

「何ものかな？　俺のベッドを温めておいてくれたのか？」

「――え……」

メイリアは最初意味がわからず、純粋な気持ちで疑問符を口にする。

「男のベッドを温めておくというのは、男女間の行為に及ぶ前に、ベッドと身体を温めておくと言う意味だな、それにしてはドレスを着けたままじゃないか。ああ、俺が脱がす楽しみをとっておいてくれているのか。気が利いている」

彼はやおら丸まった姿勢のままのメイリアを抱きかかえ、立ちあがる、そして奥の天蓋付きのベッドへと運ぶと、どさりと荷物のように下ろした。

「あ、の……乱暴です……」

「乱暴？　このくらいで？　これからもっと乱暴なことをするのに」

仰向《あおむ》けに落とされたメイリアは、天蓋の内側に黄金の星々が輝いているのに目を見張る。濃紺の美しい天鵞絨《ビロード》の天蓋の内側に金糸で刺繍されているのだろうか。

見たこともないほど美しい。

幾重にも重なる波紋模様のドレープの縁に金の房が流れ、床に流れ落ちるカーテンは金のタッセルで止められている。天井まで届きそうなベッドヘッドのすべてが黄金に輝いているのを見て驚愕《きようがく》する。見栄《みえ》っ張《ぱ》りなメイリアの父ですら、ここまでのベッドは作らせてはいない。

しかもここは王宮ではなく、移動のための船の一室だ。

強引にベッドに乗せられ、男に覆いかぶさられているのに、メイリアは視界に入る煌《きら》びやかな黄金のベッドにあっけにとられて、抵抗する力もない。

彼はそんなメイリアにいっそうのしかかって、膝で左右に広がるドレスを押さえこんだ。

両手を耳元で小さな赤ん坊がするような姿勢で押し付けられて、メイリアははっとして天井付近の黄金の星々から目の前の漆黒の髪の王子に視線を移す。

「あ、の……」

「なんだ？」

王子はメイリアの額に口づけ、そして鼻の天辺《てっぺん》に口づけてちゅっと唇をすぼめてくる。

「んぅや……ッ」

驚いて、喉を絞るような声で叫ぶ。だが彼はそんなことは些細《ささい》なことといわんばかりに目の前で微笑《ほほえ》んでいる。

微笑んでいるというより愉悦の笑みを浮かべている。

黒髪の下のとてもはっきりした眉と、鼻筋と、厚めで口角が上がった唇の魅惑にメイリアは息が止まりそうだ。

初めてこれほど接近した男性が、今までどこでも見たこともないほど麗しい人だなんて、今まで地味で薄暗い日陰で生きてきたメイリアにとって、目も眩《くら》むような出来事だ。

だから、そんな男性にいきなりベッドの上に押し倒され、額と鼻に口づけをされるなんてことも、もしかしたら夢なのではないかと思っている。

（そうよ、あのときだってこんな夢を見ていたわ。黄金の光を背負ったような美青年が私を〝可愛《かわい》い〟とか〝美しい〟とかって、願望の塊のようなことを囁いてくれたの。だからきっとこれもまた夢……）

「何が夢で、何が願望だって？」

彼はメイリアの心を読んだかのようにそう訊《たず》ねてくる。

「わたし……何も……言っていません……」

そう言うのが精一杯だ。

「いや、聞こえた。今そなたはそう言ったぞ？　この唇で」

「言っていません……よね」

頭で思っただけだ。口に出したつもりはない。

「言ったと言っているのに。顔に似合わず意外と頑固者なのだな」

「顔と頑固は関係ありません……から」

ぐいっと顔を寄せられて、メイリアはパニックに陥《おちい》る。

顔を後ろに引こうにもそこはベッドの上で、逃れることはおろか顔を背《そむ》けることもできない。

「顔はとても素直そうだ」

「ありがとうございます、でもやっぱり私、そんなこと口にしていないはずです」

「では口に出していないことを言い当てた俺は神通力の持ち主か、天才か。もしくは悪魔か」

「え……」

メイリアは目の前の美貌の青年が、おかしな三択を持ち出したのに驚いてまた目を丸くする。

「それは……その中に必ず答えがあるのでしょうか」

「あるさ」

「――では神通力……でしょうか。……でも私、願望だなんて、考えてもいませんから」

「ふん？　では今考えていることを当ててやろう」

「そ……」

「黙って。当ててやるのだから、静かにして動くでない」

王子はメイリアの顎にそっと指を押し当て、持ち上げると唇で唇を塞いだ。

「ん」

甘くて、それでいてねっとりと濃厚な唇。彼の舌が圧迫してくるメイリアの舌は、いつしか彼の舌を自らも追い求めるように絡みついている。

「んぅ……」

「ふ。読めたぞ」

もっともっと、甘くて瑞々《みずみず》しい口づけをしてほしかったのに彼はメイリアから唇を離した。

「な、何が読めたのですか」

「もっと口づけをしてほしい」

メイリアは息を呑《の》む。

「もっと抱いてほしい」

頬《ほお》が熱くなって、怒っていいのか逃げ出したほうがいいのかわからないほど惑乱する。

「ど、どうして。そんなの当てずっぽうです！　そうです。本当にやめてください。私、もう帰りますから」

「待て」

メイリアが身を捩《よじ》りながら、片手を彼の手から引き抜こうとしたが、そんな簡単に大柄な青年の力からは抜け出せない。

「我が部屋にこっそりと入り込んだ挙げ句、暗がりで潜んでいたのだからもちろん我が身体目当てだったのだろう?」

「ち、違います……私は……」

「そういえば馬車の中でも俺の身体をやたらと気にしていたな。そういうことだったか」

「違いますってば」

「そのように動揺して顔をトマトのごとく赤くして……本当に可愛らしい娘だな」

「娘って……また馬鹿にして……」

メイリアは、つい本気になって声を強める。それでも元々引っ込み思案な内気な少女として成長していたから、ファウリンのように強気に叫ぶような態度はとることができない。自然と、はにかみながら、苦情を口にする程度のものだ。

「そんな風に可愛く反論されるともっと苛《いじ》めたくなる」

「苛めたく?」

「ああ、可愛い子は苛めたくなるだろう? 男としては」

「そんなこと、知りません」

男性経験などない。王女としての品格と純潔を求められる王宮の王女は、父王が許した特別な相手以外とは話すこともデートをすることも禁じられているから。

メイリアの場合、容姿コンプレックスもあるから、輪をかけて男性と近くにいたこともない。

「そう？　じゃあ、教えてやろう。男の部屋に忍び込んだ可愛らしい姫は、まず口づけされ、抱擁されて、そしてドレスを脱がされるものだ」

「シュヴァル王子？」

「なんだ？」

「本当に夕べも朝も、そして今ここにいるのもシュヴァル王子？」

「そうだ。他にこれほど美形で気品があって賢そうな男はいないだろう？」

　メイリアが男性を畏怖しながらも彼を押しのけられないのは、容姿だけではなく、なぜか懐かしい気がして、彼を一目見たときから受け入れていたような気がするからだ。

（この人の……何がこんなに私の中で受け入れる要素があるの？）

　むしろ、綺麗すぎて怖い。この氷のごとく鋭い眼差しで見つめられたら、いたたまれなくなって、穴に入りたくなってしまう。王女の中で最も醜い私がこの誰よりも美しい人の眼差しに映っているなんて、悪夢のよう。

「今、俺が綺麗だと思ったか？」

「――――ッ」

「図星か？　まあ、俺は予知能力者で、神だからな」

　彼はまたメイリアにのしかかってきて、そして再び唇に唇を重ねてきた。

「甘い……果実……だ」

　彼が微かに唇を離しながら囁《ささや》く。

吐息がメイリアの濡れて輝く唇をくすぐる。

「俺が好きか？」

メイリアは答えに窮した。

ここですぐ好きだと言えば、軽く、浅はかな娘だと思われてしまいそうだ。

かといって嫌いと言うには、彼のことが好きすぎる。この一緒にいて、包まれるような感覚は彼と出会って初めて知った。

「まだ……お会いしたばかりでそんな質問は難しすぎます」

「会ったばかりでも、好きか好きじゃないかわかるはずだ」

そう。メイリアももうわかっている。でもそれを認めて口にするのは気恥ずかしい。

「ではもっと答えやすくしてやる」

シュヴァル王子はメイリアのドレスの裾を捲《めく》り上げ、下着を引き下げる。

「きゃ、きゃあ？」

「静かに、大声は出すなよ。この部屋に娘がいると使用人に知れたら、父王に報告されてしまう。そうしたら騒ぎになる」

「騒ぎに？」

「俺は一国の王子だ。王位継承権もある。そしてそれ以前に神殿の主の後継者候補でもあるからな」

「――その意味がわかりませんが」

「天界から星が落ちれば神殿の主になれる。それがリランディアの伝説。従うのが王家の規律。俺は清く美しい肉体と精神を持っていると全国民に知らしめている。だからこっそり部屋に娘を引きずり込んでいると知れると王家として体面が悪い」

「それは体面が悪いどころではありませんよね。我が国でしたら、王家からも教会からも追放されてしまいます……」

「そうだな。まあ、俺の国は神教で、神官に追放されるかされないかということだが」

「ああ……」

「だから、この部屋では何があっても声を出すな」

「――はい」

神妙に頷《うなず》くメイリアを見てまたシュヴァルの目が悪戯《いたずら》っぽく細められた。

「素直だな。やはり可愛すぎるな」

そう囁くとすぐメイリアのうなじを髪ごと掴んで引き寄せて唇を奪ってくる。

「姫……美しく可愛い俺の姫。俺の寝室に忍び込んでくる勇敢な娘だ。俺の特別な娘」

「――嬉《うれ》しいような、たいへんなことになったような気がしてます」

メイリアは、そもそもここに書物を取り返しに来たことを今の今まで忘れていた。

「あの本のことです……けど」

口づけを受けながら彼の胸を軽く突き返す。

彼はそんなメイリアをいっそう強く抱き締めて、そしてベッドの上にまた転がした。

「な……」

「ドレスを脱がすと言っただろう」

今度は背後から背中の細かにみっちりとはめられているパールのボタンを外している。その手際の良さは、とても今まで女性のドレスを脱がせたことがないとは信じられないような手早さで、メイリアの背中はすぐコルセットだけになっている。

「コルセットか……面倒くさいな」

シュヴァルはテーブルに手を伸ばすと小さな果物ナイフを握りメイリアの背中のコルセットの紐《ひも》を切り落としてしまった。

「――――あっ」

ウエストから胸部にかけて締め付ける強い力が消え、胸が揺れながら解放される。

身体中から暖かな空気が奪われたかのような、すべてをあらわにされたメイリアの華奢な身体がシュヴァルの前に晒《さら》されている。

「――――あ……あ……な。なんて……きゃあ！」

メイリアはシュヴァルの顔を見つめ、そして彼の手にしているナイフを見つめ、はらりと落ちているコルセットの天鵞絨のリボンを見て、自分の白い肌を見つめる。

「可愛い胸だ。姫」

「きゃあああああ」

メイリアは悲鳴を上げて両方の腕で年頃の乳房を覆う。そして身を捩ってベッドの上の毛布をかき寄せて胸元に押し付ける。

「しッ！」

メイリアの悲鳴をシュヴァルが押さえ、そしてその身体の上に覆い被さる。

「声を出すなと言ったばかりだろう？」

メイリアの白い裸体はシュヴァルの逞《たくま》しくもしなやかな男の身体の下にあり、強く押さえつけられている。重力がかかり、乳房もメイリアの腕に重なった彼に押し潰されている。

「ファウリン姫……」

自分で名乗ったのだから、イグリス国の王族に詳しくない彼はそのままメイリアが〝ファウリン〟だと信じているのだ。けれどメイリアはそう呼ばれるのに抵抗があった。

彼は自分をファウリンだと思って接している。濡《ぬ》れたドレスを脱がせてくれているのも、豪華なベッドの上にのせてくれているのも、イグリス国のファウリン王女として――。

彼はメイリアを引き寄せて抱き締める。濡れた赤い色の髪から今も雫《しずく》が落ちていて、その雫が塗れた肌に落ちる。

「あ……」

彼はメイリアの濡れた髪をほぐすと、タオルで纏めて水気をぬぐい去った。その後うなじから背中にかけて拭いていく。

「姫をこんなにびしょ濡れにした犯人は誰だ。水を浴びせかけたものを罰せねば」

「罰する必要はありません。私が勝手に船に乗り込んだせいですから……」

「そうか。まだ寒いのか？　震えが止まらないな……」

　さっきまでは平気だったのに、今はとても寒い。メイリアがまだ冷たい足先をベッドの中で震えさせたのに気づいたのだろう。シュヴァルはその足に指を這わせてかかえ上げ、爪の先に口づける。

　そして爪の先まで愛おしそうに唇で咥《くわ》え、吸っては肌を舐めてくる。

　丸められたメイリアの身体は彼の手による愛撫《あいぶ》に染め上げられて、乳房は彼のためにあるかのように丹念にずっと揉《も》み込《こ》まれていく。彼の手に自由に形を変える柔肉。先端の突起がつまれるたび、メイリアの身体の奥の蜜壺が熱く疼《うず》く。

「あ……。だ、め」

　じゅくんと中が弾《はじ》けた。

　足指、彼の熱い口腔で吸い上げられ、ショコラのように舐められていく。親指から順にしっとりとした口腔で愛撫されていく。小指が咥えられ、甘噛《あまが》みされる。

　彼がそんなことまでしてくれるなど思ってもいなかったメイリアは驚いて足を引いてしまう。

「ああ、悪かった……やりすぎたか。痛かったか？」

　ねっとりとした愛撫に蕩《とろ》けていたメイリアの指を離してシュヴァルが顔を見つめてくる。美しい顔。メイリアの指をしゃぶってくれていたなんて嘘《うそ》のよう。

　しゅんとしたかのようにシュヴァルが謝罪してきて、手を体から離しかける。

「ぁ、違うの……違うんです。ただ、驚いて。申し訳なくてそんなところまで」

離されては嫌。彼の体温が今少しでも自分の身から離れては凍え死んでしまう。

そう思った。

本気でそう思えた。

「離さないで……もっと……お願い……」

そう言った途端、シュヴァルは安心したようにメイリアの肌に手を伸ばし、愛撫を始めた。

「よかった……おまえに……姫に嫌われたかと思った」

「私を温めるためにしてくださっているのに……嫌うわけないわ……」

「今度はこれを飲んで」

彼は寝台の脇のナイトテーブルの上にあった琥珀色《こはくいろ》の液体の入ったグラスを手にすると、それをメイリアの口元に注いでくる。

「大丈夫。温まるから……飲め」

優しいのに、圧倒的に従わせる力のある低い美声。

メイリアはこくんとそれを飲んだ。強いアルコール成分に喉がかっと燃えてくる。

それが喉を伝って腹部に落ちて行くのがわかるほどに熱い。

そんなメイリアの姿をシュヴァルは見つめて、おもむろにメイリアの身体を抱き締める。

「今からおまえを抱くぞ……」

低く囁くと、ベッドの上にメイリアを押し倒す。そして太股《ふともも》を挟むように両膝を載せて、掌をメイリアの肌に這《は》わせてくる。

「あ……」

ベッドの上で、弾《はず》むメイリアは、身体の上にのしかかってくるシュヴァルの艶《つや》やかな肌を見て張りつめた胸を上下させる。

なんて逞《たくま》しいのだろう。鋭い視線。整った顔立ち。首筋から浮きあがった鎖骨の男らしさ。胸の筋肉。引き締まった下腹部。

彼が腰に纏わりついていた夜着を完全に落として、メイリアの身体を抱き締める。

背中に回された腕。メイリアの乳房を潰してくる彼の胸筋。

「ああ……」

暖かい。そして力強い抱擁。彼は自らの身体に毛布を纏いつけてメイリアを抱く。

「寒いだろう。俺の身体で……温めてやる……」

心地よい声。

「果実のような唇だ……この小枝のような細い身体も……どうしてか手折りたくなる……」

「手折ってください……」

そっと手を伸ばして、首筋に小さな指先を這わせてみる。彼の肌に触れたくてしかたない。

「もっと……して……いいか」

彼の声に、メイリアは微かに首を動かした。

「もっとするぞ。壊れるほど抱くぞ」

メイリアは頷く。

「姫のどこもかしこもを……愛撫したい。舐め上げたい。これは……おまえを温めてやりたいという看護の気持ちとは、また違うかもしれないが。独占したくてたまらない……」

「いいの。もっと触れて……ください、もっと私に触れて……」

「まだ寒いのか？」

メイリアは小さく、小さく頷く。シュヴァルはメイリアの身体を抱き締め、大きな掌を肌に吸い付くようにして撫でてくる。

「もしかして……初めてか？」

初めて？

「男と……身を重ねるのは初めてか？」

メイリアは頷く。

「こうして……ベッドに共に入るのも……初めてで私……」

「そっとする……そっとするが……やめはしない」

メイリアの答えを待たずに彼はメイリアの片方の乳房を掴んで揉んできた。ゆるりと乳首を回すようにして、そうしてもう片方の乳首を赤い口に含み、濡れた舌先で突いてくる。

「ああ……んぅ」

身体の繊細な部分がすべて彼に支配されている。

彼は自分が気持ちよく、燃える場所を知っているのかもしれない。

いっそう緊張が走る。

「あなたはどうして……知って……」

「我が血族の中に走る血が……女性の肉体と精神を高める秘所を知っている……」

「肉体と……精神」

彼はもう答えなかった、メイリアの乳房を口いっぱいにほおばりながら、口腔で小さな乳首を舐め回す。

もう片方の手では乳首の先を指の股に挟み込んでくりくりと摩擦している。

「あ……ああ……ッ」

メイリアはあまりの気持ちよさに身体をぎゅっと縮こまらせた。

憧れの、初めて好きになった彼が身体を温めてくれている。

これほど優美で気高い青年が自分に尽くしてくれている。

リランディア国の王子様が……私を……。

「とても可愛い乳首だ……」

メイリアは心臓が居すくむように震えあがる。

「どうした？　怖がることはない。こうすることは身体を温めるに普通のこと……。可愛い乳首をこうして愛してやれば、心臓が騒ぐだろう？」

「あ……」

どうしてわかるのだろう。メイリアの心臓は先ほどからこれ以上ないほど激しく打っている。

「あ……胸……そんな……」

甘噛みをするように歯が立てられながら、いっそう強く唇が乳首を吸い上げてくる。そして舌先で舐められて、しゃぶられていく。

怖い。そして肌の中からいやらしい何かがざわざわと蠢《うごめ》きだしている。

そうしながら、もう片方の乳房をおかしくなるほど丹念に手で揉んでいた彼の手は、腰に緩やかに下りていき、お尻をまさぐりながらメイリアの肌がほのかに温まってきているのを確かめているようだ。そうしてから後の谷間を指の先で何度も上下に動かし、メイリアの腰を前後に激しく震わせてくる。

「あ……ッ、そ、そんな……ところ。だめ……だめ……です……」

メイリアもそこをそんな風にされることに強い違和感を覚えた。

「んぅ」

あまりにそこが敏感に彼の指を感じて、メイリアは飛びあがらんばかりに驚いた。

「ああ、ここが……気持ちいいのか？」

気持ちいい。すごく奥から感じた。人の指をこんなに淫らに感じることがあるなんて。

メイリアは、胎内がぞくぞくとしてくる不安さえ愉しんでいる自分を、不思議に思いながらも小さく喘《あえ》ぐ。甘い喘ぎ。

お尻の谷間を緩やかに揉み込む指は、やがてするりと濡れた双壁の間を通って、メイリアの最も恥ずかしい秘所に辿《たど》り着《つ》く。

双葉のふっくらとした肉を彼の指が柔らかに揉んでくる。

押し込むようにして中から雌芯を現すとそこを人差し指の腹で柔らかくねじってくる。

「あ……ッ！　だ。め……」

ジュクジュクッと、胎内の中から濡れたものが蕩け出す。

敏感な雌芯が隠れていた花弁の中から彼の指先でつまみ出されて、指の腹で擦られている。

「だ、め……だめ……です……」

お漏らしをしている。メイリアは思った。あまりに気持ちよくて失禁したのだと思った。

彼の唇で吸われてぴちゃぴちゃと音を立てている乳房の快楽を振り放すようにしてメイリアは手で彼の腕を押しのけようとする。

けれども彼はメイリアの手首を反対に押さえ付けて、そのままメイリアの淫唇の中に指先を下ろした。

「ああ……」

自分の手でその部分を触らされて、メイリアは体中を熱く火照《ほて》らせる。

「どうだ？　熱くて濡れているだろう？　もっと熱くしてやろう。そうしたら寒さも少しは和《やわ》らぐはず」

メイリアの手の先が双葉の内側を何度も擦るように動かされる。

自分の指なのにどう動くのかわからない。でも彼の手と一体になって、自分のそこを感じているのがわかる。濡れた肌を自らの指で擦ると中が燃えるように恥ずかしくなって、そしてまた蜜が蕩けだしてくる。

「大丈夫だ。それは俺を受け入れる蜜……もっともっと感じてくれ。そうしたら痛みもなく中を熱くしてやる」

もっと激しい繋がりを彼がくれる？

そう思うだけでメイリアの乳首が尖《とが》って中が燃えるように鼓動を早める。

「ああ……んぅ」

足の付け根の濡れた秘所がぱくんと、音を立てて開いたのがわかる。

湿り気のある双葉の内側に、すっと冷気が流れる。

乙女の一番大事な場所だと乳母《うば》に教わっていた秘所。結婚相手との初夜に初めて身体を開くのだと教えられた。

ベッドですべてを見せるのは、結婚相手だけにしか許されないと。

そこが今、彼の前に開かれている。

「あ……あの、そんな……そんなことどうして……」

男性に身を委ねて、抱かれなさい。そういう教えは受けたけれど、こんな風にいきなり足を開かされるなんて思ってもいなかった。

「さ、むいわ。そこ……あの、温めて……くれる……のでは？　シュヴァル様」

「温めてやる。もっと身体の芯から温めてやる。燃え尽きるほどに」

メイリアの淫唇に彼の舌が落ちていく。

熱い舌がねっとりと二つに分かれた花弁の谷間をなぞる。

「あ……だ、めですそんなところ……舐めちゃ」

だが彼はやめようとしない。もうメイリアを言葉で慰めることも惜しいというように、代わりに広げた舌でさらに熱く、強く谷間を何度も擦っていく。

「ひゃ……んッ、んぅッ……」

蜜が溢れて彼が舐めている谷間に零《こぼ》れ落ちていく。

「甘い蜜……まさに我が花」

彼は蜜口に指先をあてがうとその奥にゆっくりと指を忍ばせていく。そして奥を丹念に掻《か》き混《ま》ぜるようにするとメイリアの膣《ちつ》道を懐柔している。

「ん、あ……っ！　ああ」

メイリアはそこをそんな風にされたこともなく、そんなことをされるとも聞いたことがなかったから怯え下肢を上方に逃そうとする。

だが彼の手がしっかりとメイリアの乳房を握っているから、それもできない。

「シュヴァル様……」

彼がいつの間にか腰から覆いものを剥いでいる。メイリアは自分への愛撫を受け止めるだけで精一杯になっていたから、彼がいつしかメイリアの足の間に身を割り込ませていたことにも気づかなかった。

大きく太股を開かされたままメイリアの淫唇が押し広げられる。

彼の舌で甘く蕩かされていた淫唇の狭間《はざま》に、何か熱い塊が押し付けられる。

「あんぅうう」

異様に感じる太く固い塊に、メイリアは固く瞑《つぶ》っていた眼を開く。男性の裸身が見える。正装の上衣《うわぎぬ》の下から、逞しい太股と男性器が覗《のぞ》いていた。彼の中心から、武器のように長く屹立《きつりつ》したそれはメイリアの小さな蕾《つぼみ》を求めてそそり立っている。その先端がメイリアの淫唇を押し開き、微かに蠕動《ぜんどう》しながら蕾の口を探し当てていた。

「ひゃあ……」

メイリアは熱い吐息を漏らす。

怖かった。でも、シュヴァルにならされてもいいと思っていた。それが胎内に突き刺さってきてもシュヴァルの好意なら耐えられる。

出会ったばかりと思えないほど彼に身も心も捧《ささ》げている。

『美しい姫……優しい姫……秘密を守ったな。信用できる姫君だ』

それは母が自分に言っていた言葉と似ている。

そんな言葉を言ってくれる人が再び現れるなんて思っていなかった。諦めかけていた。

「姫……」

ぐっと桃色の未熟な花弁を引き裂き、それでも花弁を労《いたわ》るように緩やかな挿入と退出をさざ波のようにくり返す。中から溢《あふ》れ出《だ》すメイリアの蜜を確かめるように指先で性器に塗り込めながら、さらに深く挿入していく。

「あ……や……ひぅ……」

メイリアの繊細な花弁の肉襞《ひだ》を圧し割って中に彼のものが入ってくる。

「んぅ」

メイリアはその威力に身を固くした。

「大丈夫。俺がおまえを気持ちよくしてやる。温めてやる……姫……温かくなりたくはないのか？　もう……俺のことはいやか？　怖いか？」

彼に特別な繋がりをもらえそうなのに、どうしていやなことがあるだろう。

「もっと……して……もっと熱くなれるところに……して。もっと……お願い」

メイリアは恐怖と不安を打ち消すように彼の背中に指を強く這わせ、そして挿入の疼《うず》きが深く打ち込まれるたび、爪を食い込ませた。

「ああ……姫……姫、の身体はとても細い……これでは……熱くする前に壊れてしまう」

「もっとして……もっと……」

彼の胸に頬を寄せて、滑らかな肌を感じている。

彼の鎖骨が見える。メイリアを抱き締め、乳房を揉み続けている腕の逞しい筋肉が見える。

彫刻のような身体。その身体から、ぼうっと白い光が浮きあがっている。

メイリアは彼の耳元に視線を移す。そして手に。あの傷跡は今はもうない。

でも彼の右手の掌には今もあの八枚の花片が太陽のように刻まれている。

（この人を……信じてる。この人に身を任せて、大丈夫……）

メイリアは引き裂かれるような痛みを持ちながら、太股をさらに開き、彼の腰を抱えるように足を開かせてくるシュヴァルのされるがままになっていく。

「姫……奥に入れるぞ……」

「ま、だ……入る……の？　もう無理……」

息ができないほど、彼の巨根はメイリアの中を穿《うが》っていく。細い乙女の身体が男の印を刻み込まれていくように、メイリアの中に肉塊が挿入されていく。

「あ……あんぅ」

びくっとして下腹部が引き締まる。その緊張感と、彼の前に下肢を開かれている恥ずかしさと、いろいろな感覚がメイリアのそこをさらにおかしくしたのだろう。

開かれた脚の間から、じゅくん、と水の流れる感触がする。

「あ……ッ」

「大丈夫だ。これは姫からの合図。我が愛撫を限りなく受け入れるという承諾の証《あかし》」

彼の膝がぐぐっとメイリアの腰を押し上げてくる。

両膝を彼の肩にかかえ上げられて、メイリアの身体は子猫のように丸められた。

シュヴァルはメイリアの唇に口づけると、その唇から首筋を挟むようにしてついばんでくる。

鎖骨に、乳首に落とされる唇の繊細な愛撫にメイリアは腰を震わせ、つばを呑み込んだ。

擦られている女陰の中が燃えるように熱くなってくる。

シュヴァルの目の前に広げられている自分のそこが今どんなふうになっているのか考えると怖い。太股の内側に、とろとろと熱い蜜が流れ、濡れた肌が彼の下肢に打ち付けられて音を立てている。

「んぅ……あ、ああ……」

蜜が流れるたび、ぐぐっと彼の肉塊が一突きに奥に入り込んでくる。

圧迫される胎内にメイリアは顔を左右に振って、その痛みと破裂しそうな恐怖に耐える。

「大丈夫……怖くないぞ。こうして愛を打ち込んでいく。それが性交だ。姫……俺がお前に教えてやる……俺の姫よ……俺の花……」

囁きは熱く、吐息交じりで、彼も通常の彼ではないのだとメイリアには伝わった。

自分を愛する行為に必死になってくれている。

その間に恥じらうように色づき、開かされている淫唇。

メイリアは恥じらいながらも彼の背中に手を伸ばし、指先で肌にしがみつく。

(この方が好き……この縁を強くしたい。だから……)

初めて受け入れた男性の大きさに身もだえしながら、ずっと奥にその先端が打ち付けるのを彼の身体に揺すられながら受け入れる。

「姫……愛してる。美しい姫。俺のものにする……絶対に」

囁かれるたび幸せになる。こんな言葉が自分に向けられる日が来るなんて思っていなかった。

「シュヴァル様……本当に……？　私……好きですか？」

メイリアはギュッと目を瞑って、今また激しく彼が腰を穿《うが》つ振動に堪えている。

奥のほうで膣壁が彼の硬い亀頭に擦られて、なにか破裂した。

「あ……ッ」

「愛してる。とても好きだ。おまえを……好きでたまらない。一目会ったときからだ」

自分の容姿なんて、全然素敵じゃないのに。彼は会ったときから褒めてくれた。

綺麗だと言ってくれた。

メイリアは指に強く力を込め、彼の湿ってきている肌にしがみつく。怖い行為を受け入れようとしつつも、彼の張りのある肌に触れていると、逞しいその身体に心が騒ぐ。

指を絡ませ、身体が裂けてしまう不安を打ち消そうとする。

「もっと、強く……もっともっと……抱いてやる。姫。可愛い姫。大丈夫。裂けそうになったらやめるから……」

「あ……やめないで。やめないでいい……の」

メイリアの身体は彼で埋め尽くされて、呼吸一つできないほどだ。

そう言葉を吐き出すことさえ困難で、メイリアは必死に彼にしがみつく。

「ではやめない。お前と完全に一つになりたい。可愛い姫。もっともっとしがみつけ。俺に爪を立てるといい」

「ああ……シュヴァル様……ッ」

ぐぐっと彼の腰がうねってメイリアの中で亀頭が激しく膨らむ。膣中に激しい熱が放出されて、メイリアは泣きそうなほどの快楽を覚えた。

背中を貫くほどの巨根がメイリアの性感帯を貫いていく。

彼が擦り上げた膣道は、精液に満たされて熱く燃える。蜜口から溢れた乙女の液と雄の精が絡まり合って、メイリアの中をぐちゃぐちゃにした。

彼が穿った深い抽挿に、白い太股が弾《はじ》けだした蜜に濡れる。

精液が掛かった膣の中は、今もまだ彼の亀頭がはめ込まれ、ぐぐっと密着するほどシュヴァルの腰がメイリアに打ち付けている。

「あ……んあああ……っ！　ンくっ」

メイリアは頭の中が真っ白になっていくのを感じていた。

◆第三章◆　ご奉仕？　溺愛？　王子様はご機嫌ななめ

じっとりとした汗が肌を濡らし、シュヴァルの背中の肩甲骨にしがみつく。

中で放たれた彼のねとりとした精液が、メイリアの膣《ちつ》を蕩《と》かしている。

まだ胎内に彼の熱い熱が渦巻いている。

固くて太いものにずっと擦られ続けていたメイリアの膣道と淫唇は、赤くひりついていた。

だるくて、身体中が鉛《なまり》になったように動かない。海の底に沈み込んで永遠にそのままゆっくりと微《かす》かに息だけしている貝のようになっていたい。

「姫……お姫様……。いい加減その美しいアメジスト色の瞳を開いてくれないか」

（美しいアメジスト？　私の瞳が？）

メイリアの疲労に沈んでいた身体の奥から、燃えるような喜びが湧きあがる。

「目を開けてくれないのなら、俺は悲しみに沈むだろう。こうしてお前の上に折り重なっていつまでも起きあがることすらできない……」

囁《ささや》きは低く沈んで、メイリアの身体の上にとてつもなく厚い布団のようなものがのしかかってくる。

「――――んぅ」

胸が圧迫され息苦しさにメイリアはのろのろと目を開けた。

「目が醒《さ》めたかな？」

「ん……ひゃう？」

おかしな声を上げたのは、すぐそこに見つめてきている竜胆色《りんどういろ》の眼差《まなざ》しがあったから。艶《つや》めく黒髪はメイリアの頬《ほお》や顎《あご》にもかかり、彼のうなじから首筋に流れ落ちている。

重い布団だと思ったのは、シュヴァルそのものだったらしい。

「シュヴァル……様……」

「なんだ？　愛する華麗なる姫よ……」

なんて甘い言葉だろう。冗談でもそんな言葉を言われたことがないメイリアは、次第に鼓動が高まっていく。

彼の声が自分に向けられている。しかも気遣ってくれている声だ。

とても幸せ。とても嬉《うれ》しい。

密航して、王子に身を委ねて、不安が全身を支配していたけれど、こんなに幸せなことになるなんて、想像もしていなかった。

「お姫様……どうかな？　大丈夫か？　なんて聞いてはいけないか？」

彼の身体の張りつめた筋肉を思い出す。上半身は衣服をつけていたのに、途中からメイリアの身体にまっさらな肌を押し付けその体温を交わらせていた彼の肉体。今はまた幅広の金刺繍《ししゅう》で縁取られた白いチュニックを纏《まと》い、腰のまわりにも金の帯をまとわりつかせている。

神様のように神々しく見えるのは彼の背後からカーテンの隙間を縫って射《さ》し込《こ》む光のせいだろうか。口づけが額に落ちてくる。

ストロベリーブロンドのうねりのある髪を彼の指が何度も何度も梳《す》いている。

「綺麗な髪だ……」

「赤毛なんて……恥ずかしい」

「何をいう。赤くないぞ。赤金だ。陽《ひ》に透けると炎の色だ。なんて美しいんだ」

メイリアの手を取ると、手の甲に口づける。

「あ、の私……着替えを……」

彼は服を纏っているがメイリアは裸だ。裸のままベッドの中で毛布にくるまれているだけなのは、身持ちの堅い純潔を守るはずの王女として、はしたない。

「ベッドから出なくていい」

彼は着替えのことなど考えてもいないように、メイリアの背に大きなクッションを二つ入れてくる。お尻のあたりも足の間も違和感で動くと顔をしかめてしまうが、そんなメイリアの唇に冷たい何かが押し当てられる。

「ん？」

それまでぼうっとしていたメイリアの目が、ぱっちりと大きく見開かれた。

甘い香り。ふっと太陽の色味が見えて、そして香りの中にもそういう華やかな匂いが感じられている。

「食べて。食べてみろ」

メイリアはおずおずと目の前のシュヴァルを見ながら唇を開く。

舌の上に、トロンとした果肉を感じる。

「噛《か》んで」

メイリアは言われたとおり、ころんとしたそれを噛んでみる。甘い果汁がジュッと口腔に広がって、ゼリーのようなつかみ所のない果肉がふるふるとちぎれて口いっぱいに風味が溢《あふ》れる。

「これ……」

「うまいか？」

メイリアは渇いた喉に染みいるような甘みと太陽の香りに、痛みと緊張でまだ肉体が疲労していたことも忘れるほど、その汁気に癒やされていく。

「とっても……なんですか？」

「我が国で採れる葡萄《ぶどう》だ。ガンディ河の〝神の都〟周辺の地域でしか採れない特別な葡萄だ。神の力が宿るとされ、生気の衰えた病人に食べさせるととても元気になると言われる」

「そんなに特別な葡萄なのですか」

メイリアはふと、複雑な顔になって口を閉ざす。

「どうした？　美味《おい》しくなかったのか？」

白いふんわりとしたチュニックに、黄金の帯を巻いているシンプルな衣装を纏っている彼がベッドの上に更に膝を詰め、メイリアの顔を覗き込む。

「美味しかったです。とっても。でも……私は病気でもないのに」

「王子の特権だ。気にするな」

「ですが……リランディア国でも多くは採れないものなのでしょう？　私が口にした分で、どなたかの命が助かったかもしれないのに……そう思うと」

メイリアが困惑した顔で俯くメイリアをシュヴァルが突然抱き締めた。

「シュヴァル様？」

「姫は本当に心優しいのだな。まさに俺が望んでいた蓮《はす》の乙女だ。最高の美女だ」

メイリアは、抱き締められながら髪を撫《な》でられ、ウエーブのついた髪を何度も梳くようにして指に絡めている。

メイリアにとっては忌々しくさえあるストロベリーブロンドの髪だ。何度短く切ってしまうか、染めてしまおうかと思った髪。

それなのにシュヴァルはその髪を宝石を見るようにうっとり陽にかざしながら眺めている。

「シュヴァル様の国では赤毛は品位が損なわれるという伝承はないのですか？」

沈黙も怖くて、恐る恐る口を開く。

「我が国では黒髪が多いからな。髪の色ごときで品位がどうのということはない。さらに言えば、人の姿をしていないものも大勢いるし、人の姿をしていないものほど絶大な力をもっていることもある」

メイリアはあの書物の中のまか不思議な姿をした神々の絵を思い出す。妖精、精霊、神々は、西洋の神と神の御使《みつか》いとはまったく異なっていた。

「ここではこの髪の色は黒髪より美しいと賞賛されるだろうしこの美しい菫色《すみれいろ》の瞳は朝靄《あさもや》に透ける空のようだと絶賛される。そんなことより……さあ」

金色のグラスから緑の葡萄をつまんでメイリアの唇にまた押し入れる彼の顔を見ながらメイリアは、素直にそれを口にする。喉が渇いていたし、それよりも身体中が熱っぽく、冷たい果実はメイリアの身体が求めていたから。

「あの、でももう十分。結構ですから」

命の救いとなるほどの貴重な葡萄だ。彼がどれだけ勧めてきてももうそれ以上は食べられない。お腹《なか》がすいてきてしまって、あるだけ全部〝貴重な葡萄〟を平らげてしまいそうだから。

メイリアは空腹が普通でないのに気がついて、そして部屋の中に射し込む光の様子も見てふと不安になる。

「――――あ……」

「どうかしたのか?」

「今はいつですか?」

「いつとは?」

「だって……あれからずいぶん経《た》っていそうなのに……今もまだ外は明るくて……」

濡れていた髪はすっかり乾いている。ドレスはどうだろう。彼があのとき放り投げた椅子のほうを見ようとして、メイリアはそこに椅子がないことに気づく。

椅子がないだけではない。どことなく部屋の様子が変わっている。

「――――ここは……」

「俺の部屋だ。寝室だ」

「そうですよね。でもなんだか……天井の星の数とかカーテンの色味が少し……」

天蓋《てんがい》の内側に輝く金の星々も幾分増え、金もほんの少し違って感じられる。

カーテンもベッドの枕もどことなく違う気がする。けれどどれほど違うと思っているのかと言われれば自信はない。

〝どことなく〟なのだ。でもやはり、カーテンの隙間から見える部屋の向こうの雰囲気も違う。

窓が大きくアーチ型である。

「ここは……どこ？」

メイリアは改めて身を起こして、そして足の付け根に痛みを覚えて顔をしかめた。

「ここは……俺の寝室。そして姫の寝室にもなる」

「――――それって……でも」

「なんだ？　俺との初めての褥《しとね》の余韻よりも、このベッドの天蓋の星の数の方が気になるか」

「王子。湯をお持ちしました」

外から部屋に入ってくるものの気配がする。

メイリアはベッドの奥に身を潜め、開いていたカーテンを慌てて閉じようとする。

だがシュヴァルは平然としたままだ。それどころか戸口に向かって立ちあがり、入ってきた使用人に対峙《たいじ》する。

「例のものも持ってきただろうな」

「はい。こちらでよろしいでしょうか」

彼は使用人が持ってきた大きなトランクを開かせてみて、中をちらと一瞥《いちべつ》すると使用人にそれらを奥に運び込ませる。

「それから、ここに置くための衣装箱をもっと多く用意しろ。できるだけ華やかで聖なる文様のある神殿用のものがいい」

「神殿用ですか？　王陛下がお許しになりますかどうか」

「カシュバ王も許すさ」

自信を持って言ったシュヴァルはメイリアのほうに手を差し出し、メイリアを見つめている。どういうことだろう。

あれほど、誰かに見つかってはいけないと言っていたのに。

「王子。その衣装は……異国から連れてきたという例の乙女に着せるためなのですよね」

「ああ。そうだ。彼女に着せる」

メイリアは、どきっとした。

この従者は自分の存在を聞かされている。

大丈夫なの？　私、このままこの船がリランディア国に着いてしまったら、どうすればいいのか。そしてもしシュヴァル様がこのまま船に乗せて帰してくれるとしても、処女を失った私をお父様や他の王族が、許してくれるとも思えない。

何せ父の制止も聞かず勝手に密航してしまった王女が、どうなるか、もしかしたらとんでもなく酷《ひど》い扱いを受けるかもしれない。そう思ってメイリアは震える。

「シュヴァル様……あの、私、船を降りたくないんです。もうじき船はリランディア国に到着しますよね」

一昼夜、船で行くと到着すると父は言っていた。今が昼ならばもう一昼夜たっているはずだ。

「姫。案じることはない」

シュヴァルは毛布を放さずにいるメイリアの手を引き、抱きかかえるとベッドから連れ出してロイヤルブルーのカーテンの中から連れ出す。

午後の陽射《ひざ》しだろうか、目をさすほど鋭く激しい光にメイリアは包まれる。彼は窓を大きく開け放すとバルコニーに足を運んだ。手すりの上にメイリアを載せて、下界を見下ろす。

見たこともない光景だった。

見たこともない色深い緑の木々が整然と白いタイルで仕切られた広場に茂って――。

「見てみるがいい。ここはもう俺の国。リランディアだ」

「シュヴァル様……私……あの、国に戻らないと」

父がきっと怒り狂っているに違いない。

心配している、というよりは怒り狂っている。あのとき言いつけを守らず、制止を振り払って出て行ったのだから、それは父が怒るに決まっている。

「お父様に……言わずに王宮を出てしまったなんて……」

「王宮どころか、国さえ飛び出て海峡を渡ってる。今やリランディア国にいるのに、そんなに細かいことを気にするな。姫」

シュヴァルは男らしい眉を皮肉っぽく吊《つ》り上げて笑う。

「細かいことなんかじゃないわ」

「細かいことだ。国に帰って父王に叱責されるのがいやならばずっとこの国にいればいい」

「え？　でもそんな……」

「俺はかまわない。俺が俺の特別大事な客人として迎え入れるといえば、誰も反対はしない。王ですらな」

彼は自信に溢れた強い言葉で言う。

「俺がここにいてほしいと言っているんだ」

「でもあの……」

メイリアは、いきなり様々なことが頭の中に渦巻いて、なんと言っていいのかわからない。

あのときの父の制止を聞かなかったことで彼はどれだけ怒っているだろう。今も王宮に帰らないメイリアを探しているだろうか。勝手に飛び出した娘が異国の地にいるなんて想像もしていないだろう。

早くに戻ればまだ怒りも解けるだろう。でもこの国に何日も滞在しては、父は怒ってメイリアを監禁してしまうか追放してしまうかもしれない。

もともと父にとってメイリアは一番困った存在の王女だ。

早く帰って謝れば、実の父だ。それほど酷いお仕置きはしないかもしれない。でも……。

メイリアが困惑しているのを見てシュヴァルは口を添える。

「ここに俺といるのはいやか？」

「そんなことは……ありません、でも」

「俺がいやになったか？　先日は……好意的だったと思ったのだが」

「いえ……ずっと憧れていた国ですし。でも不安です。こんないきなり、この国に来るなんてこと……考えてもみなかったので」

メイリアは、彼がどういうつもりで〝ここにいればいい〟と言ったのかもわからず、彼の心中をはかりかねている。

気軽に言っているのかそれとも、少しは自分への執着があってそう言ってくれているのか。

異国の、これから親交を深めようとして来訪した先の王女だから、無下にはできないだろう。だから密航してしまったならば、国にしばらく滞在するといいと言ってくれている程度かもしれない。

彼が自分にした甘い夜の行為は、彼の国ではごく当たり前のことかもしれない。

「この国を堪能してくれたら嬉《うれ》しい」

「え……」

「そなたの父上は、我が国とイグリス国を友好関係で結びたいと常々父に文を送り、贈りものを贈ってきた。だから我が国ではイグリス国の王女ともなれば、国を挙げて歓待するぞ」

「――密航者でもですか」

シュヴァルは即答することをせずに、悪戯《いたずら》っぽく笑う。

「それは確かに。密航者だな。俺も本来神官と王が認めた娘しかそばに置けない決まりだが、姫ならば特別だ。許されるだろう」

シュヴァルの確信めいた言葉に、メイリアは、この国にしばらく滞在してみたくなる。

シュヴァルのその姿は本当に見惚《みと》れるほど美しい青年だったし、彼のことをもっとそばで知りたくも思う。

何よりも、メイリアは彼のことを好きになってしまっている。

あの傷ついた姿の彼も神秘的で素敵だった。そして今は怪我《けが》のことなど何もなかったように、堂々とメイリアの前にリランディア国の王子として立っている。

その物腰も言葉使いも優位に立っているものの威厳がある。

「許されますか」

「ああ。ただ、俺との夜を一つのベッドで過ごしたというのは誰にも秘密だ。それは……我が国の王子としては公的には認められていないからな」

その部分だけ、耳に唇を寄せて小声にしてくる。

「あ……」

「君ならば約束は当然守ってくれると信じているが」

妖しげで危険な眼差《まなざ》し。

「それはもちろん……だわ」

この国に来て、頼れるのは彼だけだ。その彼が自分を求めて抱いたなど、メイリアも口に出すことはできっこない。

「ではここにいてくれ。そのほうが俺も助かる。俺がおまえをそばに置き、守るゆえ」

メイリアは大きな壁鏡の前に立たされて、そして彼は両手を添えてメイリアがしっかりと押さえていた毛布を剥がしてくる。

「あ……ッ」

メイリアはとっさに彼の手から手を引き抜いて、毛布の端を押さえ直す。だが、身長も遙《はる》かに高く、腕の長さも手の大きさもしっかりとした青年の力には勝てない。

また剥がされて、鏡の前に裸身を晒《さら》されるはめになる。

今度はドロワーズも履いていない、正真正銘の全裸だ。

メイリアは顔をそらしてそれを見まいとするが彼はそんなメイリアの顎を押さえて正面に向ける。

「どうして目をそらす？」

「だって……恥ずかしいわ。それに、あなたに裸を見られるなんて……いけないことだわ」

「そう？」

「ええ。この国ではどうか知らないけれど、私の国では女性は男性の前に肌を晒すのは下品だと教えられて育つの」

「君はただの女性ではないし、俺もただの男性ではないから、その教えは当てはまらないな。王女と王子。それは特別な存在だ。そうだろう？」

彼はそう言って毛布を奪い取って、向こうの黄金のソファに放り投げる。

メイリアの赤い髪が大きく嵐に遭ったかのように揺らぎ、そしてまたふんわりと肩に、胸に腰にかかる。

「こんなに綺麗な姿なのに目をそらすなんて、どうかしてる」

「あなただけだわ……そう言ってくれるのは。本心かどうかわからないけれど……」

「むろん、本心だ」

そう真剣な顔をしてから、シュヴァルはくすっと笑う。

「さあ。着替えないと。歓待式にはさすがに出席しなくては」

「歓待式？」

「王と王子が国に戻った歓迎の儀式だ。飲めや歌えのお祭りだから、君も出席するといい」

「私は結構です。その……このお部屋にいますから」

メイリアが、毛布を抱えて巻き付けながら、ソファに上ろうとするのをシュヴァルが抱きかかえてまた引きずり下ろす。

「部屋にはあとで好きなだけいればいい。とにかく、先に顔を見せておくんだ。そうすればそれ以降いくらでも好きな所に好きなように出入りできる。神殿と王の寝室以外の場所なら」

「でも」

メイリアは何とかここにいられるようにシュヴァルを説得しようとしたが、彼は戸口のノックの音に気を引かれ、メイリアの言葉にはもう耳を貸していない。

部屋の戸口から何人ものシャリー姿の女性がなにやら手に携えて入ってくる。優雅な丈の長いチュニックに、肩から腰に巻き付け裾に流したシャリーはそれぞれ明るい太陽の色。

その十人ほどの彼女たちがメイリアのまわりを取り囲む。

驚いて、慌てふためくメイリアの身体を浄《きよ》めるもの。下着を合わせてくるもの。

「あの、その……待って……くださ」

メイリアは髪を梳かれ、長いパンツを穿《は》かされ、そして胸に丈の短いコルセットを嵌《は》められて、少しでも動くと向きを自然と矯正されるほど、大勢の手による着替えがなされていく。

「あ、の……」

「動かないでくださいませ」

メイリアの髪を結わえていたメイドが静かな声でたしなめてくる。

「急げ。王陛下は時間に遅れるのを嫌う。口うるささは世界一だからな」

シュヴァルは、自身はそれまでのシルクのチュニックに黄金刺繍のマントを纏って、準備はすべて整ったようだ。足下には足首まで覆うヒールつきの革のブーツ。

額には金糸の帯状の額飾りを煌《きら》めかせ、首にも幾重にも金の鎖が連なって、宝石がそれらを繋いでいる状態の装飾品が輝いている。

二の腕には幅の広い蛇を模した腕輪。手首にも宝石のブレスレットが輝いている。

よく解かされた黒髪は額から耳元に流れて首筋を覆う長さに綺麗《きれい》に整えられている。

やはりイグリス国にいたときの正装より、随分と異国風だ。

実際メイリアが今着せつけられているドレスも、腰に大きなバッスルが仕込まれることもなく、ドレスが円形に膨らむように鯨の骨でできたクリノリンをつけることもない。胸と腰を息ができなくなるほど締め付ける大型のコルセットをつけるのでもないから、ドレスのシルエットはすとんとしたシンプルなものだ。

ただ、シュヴァル王子と同様に、耳には大きなイヤリングがつけられ雫《しずく》型のルビーが下がる黄金の額飾りをつけられ、腕にも手首にも金と宝石のアクセサリーがつけられていく。

そしてドロワーズの代わりのように穿いている裾の長いパンツからちらちらと覗く足首にも金のアンクレットをつけられた。

衣装だけではない。

この部屋自体、いたるところに黄金が使われていて、目に眩《まぶ》しいほど。

そして金の豪華な装飾鏡の中に映るメイリアは、いつしかその鏡に映っても恥ずかしくないほどちゃんとした美しい姫に仕上がっていた。

「シュヴァル様。こちらでよろしいでしょうか」

メイドたちの中でも年かさのいっているメイド頭と思われる女性が向こうの長椅子に寄りかかっているシュヴァルに声をかける。

声をかけられた彼が、立ちあがってこちらへとやってくる。メイリアは緊張し、そして着慣れないドレスに身を包んでいる自分が気恥ずかしかった。

「さあ、できたな。とてもいい」

「本当に？」

「本当にとはどういう意味だ？　美女姫様」

「や……そんな……いい方……」

この人は異国の人だから、堂々と恥ずかしいことを言ってくる。

「さあ。美女姫。早く歩いてくれるかな？」

背の高い彼が隣に連れ添って歩けばどうしてもメイリアは遅れがちになる。

「これ以上早く歩けません」

「そうか。では」

彼はメイリアをかかえ上げて大股に走りだした。

「きゃ……あの、怖いわ」

「大丈夫。落としはしない」

胸のあたりから声が肌に伝わってくる。落とされるとは思っていない。彼の腕にはしっかりと筋肉が感じられるし、安心できる胸板でもある。改めて抱かれながら周囲に目をやった。

繊細なレースでできたような白い石積みの王宮。アーチ型の窓が連なり、中庭に林立する柱も天井にアーチを造って繋がっている。

曲線と直線がくり返し描くレースの白い王宮の中に、白い獅子《しし》の噴水が見える。獅子が背中合わせに八頭。口から水を拭きだしている。

そして彼らの足下には噴き出した水と共にどこからか流れてくる水が水路になっている。

太陽の光を踊らせてとても綺麗だ。中庭には見たこともないような南国の花が咲き誇り、深緑の植物が葉を生い茂らせている。

その緑ももちろん見たことのないものだ。

メイリアが輝く光の中に煌めく庭園を眺め、花を見るたび後ろ向きになっていくのをシュヴァルが笑った。

「姫君は、花が好きか」

「ええ。とても」

「図書館も好きだったよな」

「ええ。とても」

「この王宮にもとんでもない図書館がある。そこにあとで案内しよう。そしてこんな中庭ではない植物庭園も」

「もっと大きな庭園があるの？」

「ああ、西にも東にも、ガラス張りのものも」

「見たいわ、とても」

　メイリアは抱かれて走っていることも忘れてシュヴァルに抱きつくようにして喜んだ。

　階段を駆け下りて行くとその階下に大勢の人々が集まっている。

　貴族なのだろう、誰もが装飾品を身につけ、男性は白いチュニックに文様の入ったシャリーを纏い、女性はたっぷりとした袖のある白いドレスの上にジレや派手な色合いのシャリーを纏っている。腰にはそれぞれ、革のベルトをしていたり、錦の幅広のリボンを巻いていたりと様々だ。

　だが皆豪華な装飾品を手首や胸元につけているのは変わらない。

　さすが金と宝石の国だ。

　シュヴァルは歓声の中、メイリアをそっと下ろし、手を引いて階段を下りていく。

「王子様……」

「シュヴァル王子が伴っているのはどこの姫君か」

　ターバンを巻き、チュニックの上に丈の短い上着を着ている男たちが囁き合う。

　金色の鈴がフリンジの先を彩っている。緞帳《どんちょう》が引かれ、シャリシャリと鳴り始めた。向こうのアーチにかけられていた緋色《ひいろ》の厚いカーテンが開き、奥から大きな黄金の扇を掲げた小姓が二人現れる、そのあとに厳《いか》めしい顔つきの男が現れ、その前に置かれていた背もたれの高い、彫刻で作られた王座に鎮座した。

「王陛下」

「王陛下。ご帰還をお祝いいたします」

周囲から王に声がかけられる。

王は黒髪に近い、鳶色《とびいろ》の髪を額飾りで押さえ、長めの髪は後ろで帯で纏めている。はっきりとした鼻すじに、張り出した額。さすが親子だけあって、輪郭も顔の部分部分もシュヴァルとよく似ている。

それどころか、今の王は随分と若く見え、シュヴァルとは兄弟のように見えなくもない。

シュヴァルと大きく違うのは厚めの唇を不愉快そうに曲げ、瞳は青灰色がかっているが、シュヴァルよりももっと冷たく鋭い。

鋭い中にも棘《いばら》のような奥に潜めた恐ろしさがある気がしてメイリアは、彼から目が離せなくなった。

（大丈夫かしら……）

シュヴァルは自分がこの国にいる限り守ると言ってくれた。この国をもっとよく見て知って、遊んで楽しんでほしいと言ったけれど、王子に不特定の女性が近づくことはこの国の王族としてはふさわしくないらしい。

（大丈夫かしら……）

メイリアはすぐにも足をとめ、どこか人気のないところに逃げ出したくなっていたが、シュヴァルは、堂々たるもので階段を飛びながら下りる。

メイリアは階下にいる大勢が、シュヴァルを見て歓喜の声を上げるのを聞いて、彼が本当に王子なのだと実感する。

「王子よ……シュヴァル王子。遅いではないか。祝宴の開始時間は告げてあったはずだ」

大広間に厳格な声が響く。

宝石と刺繍で埋め尽くされた金のマントを足下まで流した白衣の王は、首が埋もれるほどの首飾りと冠を光らせて、こちらを睨《にら》んだ。

「申し訳ありません。長旅で疲れておりまして」

「いかなる理由があれど、王侯貴族の中で約束事を守れないのは王子として、不徳であるぞ」

それまで、王と王子の歓喜のざわめきに満ちていた大広間が一瞬にして凍り付く。

その凍った空気の中、カシュバ王はさらに冷えた憤《いきどお》りの潜む声で、メイリアをさす。

「その娘は？　王子よ」

「彼女も祝宴に同席させます。彼女は特別な娘」

「特別な娘だと？　お前は自分の立場をわかって言っているのだろうな？」

「むろんです。王陛下」

シュヴァルも臆せず、真っ正面から答える。

メイリアだけ、身を細くし居所を失っている。

顔を俯《うつむ》けできるだけ王に見られまい、周囲の人々に見られまいとしたメイリアだったが、そんなとき、回廊の外の木々が揺れ、メイリアのベールが起きた風に捲《めく》れあがる。柔らかな紗の下から、赤い髪と小さな異国の特徴の強い顔があらわになった。

「おお！　異国の娘だ」

「赤い髪……菫色《すみれいろ》の瞳……異国の……」

「その娘はどうした？　シュヴァル王子」

「王陛下もご存じのイグリス国の王女です。私とすっかり気が合って是非、我が国へ招待したいと思いまして。父上には事後報告になりますがお連れした次第」

「近くへ寄れ」

王がシュヴァルに命じる。

シュヴァルは、王の下へと延びる緋色の絨毯《じゆうたん》を渡り、メイリアもそれに続く。

「彼女が噂《うわさ》のファウリン王女か」

カシュバ王はメイリアを見て冷淡な声音で問う。

「ええ。父上がさっさと帰国を決めてしまったのできちんと挨拶することのできなかったイグリス国の王が絶賛している王女です。我が国に深い造詣《ぞうけい》もある理知的な姫でもあります。彼女をこの国に招待しました」

「ほう。いつも他人に淡白なおまえがそれほど入れ込むとは、王女はよほど魅力的なのだろう。我が国とイグリス国との友好関係にも王女が我が国を好いてくれるのなら言うことはない」

王は、厳格そうな眼差しをメイリアに投げてきて、そして言葉を続ける。

「ファウリン王女」

「――は、はい……」

メイリアは萎縮する心臓をなだめながら、〝ファウリン王女〟との問いかけに答える。

「先日はご挨拶もできずに失礼したが、王女とは懇意にしたいと思っていた。我が国に好きなだけ滞在していただきたい」

メイリアは、ファウリンが王に会っていたとしたら、自分が偽物だとわかるのではないかと畏《おそ》れていたが、ファウリンは王子同様、王にも直々な挨拶はまだできていなかったようだ。

父がファウリンをシュヴァル王子の婚約者にしたいと言っていたから、他国の王侯貴族も大勢集う晩餐会《ばんさんかい》などの場ではなく、もっと個人的にリランディア国の王と王子にファウリンを引き合わせるつもりだったのかもしれない。

（でもよかった……王陛下と王子が早くに出立してくれたからばれずにすんだのだわ）

どきどきしながら王に深く一礼する。

膨らんだスカートはないから、両手でつまむのはシャリーで作られた豪華なドレープ。そして金糸で編まれ、雨の雫《しずく》のように垂れ下がる無数のルビーで作られた腰飾りだ。

シャリン、とメイリアの額飾りが音を立て、ドレスに縫い付けられている房飾りやその先端についている宝石も音を立てる。

優雅な音色。メイリアの今まで着ていたドレスではまったく聞かれなかった音だ。

衣擦《きぬず》れの音もシャリシャリとした織りの厚いウエストベルトや胸のトップを囲うコルセットも厚い織物と宝石に飾られていてきらきら輝く。

そうしたメイリアの豪華なドレスは周囲の貴族たちの目にとても鮮やかに映ったらしい。

「さすが美しいと評判のイグリス国の王女。彼女ならば我が国の王子の妻として迎え入れても文句はないな」

王はメイリアを見つめながら言う。

周囲の王侯貴族はどよめく。

「西洋の姫を王族にするのか？」

「さすがにそれは無理がある。神々もお許しにならないだろう」

「異国の姫」

「異教徒」

（異教徒……？　確かにそうだけれど……）

この国ではあの美しい神々を信仰している。メイリアの国の一神教の神とは違う。

「あの、ご心配いただいておりますが、私はリランディア国の国土も神々もとても尊敬しております。異なる宗教を信仰していてもこの国の神を否定するつもりはまったくありません。むしろずっと敬愛し、憧れておりました。この国は私にとって素晴らしい宝石です。この国に滞在させていただく間、この宝箱のような国を少しでも味わい堪能できればと思っております」

メイリアは、国王の前だというのについ、ずっと憧れてきた自分の思いを伝えていた。

周囲の貴族たちは、突然目の前のおとなしそうな姫が、この国の言葉で話したので、唖然《あぜん》としている。そしてしばらく後、少女が雄弁に語ったことに拍手を送り始める。

そして王は、メイリアを見て、それからまた居並ぶ王宮の貴族たちを見て言葉をかける。

「ということだ。いいか？　諸侯。イグリス国の王女は第二王子シュヴァルの婚約者になるかもしれないのだから、丁重にせよ。王女は好きなだけこの王宮に留まり、王子の傍にて王宮を案内してもらうがいい。この国を満喫するがいい」

「ありがたきお言葉」

メイリアはもう一度両手でシャリーのドレープをつまみ、優雅にお辞儀をした。


「はは！　見たか？　あいつらの仰天した顔ときたら」

中庭の回廊を通り部屋に戻るとシュヴァルはおかしそうに喉をくっくと鳴らした。

「まさか。まだ幼くも見える異国の王女が、すらすらと我が国の言葉を話すとは思ってもいなかったのだろうな」

女官たちが彼が座った長椅子の前に足置きを置いたり、背後から風を当てたり、新しいお茶のセットをティーテーブルに備えたりとかいがいしく立ち働いているのをメイリアは、どこに座っていいものか、それとも座ってはいけないのかと思い悩みながら、立ち尽くしている。

「シュヴァル様……」

「見事だったぞ。王女」

「あの、それほどではないです」

「なぜそこまで謙遜する？　異国ではあってもれっきとしたイグリス国の王女なのだからもっと堂々としていればいい」

　彼はメイリアのほうに手を伸ばし、こちらへ来るように手招きをする。

　その手招きさえも優雅で、権力者など頂点に立つものの威厳がある。

「あなたのお父様は……あまり乗り気ではなかったわ。私が勝手に船に乗り込んだことを怒ってらっしゃるのだと思うわ」

「そうか？　そんなこと気にするような男じゃないぞ」

　シュヴァルは先ほどは王を敬っていた態度を示していたが、今は素っ気ない。むしろ赤裸々な忌憚《きたん》のない意見を述べているようだ。メイリアはまだ室内にいた侍女たちに聞こえてはいないか、気がかりでついちらちらとそのほうに視線を向ける。

　そんなメイリアの手をシュヴァルは引き、長椅子に横たわる自分の身体の上に抱き寄せる。

「あ……」

「この国を存分に堪能してもらわなくてはならないからな」

　シャリンと、メイリアの腰のベルトの宝石が鳴る。

「堪能してます。こんなに鮮やかな花が咲き誇る秋なんて、信じられません」

　さきほど、侍女たちが運び続けてくれたものの中に、大きな黄金の高坏《たかつき》の果物皿があった。

シュヴァルはその中からオレンジを手にとって、皮を豪快に口元で剥《む》き始めた。

「あ……の」

王子様が口でオレンジの皮を剥くなど、メイリアの国では見たことがない。

メイリアは彼の真っ白な歯が、オレンジ色の果肉に刺さり、しゅわっと果汁を迸《ほとばし》らせるのを驚いた眼差しで見つめている。

「どうした？　さあ」

メイリアの唇にオレンジの一房を押し付けてくる。

甘くて爽やかな香りが鼻腔《びこう》から伝わってきて、メイリアは彼の指からそれを口に含んだ。

ギュッと舌の上で潰し、噛んでみると、メイリアの口腔に爽やかな甘い果汁がいっぱいに広がってくる。

「どうだ？」

「甘いわ……とっても」

「そうか。ではもっと食べろ」

そう低く囁きながら、メイリアの唇に再びオレンジの房をあてがってくる。

メイリアは、またそれを受け入れながら、自分がしばらくちゃんとした食事をとっていないことに気がついた。甘い果汁の詰まったオレンジが呼び水となったのだろう。

「あ……」

メイリアは急にお腹《なか》のあたりがきゅっと動いて音を立てたのを必死で抑え込もうとした。

だが、そこからはきゅううっと大きな音が響いている。

「や……」

メイリアは慌てて身体をシュヴァルから引き離すが、長椅子の上にもう一度引き寄せられる。

「だめだ。そんなにお腹が鳴っているのに、どこに行く気だ？」

「だって……あの、そのはしたないので……」

「はしたない？　腹が鳴るのは普通のことだろう。空腹だったら腹の虫も悲鳴を上げるな」

彼は嘲笑《ちょうしょう》せずに言うと、床に飛び下りかけていたメイリアの手を引いて、再び自分の胸の中に抱き締める。そうしてオレンジを一房メイリアの口元に押しやった。

「あ、の」

メイリアが躊躇《ちゅうちょ》して唇を開こうかどうしようか迷っている隙に彼の指は素早くオレンジを入れてくる。メイリアは舌で絡め取るようにしてそれをまた口の中でほおばった。

「美味しいだろう？」

彼の腕の中に抱き留められたまま、こくんと、新鮮で甘い果汁を飲み込んだ。そのメイリアの表情をシュヴァルは満足そうに見つめている。

「身体をそんなに強《こわ》ばらせていては疲れるぞ、姫」

「あ、はい……でも……」

「『あ、はい』とか『でも』とかばかりだな。船上ではもっと大胆ではっきりとものを言っていたが？」

「だってここは……異国だもの……」

「『だって』も多いな。我が国ではその単語は禁止だ」

「そんな」

「『そんな』も禁止だ」

「う……」

　メイリアは絶句してただシュヴァルの顔を見つめる。シュヴァルもすぐそばからメイリアを見つめてきていて、お互い言葉もなく見つめ合う。

　メイリアは一度ちょっと眉を歪ませてふくれっ面を作ってみた。

　あれやこれや、禁止の言葉を作られてはこれから何を話していいかわからない。

（わたしそんなに『でも』とか『だって』とか、使っていた？）

「どうした？　可愛《かわい》い顔をして見せて」

「別に可愛い顔をしているつもりはありませんから」

　メイリアは強く腕を掴《つか》んでいるシュヴァルの手を見て「放してくれないかしら。痛いわ」そう言ったが、彼は聞こえてないかのごとく無視している。

　無視したまま、口の端を軽く上げてメイリアをまたじっと見つめてくる。

「放してくれないと痛いの」

「そんなに痛い？　じゃあ、ここをこう掴んだら？」

　シュヴァルはメイリアの腕を放すと今度は腰を掴んでくる。

「きゃ……くすぐった……」

「今度はくすぐったいのか？　いろいろと口うるさいんだな」

「口うるさいって……王子様が私に気安く触ってくるからいけないんです」

「気安く触ってどこが悪い？　もうそういう仲なのに。こうしてきめの細やかな姫の肌に触れられて俺は幸せだな」

「ちょっと待って……」

「待てない」

メイリアの腰を自らの腰に引き寄せてシュヴァルは波打つ赤い髪の中に顔を埋めている。

かぐわしい花を嗅ぐようにメイリアのうなじの匂いを嗅いでそして深呼吸している。

「ああ……姫は花の香りがする。菫《すみれ》か……蓮《はす》か……」

「蓮……」

そういえば、あの夜の彼もメイリアの額に蓮の花の印があると言っていた。

「私の額に蓮の模様なんてないですよね」

メイリアは顔を少し斜めにして、シュヴァルがうなじのあたりに鼻を寄せているのを容認している。

くすぐったさはあったものの、彼の太陽の陽射《ひざ》しのような香りはメイリアも実は好きだ。

ほのかに陽射しに照らされていたような乾いた草のような香りも混じっていて、深呼吸したいほどメイリアも気に入っている。

彼の張りのある少し浅黒い肌も好きだ。

触れているだけでうっとりと身を預けたくなってくる。

でも、やたらとなれなれしく触ってくるシュヴァルにそんなことを言ったら絶対彼はもっと調子に乗って触れてくるに違いない。それは困る。

メイリアは純潔を守らなくてはいけないイグリス国の王女だ。

対面的にだけでも、それは守らなくてはいけない規律だ。王族の戒律といってもいい。

それをひょんなことから破ってしまっていても、王女として、今後どこかの国の王子に嫁ぐことになるのだから、結婚相手と結ばれるまで純潔を取り繕《つくろ》って生きなくてはいけない。

「姫……どうした？　また硬い顔をして」

シュヴァルは体勢を崩さず、優美な黒豹《くろひょう》のごとき長い手足を長椅子の上に放り出している。

確かに、メイリアの国の王宮で苦痛に喘《あえ》いでいた彼とはまったく別人に見える。

（でも彼なのよね……。身体の傷は消えているけれど……）

メイリアは彼の服の下から覗く手や首筋をついつい確認してしまう。

掌《てのひら》の花びらが散っているような痣《あざ》以外、まるで別人のように大胆で強引な王子だ。

（これは入れ墨《タトゥー》じゃないわよね？）

彼は片腕を背もたれの上に載せ、背をいっそう深くもたれさせながらメイリアを片腕で抱く。

メイリアは今ひとつ半端な姿勢だったから、彼が引き寄せるようにして膝も足先までも長椅子に載せられると、本当に彼の身体の上に沿うようになる。

彼の胸の上にメイリアの胸が重なり、腰のあたりに下腹部が重なる。彼の太股《ふともも》や膝のあたりにメイリアの脚がかさなって、あの書物に載っていた絵画の中の昼下がりにくつろぐ男女と同じ姿勢をしている。

あのときは優雅なリランディア国の王族に憧れたが、自分がこの国に来て、この国の王侯貴族の衣装を纏い、この国特有の金縁の長椅子で王子に囲われるように抱かれている。

それはひっそりと王宮の奥で人目を避けて暮らしてきたメイリアにとって青天の霹靂《へきれき》。夢の中のような出来事。実際自分に起きているとは未だに思えないほどの違和感がある。

一番の違和感はあの書物にあったような神様のような外見の彼がそのまま今この場にいることだ。そしてそれほど神々しい王子様がなれなれしいほど自分に触れて、エキゾチックな眼差しを送ってくること。

釘付《くぎづ》けになるほど輝く瞳。艶《つや》めく黒髪。今も夢なのではないかと思ってしまう。

「おい。シュヴァル王子。ここに姫を囲うつもりじゃないだろうな」

「これはこれはインディガイア兄上」

メイリアは跳ねあがって長椅子から飛び下りる。

そこには優美な濃紺のシャリーを巻き付け、黄金の首飾りを幾重にもたらし、腰回りにも黄金のベルトを巻いた青年が立っている。

「我が部屋に入るときはお声がけをお願いしたいものですが」

シュヴァルが眉を顰《ひそ》めて戸口のほうへと声をかける。そうしているうちにもシュヴァルとよく似た容貌の美しい青年は、部屋の中にずかずかと入りメイリアの前に立ちはだかった。

シュヴァルと双子なのではないかと思うほどよく似た青年。その黒髪は腰までたなびき、前髪も左右に振り分け額飾りはひときわ幅が広く宝石も数多くはめ込まれている。

吊り上がった三日月のような眼は威圧感が強い。

「インディガイア兄上。話を聞いているんですか？　入口にいた護衛は何をしていたのか」

シュヴァルは部屋の前に立っているはずの護衛官のことを口にしつつ、もうそこに悪びれずに立っている兄のことを睨みつけている。

「兄が弟の部屋に入るのに護衛官はいちいち止めることなどできやしない。西洋の王宮ならどうか知らないが」

「西洋でもこの王宮でも同じです。部屋の主に対する敬意を払う必要は目上であっても最低限のマナーですから」

「私は次期国王。そして神官にもなるのだから、おまえなど、ゴミのような地位だろう。目上、目下関係ない。もっと敬ってしかるべきだぞ」

インディガイアはシュヴァルを数倍傲慢にしたような剛胆な言葉を吐き捨てながらメイリアの前に手を差し出す。

「このような場所にわざわざおいでとは、我が部屋にいかがかな」

「あの……でも」

目の前に立ちはだかったまま動こうともしないインディガイア。新たに現れた強引な青年の登場にメイリアは困惑する。

「姫。この国がお好きだったのでしょう。私がご案内差し上げますよ」

「だめだ」

「年長者を敬えと先ほど言ったばかりだが」

「半分も血が繋がっていないかもしれない名ばかりの第一王子にそこまでする義理はありませんので。兄上」

「インディガイア様。そろそろ儀式のお時間ですのでどうぞ、神殿へ」

外から従者の声がかかる。

「しかたない。これもゆくゆくの王位と神位のためだ。最高の祈りを上げてくるとしよう。では姫またあとで」

インディガイアはメイリアの腕を取るとまた、風のように引き寄せて抱き締め、額に口づけしてくる。そして額飾りが邪魔だとばかりに指先で外そうとするのをシュヴァルが遮《さえぎ》った。

「兄上、やり過ぎはさすがに見過ごせませんよ」

シュヴァルが剣のように尖《とが》った眼でインディガイアを牽制する。

「父上にも密告しますよ。王子が淫らに他者の婚約者候補の娘の肌に触れることは御法度」

「密告とは。緋色の髪の美しい乙女をこの国に連れて来たのだから、私が興味を抱くのは当然。王陛下にもそのことは知れているだろう。おまえが少し告げ口をしたからといって、王陛下がこの私に処罰を与えるはずもない」

シュヴァルは無言で睨みつけるだけだ。

メイリアには彼らが急に争いを始めている理由がさっぱりわからずにいる。

「あの……」

「『あの』は禁止だ。そう言っただろう」

争いの最中だというのに、シュヴァルはしっかりとメイリアの言葉を咎《とが》めてくる。

「インディガイア様。お時間が……遅刻は厳禁です」

外から、鐘の音が聞こえてきている。

その鐘の音はメイリアの王宮に併設されている聖堂の鐘の音ともまったく違うし、街に鳴り響き、近くの村々からも聞こえてくる教会の鐘の音ともまた違っていた。

陽射しのせいだろうか。空気が乾いているせいだろうか。

「しかたない。神官の座失格になったら元も子もないからな。またくる。姫」

インディガイアは、乗り込んできた従者に連れ去られるようにして部屋から出て行った。

「ジル！」

シュヴァルは付き人を呼ぶ。

「ジル。今後二度とこの部屋にインディガイアを入れないでくれ」

「申し訳ありません」

褐色の髪の青年ジルが、白いチュニックの上に丈の短いベスト姿を扉の向こうから覗かせている。主人のシュヴァルに言われても、あの強引なインディガイアがまたこの部屋にやってきたら、ジルに防げる手段はほとんどないだろう。

シュヴァルもそれを知っているに違いない。

「触れてはいけない未婚の乙女に、インディガイアが触れないようにしなくては」

「私にはシュヴァル様も触れてはいけないはずでしょう？　結婚の約束がない乙女には触れてはいけないはず」

「触れてはいけないのではなく繋がってはいけないんだ、公《おおやけ》には。そして表向きの戒律では」

その言葉にはどこか含みが感じられる。

「公じゃなければ繋がってもいいの？」

「王子は神族だからな」

「神族……ああ、そうだったわ」

しみじみシュヴァルを見つめる。

あの美しい挿絵の神に似ているのも神族である王族だからかもしれない。様々な自然を司《つかさど》る獣《けもの》の姿をした神と人の姿をした神族。

だから彼にも少し不思議なところがあるのかもしれない。

見つめているとどきどきしてくる。ここは憧れ続けていたリランディアだ。

あの書物に描《か》かれていた様々な神の世界。明るい陽射しに黄金の輝く世界。

部屋に射《さ》し込む光も、イグリスのどこか陰気な気配を纏う重みのあるものではない。天から直接、雲も何も透過していないかのような強い陽射しが射し込んできている。

額飾りも神々しく輝き彼の背後から差す光でいっそう神々しく見える。

（神様の一族だから……）

この国では王族はあの書物の神々と同じ衣装を纏い、神々のように民に敬われるのだから、シュヴァルやさきほどのインディガイアが多少尊大であるのも当たり前かもしれない。

シュヴァルの髪の黄金飾りや艶めく輝きを見るメイリアの顎を彼の指先がひょいと捉えて、そして唇に口づけを落としてくる。

「は……んぅ」

メイリアは突然になされた口づけに驚いて、ただ息を止め、目を大きく見開いている。

イグリスではまったくスキンシップもない生活だったのに、急にシュヴァルが何度も触れてこようとするのには驚きの連続だ。

「さっきの続き……」

そう言って抱き締めてくる。キスをしてくる。

大きく厚い唇がメイリアの小さな唇を覆い、そして中から舌を吸い出すように深く強く吸いついてくる。濡れた舌がメイリアの唇に滑り込んできて、皓歯《こうし》を割ってくる。

舌が巧みに動きながらメイリアの顎上を舐めてくる。

「ン……」

上顎を広げた滑らかな舌で舐められ、舌に舌が絡みつけられる。

彼の舌から滴る唾液がメイリアの口腔を満たしていく。

彼の手がメイリアの喉を撫で、耳朶をつまみ、そのくっきりとした溝の中を這うようにして動きながらもしだいに首筋へと流れていく。髪を絡めながら、陽に当たったことなどない白いうなじを捉えながら、絨毯の上に押し倒した。

胸に大きな手が重ねられて、シルクの上から揉みしだいてくる。

「ん……あ……ッ」

身体を折り曲げられて、片方の足を持ち上げられる。下腹部に下ろされていくシュヴァルの大きな掌が、メイリアの恥丘をなぞる。

「ん……」

背中に厚みのある絨毯。身体の上に滑らかな男の身体。引き締まった浅黒い肌がメイリアの足の間に割り込んでくる。そうして太股を掴んで押し上げる。

「あ……ん」

普段なら恥ずかしくてとっさに後ろに逃げるところなのに、今は全身が蕩けるようになっていて、むしろ彼にもっと触れてもらいたくてしかたない。

「もっと……来て……」

しどけない仕草で、メイリアはシュヴァルの背中に手を伸ばす。

そうして彼の硬い背中や肩胛骨を感じると、その骨のへこみに指先をかけてしがみつく。

ふっと草原のような乾いた香りが彼の身体からして、メイリアは、その香りに顔を埋める。

しなやかな肌が頬に触れ、彼の手がさらにメイリアの太股に深くくい込む。

内股にくい込んできた指先は、開かせたその蕾《つぼみ》のあたりにゆっくりと這っていく。

「は……んぅ」

ふっくらとした薄紅色の膨らみを、彼はシルクのドレスの上からも簡単に見いだして指先でその縦の筋に割り込んでくる。

「や……んう」

キュッと筋の間に入り込んできた指先を、その湿り気を帯びた淫唇が締め付ける。

身体の中心に熱が伝わって、そこに疼きが重なっていく。

「姫……ファウリン姫……」

(ファウリンじゃない……)

そう口に出かかってメイリアははっとして呑み込んだ。

何度その言葉を呑み込んだだろう。でも、彼女の名前を最初に騙《かた》ってしまった罰だ。

ファウリンの名前だからこそ、大胆になれたというのだって少なからずある。

そして大胆になれたからこそ、彼はこうして自分の身体を抱き締めて、そして触れてくれているのに違いない。

(臆病で引っ込み思案で、誰かの視線にいつもびくびくしている私じゃないから……)

「ファウリン姫……」

「その名前で……呼ばないで……ここではただの〝姫〟でいたいの……」

「王女の重圧が苦しいのは……私もよくわかっている……。愛しい人。可愛い我が恋の奴隷」

シュヴァルはメイリアの足を大きく掲げ上げると、側臥《そくが》にしたようなその身体に自らの下肢を押し付けてくる。

「シュヴァル様は、こんな……大国の王子様……ですもの……」

彼は何か言いたげな言葉を呑み込んで、代わりにメイリアの乳首を唇に含む。

「ぬんぅ……」

メイリアは彼と唇をピタリと合わせたまま声を漏らすこともままならない。

ドレスの裾を捲《めく》り上げられドロワーズが引き下ろされて、白い太股があらわになった。

「綺麗なお尻だ……俺の花……俺の白い花。ここは……何色だろう」

前の蕾をシュヴァルの指がなぞる。

「んぅ」

芽芯に触れられて、ぞくっとした。シュヴァルと行きがかりで愛し合ったあのとき知った欲望。そこはとても繊細な乙女の花園。

メイリアの脚の間を大きく押しやって彼の太股が合わさってくる。彼の足の付け根から生えてきているものが、メイリアの花弁を押し開く。

「んんぅう」

奇妙な厚みがメイリアの濡れた谷間を押し開き蜜で濡れたそこを何度も前後になぞってくる。

そのたび奥に隠された芽芯は彼の肉塊に撫でられ、押し潰されている。

独特の熱い圧。それは次第に熱を高くし、巨大に膨れあがって、メイリアの中を突き始める。

「あ。んぅ……っ」

メイリアは、下肢を引き裂くそれがあまりに苦しくて、つい、下腹部に突きたてられてきているシュヴァルの熱い肉棒を目で追ってしまった。そして身体を繋ぐ長く怒張した彼の性器に目眩《めまい》を起こす。

「だめ……だ、めえ……そんなおおきなの……中になんて……いや……痛いわ」

「一度もう入ったぞ？　大きさの具合はもう経験ずみだろう」

「だけど……だから……裂けたわ……それほどおおきかったの……もう無理……」

「姫の最初だ。最初が痛むのは仕方がない。それでも求めたくなるような快楽を与えてやる……。擦ってほしいところをすべて突いてやるから……姫」

品格を重んじる王子の言葉とは思えないほどのケダモノのような激しさだ。

その息づかいも荒くなってきている。

彼の身体中からメイリアを欲している熱を感じる。

痛むのではないかと不安に思いながらも彼の愛情が詰まったそれが自分の中を掻き乱すことへの期待とまぜこぜになってメイリアはその両手で彼の背中にしがみついている。

シュヴァルはメイリアの身体の欲求に応えるようにして巨大な塊となっていく自らの男根をメイリアの濡れた蕾の中にねじ込んでいく。

「あ……んぅ」

「大丈夫。そっとする。濡れているから……蕩けるように滑り込む」

ぐぐっと圧がかけられていく。小さな蕾が無理矢理押し広げられ、喘ぐようにそこがぴゅくぴゅくと喘いでいる。

「い、た……」

「痛くない。大丈夫。気持ちよくする。それが俺の……姫への礼儀だ」

男根の大きさに喘ぐその花弁を彼の指は柔らかくほぐしている。芽芯にも触れ、押し潰したりくすぐったりするたびメイリアの蕾は彼の愛撫欲しさに蕩け、開かれていく。

「ああ……シュヴァルさま……」

彼の広い背中に指先を這わせる。挿入が深く抉《えぐ》るようにされるたび、メイリアのまだウブな内壁が削り取られるように痛む。

その痛みと共にそれまで想像もしなかった肉欲の喜びが埋め込まれていくのも爪を食い込ませてしがみつくのも胸が高鳴っていく。

人とこんなに強く触れあうことなど思いもしなかった。そしてこれほど幸福に思えることも。


この国に入ってからどれだけの日にちが経っただろう。

メイリアは、この王宮に流れる爽やかな空気にも感化されているのを感じる。

閉塞感しかなかった自分の王宮。自分の国。金色の髪を自慢そうに靡《なび》かせて空のように澄んだ青い瞳を輝かせていた姉たちやファウリンを思い出す。

彼女たちはここにはいない。メイリアを役割の果たせそうにないだめな王女だと烙印を押していた父もここにはいない。ここには、秋になっても初夏のように暖かな陽射しが降り注いでいる。晴れた空のもと、噴水に触れたくさえなるような陽気な気候だ。

メイリアは長椅子に横たわって、シュヴァルが自分を愛撫するのを心地よく受け入れている。肌を撫でられるのが困るほど気持ちがいいなんて思わなかった。

メリーや侍女たちが自分の世話をしてくれてはいたが、メイリアはいつもどこか孤独だったし、自分は王女の中で最も格下の扱いを受けているのも感じていた。

それは父がそういう空気を作り上げていたのだと思う。

「可愛い姫……なんて美しい赤い髪だろう。この菫色《すみれいろ》の丸い瞳も、これほど澄んだよい色は初めて見た」

「そうですか。こちらでは珍しいですか？」

イグリス国では王家以外では普通の国民に見られる色でもある。

赤い髪も、菫色の瞳も、格下なのだ。

「我が国では赤い髪の乙女は幻の存在。王族は赤い髪の乙女をこよなく愛するものだと、書物に書かれていなかったか？」

「いえ……言葉が不十分で読み取れていなかったのかもしれないわ」

「菫色の瞳も我が国ではとても美しいと言われ、高貴な血筋にまれに生まれるだけだ。王族は黒髪や褐色の髪が多く、そして瞳は群青か灰色。緑もいるな。民は目も黒いものが多い」

「陽射しが強いのできっとそのほうが映えるのでしょう」

「映えるからか？　そうか、姫はやはり面白いな」

「そうですか？」

「これほど美しい髪と瞳をしているのに少しも驕《おご》ったところがない、それどころか控えめだ」

容姿がコンプレックスだなんて、言ったら笑われそうなほどシュヴァルはメイリアの髪も瞳も褒めてくれる。もしかしたら、おだてられているのかもしれない。それほど彼はメイリアのあらゆる所を手放しで褒めてくれる。

「そんなにおだてても、……これ以上触らせませんから」

触れられることに安堵感もあるけれど、いきなり知り合ったばかりの異性と初めてのことをすべてこなしているのは、乙女として納得できないところもある。

「触れるなって？」

「私は王女ですから」

「俺が一方的に姫を求めているみたいだな」

「そうでしょう？　最初から、そうですから。私がはしたなくもドレスを殿方の前で脱いだなんてどなたにも言わないでください。特に父に伝わるようなことは絶対」

「言いふらすものか」

「そうですよね。婚約者以外の女性に触れるのは厳禁ですものね」

「そうだ。だが父王の許可が得られたのだから、婚約者候補としてここにいるも同然だな」

「そうなのですか？　そんな簡単に王子の花嫁を決められるのですか？」

メイリアの父なら、相手の家系から性格、周囲の親族が何をしていてどういう経済状態か、事業をしていればその経営状態まで調べ上げてから、容姿も含めてやっと結婚相手を決める。

ここに勝手に乗り込んできた娘を王子の花嫁になど簡単に決められるわけもない。

「冗談ですよね」

「冗談なものか。父はあれでおそらく俺が姫を好きなことに気づいただろう。この王宮にイグリス国の王女を勝手に連れてきたことから、それは察しがつくことだろう」

「でも正確には私が密航したことでここに着いてしまったのであって、シュヴァル様が私を掠《さら》ったわけでは」

「お前を俺が掠ったことにしよう。そのほうがロマンティックだろう」

「そんな」

「そうだ。兄がまた何か言ってきたら、俺の婚約者だと言えばいい。そうすればさすがのインディガイア兄もあまりうるさくつきまとっては来ないだろう」

「そんな嘘《うそ》を言うのは気が引けます」

「嘘じゃないだろ」

「嘘ですよ。私は書物を追って船に乗り、そのまま降り損ねて出航してしまって、結果リランディア国に辿り着いたのです」

シュヴァル王子に抱かれて、夢見心地で、いつ国に到着したかもわからなかったけれど。

シュヴァルがまた背後から腕を伸ばして、メイリアの腰を抱きかかえてくる。

男らしい腕の中に抱かれると、それだけでなんだか頬《ほお》が緩んでしまう。

「くすぐったい……わ」

「くすぐってなんかないぞ」

「わかってる。でもくすぐったいの」

シュヴァルは悪戯《いたずら》っぽい目でメイリアを見ながら、胸元に片手を、もう片手を脚の付け根の谷間付近に延ばしてくすぐってくる。

「や、ん。やめてくださいってば……」

メイリアは身をかがめたり捩《よじ》ったりして彼の手から逃れようとする。

そして窓辺から、溢れるほど花々が咲き綻《ほころ》ぶ庭園を見る。

そこには太陽を浴びて白く輝く大きな獣。

「羊？」

「ああ。あの羊は王宮の中を自由に歩くことができる」

立派な風格の、まるでメイリアの国の羊とは大きさも風格も違う巨大な羊は、毛刈り間近なふうなふわふわな巻き毛を蓄えている。

「王子様の庭園の中を自由に歩ける羊なのね。飼われているの？」

「飼ってはいない。我が国では獣は神の化身であり、神そのものだ。羊も神とあがめられ、牛や象や獅子《しし》、鷹《たか》もすべて神の化身。神が下りてその獣の中に宿るのだから当然敬われる存在。

高地に行けば今でも神であるハゲタカに人の肉を捧《ささ》げている」

「人の肉を？」

　メイリアは驚いて丸い菫色《すみれいろ》の瞳をいっそう丸くして彼を見る。

「そう。我が国では人は最下層だからな。獣はその生態も生殖も神秘のものだ。だから我が国では聖獣とされるものはあがめられている」

「それでは羊や鳥は食べないのですね？」

　メイリアは書物をちゃんとすべて読めていなかったことを少し後悔し、そしてやはりあの書物は手元に置いておきたいと思う。

　大事な神様の姿が書かれた書物。そして母の思い出の詰まったものでもある。

「殺して食べることはしない。大昔はそれでも天神と交信するため、鳥を祭壇に捧げ、海神のお告げを聞くためウミヘビを捧げることもあったそうだが、今はどの神殿でもしていない。少なくとも王族は、聖獣を殺して食するなどということもない。神の一族でもあるから」

　そう話しているうちにも、召使いたちが部屋に盆を掲げながらずらりずらりと入ってくる。

「では、私の父が狩猟のイベントにお誘いしたのはご迷惑だったのではないですか？」

　狩りではウズラや山鳥、大雷鳥《おおらいちょう》、鹿やウサギ、狐《きつね》などを対象とする。

　ウズラの神などはこの国でもいないのかもしれないが、狩りそのものがこの光り輝く国にとって禁止行為に違いない。

「すみません。だから招待を受けても狩りには出向かれなかったのですよね。あ、でもでしたらあの怪我《けが》は？」

「怪我……。ああ……それは秘密だと言ったことだな？」

シュヴァルは意味深な含み笑いを口元に浮かべてメイリアを見ている。

「すみません」

「キスの罰だ」

メイリアの唇にまた、シュヴァルの唇が落ちてくる。

「俺も父上も狩りに行ったことに変わりはない。狙っていた獲物がイグリス国とは違ったが」

シュヴァルは額飾りに下がる雫《しずく》型の宝石を揺らしメイリアの頬を両手で包みながら語りかける。

「でも狩りはこの国では禁止事項なのですよね？　異国に行けば郷に従うと？」

「料理もできるだけ肉は避けた。獲物は鹿やウサギではなかった。ここに……最高の獲物がいて、そして俺の王宮に連れ帰っている」

ニッと笑むとシュヴァルはメイリアの身体を抱きかかえて、そして部屋の中に連れ戻す。

「大切な獲物が逃げたらたいへんだ。羽が生えた蝶《ちょう》のように美しい姫だからな」

「羽なんて生えていないわ」

「ファウリン王女は蝶のようだという噂《うわさ》を聞いていたぞ？　そんなのはただの噂だろうとまるで信じていなかったが、実際見たら本当だった」

メイリアはシュヴァルの砂糖菓子を抱くような愛おしげな抱擁に身も心も蕩けそうだったが、

その名前で呼びかけられびくっと身を固くする。

違和感のある名前。自分の名前ではないのに彼は愛《いと》おしそうにファウリンの名前を口にする。

「そうね」

メイリアはファウリンになりきって答えるしかない。笑顔つきで。

「さあ、そろそろ準備が整った」

彼がそう言いながら召使いたちが運び込んでは的確な場所に収めていた銀食器の輝くテーブルのほうを見た。

テーブルのほうにぎこちなく視線を向ければ、今開かれたばかりの銀の蓋の中から魚の姿が見える。緑の香草が映える青白い金属的な輝きを放つほっそりとした魚。

「お魚……」

「肉もある。少しだが偶然手に入った神の恵みだ。魚も」

メイリアはシュヴァルの腕でテーブルまで運ばれて、召使いの引いた椅子に腰かける。

目の前に並ぶ豪華な料理の数々は、イグリス国の料理とは別ものだ。

穀物の主食が、ドーム状に盛り付けられ、そのまわりを赤いピーマンのような野菜で飾り付けられている。茶色のソースはマスタードが使われているのかつぶつぶと立体的だ。

中心の大きなオーバルの皿にはさきほど輝いて見えた長い太刀魚のような魚のオイル煮。

細かく刻まれた赤い唐辛子がかけられ、色合いが華やかだ。

そして周囲に花が並べられた皿の中央に、アーティチョークの実が丸ごと載せられた可愛らしい料理。フルーツが浮かぶ爽やかな色合いのフルーツポンチ。

透明でふるっとしたキューブのような形のものと黒い豆が浮かんでいるのは飲み物だろうか。グラスの中で、炭酸水のように透明な泡をたくさん浮きあがらせている。

使用人を部屋から追い払うと、シュヴァルはメイリアの椅子の正面に席を取って、小皿に小さな粒の揃《そろ》った穀物の煮たものをとりわけ、レタスのような柔らかな淡い色の葉に乾燥している干し肉を包み、そこにオレンジ色のトロンとしたソースをかけてメイリアの唇に持っていく。

「食べて」

かなりの大きさと太さがある。

「口を開けて俺のこれを……食べて」

「えっと、恥ずかしいから自分で持ちます」

「零《こぼ》すだろう」

彼の手から両手でそれを受け取ろうとしたメイリアは、包みの上にかけられたソースがトロンと垂れて、手の甲を汚すのを困惑したまま見ているしかない。視線だけで拭うものを探したが、見つけられずそのソースが垂れたままの手で、包みものを受け取ろうとする。

「ああ、だめだ。力を込めては中の具が溢れる」

シュヴァルは、メイリアの手を掴んだまま「あーん」と言って口を開けることを促してくる。

「私赤ちゃんじゃないです……」

「あーん、して」

憧れの国の王子が、自分の世話をしてくれている。

メイリアはシュヴァルの手に任せるままに口を開いてそれを咥《くわ》え込んだ。

ほんのりと米の香りがして、その米にも何かの香りがついている。

「サフラン？」

サフランといえば、胡椒《こしょう》や紅茶と同じく恐ろしいほど貴重でメイリアも今までそれほど口にしたことはない。

「そう、よくわかったな。そして豆と乾燥肉の細切れとくるみと発酵させた魚醤《ぎょしょう》とトマトをあわせたソースをかけてある。好きか？」

「やっぱりサフラン……綺麗な色」

ここまで綺麗な色の米を見たことがない。

「この国で採れるからな。輸出している。それでイグリス国にも入っているのだろう。むろん王侯貴族や商人たち、金持ちに限るだろうけど」

「香りがこんなにいいなんて……」

「好きか？」

「好き……ですけど」

「俺のことは？」

「サフランと比べてですか？」

「そう」

「サフラン……です」

からかったつもりだったのに、本気で少し怒ったように眉を撥《は》ねさせている。

手にしていた、食べかけのサフランライスの包みをメイリアの唇直前でふいっと引っ込め自分自身で食してしまった。

最後まで食べきると、もうテーブルから次のサフランライス包みを作っている。

「それは……いただけるのよね？」

サフランライスの澄んだ黄色の美しさと独特な香りに魅了されたメイリアは、テーブルに寄ってじっと彼の手元を見つめて言う。

彼の手際は見事で、ぱらぱらとした米を器用に大きなスプーンで掬《すく》って巻いて形を整えてソースを垂らしていくのも見ているだけで愉しくなっていく作業だ。

メイリアは手についたソースをぺろっと舐めてみる。

「美味《おい》しい」

ソースだけでもとっても美味しい。

「舐めるなら、俺の手を舐めろ」

「手を舐めていたんじゃなくて、ソースを舐めていたんですけど」

「じゃあ、これならどうだ」

シュヴァルは自分の手にオレンジ色のソースをとろりと垂らして、メイリアの口元に持っていく。

「あの、シュヴァル様？　これは……」

「ソースが塗られているなら、美味しく舐めるのであろう？」

「シュヴァル様。ご自分でどうぞ。私はそちらの巻物のほうが好みです」

メイリアは彼のもう一方の手にある、美しい葉で巻かれたサフランライスの豆と肉巻きを心待ちにしている。

「こちらを舐めたら褒美でやろう」

「え、なんですか？　その条件は」

「とてもよい条件であろう？　美味しいソースを舐めればすぐ、サフランライスも食べられるのだぞ」

「シュヴァル様はおいくつですか」

「二十二歳だ。公式には」

「そうですか。でしたらしかたないのでしょうか」

「何がだ」

彼は苛立ったようにメイリアを睨む。

「少し……やんちゃなお言葉を聞いた気がしましたので」

あの夜の静かな姿、抑えた声や感情を持っていた彼とはやはり少し別人のようだ。

彼のもう一つの顔なのかもしれないけれど、メイリアは、おかしくなって彼の手をつまんでぺろっと舐めた。彼のその掌には、紫色の傷のような花片が今も浮かびあがっている。

メイリアはその花片の放射状に集まっているところもぺろりと舐めた。

「あ……っ」

思いがけず、彼が手を引っ込めたので、驚いたのはメイリアのほうだ。

「ど、どうしたの？」

思わず、敬語も緩んでシュヴァルの顔を見つめる。

「驚いたんだ。そこは……そこにはソースも肉片もなかっただろう……」

「本当にそれだけ？　今、飛びあがったわ。痛かった……？」

舐めただけで痛むなんてことはないはずだ。普通なら。

「飛びあがってなんかいないぞ」

まだシュヴァルは不機嫌そうに掌を隠したままメイリアに訂正を求めている。

「やっぱり……痛かったの？　怪我だったのかしら……見せて……」

綺麗な花模様で怪我の傷ではないと思っていたけれど、やはり傷だったのだろうか。

「あまり酷い傷だと思わなかったけど……そこ、薬を塗り忘れたかも」

メイリアは周囲を見渡し、そして「お薬は？　軟膏《なんこう》はどこに？」と口早に訊《たず》ねた。

「今は食事中だぞ。椅子に座っていればいい」

「でも痛むのでしょう？　他の傷は綺麗に消えているのに、そこだけ傷が残っているんだもの。

私が薬を塗り忘れたからだわ」

「これは……」

「お薬を持っているのでしょう？　まだたっぷりと入っていたもの」

「おい。そんなにせかせかして。落ち着いていればいい」

「でも……舐めたくらいで飛びあがるほど痛いなんて……、あ、ここは王宮だもの。医務官がいるわね。呼んで……」

戸口に向かおうとしたところで、シュヴァルがメイリアの身体を抱き締めて引き寄せた。

「俺の傷などなんでもない。それにこれは傷ではない」

「でも……」

「痣《あざ》だ。これは我が王族に大なり小なり現れる神族の神紋《しんもん》」

「神族の神紋……？」

「ああ。おそらく……これは蓮《はす》の花だ。まだ一部薄くて完全な花片の枚数が揃ってないが。昨日あたりから濃くなってきているように思えるんだ」

「痣が濃くなったり薄くなったりするものなの？」

「するものなんだ。この国にはおそらくイグリス国の常識外のことが色々あるだろう」

「黄金と宝石の国。それはほんとうだったわ」

メイリアは部屋の中の装飾品がランプの灯りに照らされていっそう輝くのをうっとりと見回す。テーブルの上の皿は銀だが、それさえも不思議に金と銀の輝きが乱反射して宝石のよう。

「それで軟膏は？」

シュヴァルはメイリアの前に立ちはだかって、顔を近づけてくる。もう指一本さえ鼻と鼻の間に隙間もない。彼の目を見つめていたが眉間が痛くなってメイリアはギュッと目を瞑《つぶ》った。

（何かまた禁句を口にしてしまったかしら）

そう思ったがメイリアの唇をふさいできたのは彼の唇ではなかったようだ。もっともっちりとした弾力があって、サフランの香りがふわっと鼻に匂ってくる。

口の中に、サフランライス包みが挿入された。

「んぅ？」

「食べたかったんだろう？　俺の手を舐めたんだから、それを食べる資格はある」

「ありがとうございます……」

よく噛んで呑み込んだ後にメイリアはそう礼を述べた。

かたん、と椅子に座って、でも「やっぱり軟膏を探したいわ」そう言って食事の途中なのに立ちあがろうとする。

「食事中に立ちあがるのは我が国ではマナー違反だが」

「すみません。でも……手が痛むのに食事をするのはよくないです」

メイリアはあの膏壺《あぶらつぼ》をつい探してしまう。

「俺の身体のことなのに、なぜそんなに気に掛ける？　気にしすぎだ」

「軽く見ているとまた痛みますよ。それに痛む手では私巻物を作っていただけないですし」

「ああ、わかった。これではゆっくり食事を楽しむこともできない。膏壺はそこの……」

シュヴァルは向こうのナイトテーブルを視線で示したが、メイリアがそのほうに行きかけたのを制すると自ら立ちあがってベッド脇へと脚を向ける。そして引き出しからあの見覚えのあるアラバスターの壺を取ってくると自分で開けて掌に塗り込んだ。

「私がやります」

「いや、いい。これくらい自分でできる」

「でも」

「大丈夫だ。お前のしつこさには参った」

「すみません」

彼の掌の花片が集まったような桜草の様にも見える花の痣は、乳白色の軟膏の下で少し霞《かす》んで見える。

それを見てメイリアはほっとした。

「俺のことを……それほど心配してくれるのだな」

彼は軟膏の壺に蓋をしてテーブルの片隅に置く。

「本を取り戻すためについてきたのに、このように心配してくれるとは、恐縮だな」

「恐縮だなんて」

「ここで花嫁候補としてずっといてもいいんだぞ。むしろ、俺があの本を返さなければ、ここにずっといてくれるか？」

「そんな……あの、それは……」

ふと、この美しい黄金装飾の部屋を見て、テーブルの上に載った明るい陽射《ひざ》しとふんだんな暖かな国特有の料理を見て、外の眩《まばゆ》い陽射しをカーテン越しに感じる。

今シュヴァルの客人として、花嫁候補としているここから自国に戻るとき、自分はどうなるだろう。父が懇意にしたがっているリランディア国の王子と共に過ごしていたと知ったら、怒られるのかそれとも。褒められるのか。

（怒られる……わね。お父様はリランディア国の王子にはファウリンを花嫁にしたいとおっしゃっていたのですもの）

でもずっとこの場所にいるわけにはいかない。ファウリンがじきにこの国に送られると父が言っていたのを知っている。メイリアは深くため息をつく。

「どうした？　俺が包んでやらないと食べられないのか？　そうなんだな？」

シュヴァルはメイリアが何にも手を出さず、手元を見たまま俯《うつむ》いていたのを見て勝手にそう解釈したらしい。

「いえ、そうではなく」

そう言いかけたが、『ではなんだ』と聞かれても答えられない。

「そら。ちゃんと新しく包んだぞ」

彼の指先はとても綺麗で、洗練されている。その手が綺麗なサフラン色と若い緑の葉と赤いソースのかかったそれをメイリアの口元に差し出してきた。

「ああ、手で持つな。持たないでこのまま咥えろ」

メイリアは、言われるままに彼の手からサフランライスの包み巻を口にした。

一口、食べて呑み込んで、その調和のとれた甘酸っぱい味を堪能する、二口目も彼の手はそこに待っていてくれて、メイリアは先ほどより勢いよく口を開けてその続きを口腔に収めた。

「美味しいか？」

まだ口に入っていたからメイリアは頷く。

本来お行儀の悪いことだが、なんとなくそれが当てはまるような空気感だ。

「そうか、よかった。では次はこれだ。王宮でも自慢の味だぞ」

そのまま次の赤や青の彩りのよい野菜グリルをメイリアに差し出し、次にはキッシュのように卵色のものに色々な彩りの野菜や木の実が入れられたものをナイフで切ってメイリアに勧めてくる。

「そんな使用人のようです」

「今は俺を使用人と思っていいぞ。その後ベッドでも」

メイリアは、驚いて顔を赤らめる。

「なにを羞《は》じらう？　花嫁候補なのだから当然だろう？」

「振りだけです。そういう約束でしょう」

「振りだけでもベッドで仲睦まじくしないと。使用人がいつ入ってくるかわからないし父上や兄が監視しているはずだからな」

彼は声を潜めて意味深な視線をメイリアに送ってくる。

「監視？」

「し」

今度は唇に指を立ててメイリアの声のトーンも制してくる。

「この王宮には使い魔の獣《けもの》が多くいるのだ。中には神獣《しんじゅう》もいるが」

「使い魔……神獣……ですか」

「ああ。気をつけろ。すべてはこの王族と繋がっているからな」

「そうですね」

ふとあの神話が思い出された。

巨大な樹木の枝が川のように伸び、先端がすべて様々な獣と結びつき、その中心に額飾りをつけ王冠を載せ、腰布を巻きつけた美神が片足を立てて床に座っているあの絵画を。

獣が多くまとわりつき、その周囲に配された曼荼羅《まんだら》のような神の図。

「さあ、甘いデザートだ」

ナツメやデーツのジャムが挟み込まれた熱いパイを彼はとりわけ、そしてメイリアに口のサイズに切り分けたそれを運ぶ。

「フルーツの甘さが……とてもいいわ」

バターとチーズの層もある。それがこくのあるフルーツの甘さととても合って、口で溶けるように消えていく。

「気に入ったか？」

「ええ」

「そうか。この国の食物が口に合うなど、さすが我が花嫁候補だな」

「――ありがとうございます」

「やはりこのままここにいてはどうだ？　気候風土も姫の気に入ったのだろう？」

「ええ……それは……とても」

言いよどむのは、むろん、メイリアがイグリス国の王女ということだ。しかも父がここに送るのに望んでいない出来損ないの引き籠もり王女だということだ。


「起きろ、起きたまえ。姫……」

閉じられた目の中に、けだるい光が感じられる。

「ん……」

もぞもぞと肩を動かし、足先をくうっと猫のように延ばす。

身体がそこはかとなく痛む。

天井にいくつもの無数の星が金に輝くベッドの天蓋の夜空が見える。カーテンも。

そしてカーテンの隙間から覗く美神も。

シュヴァルだ。

「いつまで眠っている？　父のお呼びが掛かったぞ」

メイリアはここがどこか今がいつかわからず、ぽかんとして彼を見る。

白いチュニックの上に形のよい上衣を纏い、黄金と宝石の首飾りと額飾りは豪華に輝く。部屋にいてくつろいでいた彼より、正式な装い。

「どうしたのでしたっけ……」

「おやすみしていたんだ。覚えてないのか？」

シュヴァルがカーテンをいっそう大きく開いて顔を覗かせ、まだベッドに横たわったままぼうっとしているメイリアの額に口づける。

柔らかな口づけにすっかり慣れてきているメイリアは、親しい人がするそれと自然と受け止め、目を瞑った。シュヴァルの口づけが少しくすぐったかったからだ。

「今いつ……ですか」

「いつかな。姫が寝椅子の下で眠ってしまって、俺が所用で出かけるときにこのベッドに移した。それから……一晩たっているな」

「ひとばん……？　一晩ですか？」

「ああ」

シュヴァルは男らしい眉をくっと上げて笑った。

道理で彼の着ているものがまったく別のものに着替えられているはずだ。

「お願いがあります。シュヴァル王子様」

「なんだ」

「今度私が眠ってしまったら、朝には起こしてください。これでは今がいつなのかもわかりません」

メイリアは暦《こよみ》も無さそうなこの王宮で、いつこの国に来て、いつこの王子の部屋に来て、そして今がいつなのかもうわからなくなっている。

いつも決まった時間に着替えをして決まった時間に食事をして、決まった時間に朝礼に行っていたあのイグリス国での自分の生活とまったくかけ離れた毎日だから。

ここにはメリーもいない。遅くまで本を読んでいて、朝寝ぼうしても、同じ時間に起こしてくれるメリーがいなければ、メイリアの規則正しい日常はいとも容易《たやす》く崩れるらしい。

「あの、起こしてください、決まった時間に」

「外の聖堂の鐘が鳴ればそれで時間はわかるけれどな」

「ああ、でもよくわかりません。ここの鐘は数が決まっていませんよね」

自分の国の鐘の音色とは音色が違うせいか、メイリアの耳にその音はなかなか聞こえてこないのもある。

そして数を数えても、その数がいくつなのかちゃんと時刻を示しているのかもわからない。

シュヴァルはテーブルの上にあったベルを鳴らす。

しばらく経ったのち、戸口から召使いが入ってくる。

手には大きな布を捧げ持ち、そして一人だけではなく続々と同じように何かを捧げ持った女性たちが入ってくる。

「着替えだ。今日のドレスも美しいぞ」

言われるまでもない。

召使いたちが掲げている布はどれも上等のシルクやベルベッドのもので、金の刺繍《ししゅう》が溢れんばかりに施されている。メイリアはベッドから起きあがって、足を床に下ろそうとする。

何かおかしい、なんだか随分とすうすうとする。そう思って自分の身体に視線を落とす。

「ふぁ……っ」

「着替えをしたほうがいいだろう？　裸は冷える」

起きあがったメイリアはそのときようやく自分が裸であることに気づいて、慌てて胸を毛布で覆った。

「あ、あの……ど、どうして私、裸なんですか？」

「脱いだからだろう」

「脱いだ記憶がありません」

「記憶がなくても服を着ていないのだから脱いだんだろう？　それともこの国の神が魔法のように指先だけで脱がしたとか？」

シュヴァルは笑みながら、メイリアの赤い髪をちょいとつまんでフッと吹く。

「それは……」

シュヴァルが脱がせたのだろうと思ったが、それ以上彼に詰め寄ることもできない。

大勢の召使いがいる前で、王子の彼を罵《ののし》ることなんてできっこない。

「着替えの服はどうする？　いらないのか？　召使いを追い返すか？」

シュヴァルは意地悪そうな目でメイリアを見る。

しかもベッドのカーテンをまた大きく開けてくるから、メイリアは背中を向けるようにねじって胸元の毛布をいっそうしっかりと押さえつける。

「着替え……ください……」

「そうだよな？　最初からそう素直に言っていればいいものを」

「だって、私は自分では脱いでいないですもの！」

「着替えて聖堂に行き、それから父上の所へ、定例の挨拶に行かなくては」

「聖堂……へ、そして陛下の元に……？」

「ああ。聖堂は十二回らなくてはいけないから、半日以上がその行事で終わるな」

「十二も？　どこにあるのです？」

「この王宮のそれぞれ外に突き出した場所だ」

「王宮の突き出した……」

メイリアには彼の言っていることが今ひとつ理解できない。

「とにかく、進めろ。説明はその最中に」

召使いたちが十二人でメイリアを取り囲む。そしてまずは身体を浄《きよ》めながら、髪を梳《と》かすもの、身体を拭き取るもの。胸元に小さなコルセットを嵌《は》めるもの。役割は分担されていてきわめてスムーズにメイリアの着替えは粛々《しゆくしゆく》と行われていく。

無言で進められていくせいで、外の鳥のさえずりがすぐそこにいるかのように聞こえてくる。

「この王宮はそもそも十二に突き出ている星形だ。星か花か意見が分かれるところだが、そういう風に作られている。聖堂はそれぞれ突き出した離宮のその先に作られて独立している。そしてあの向こうの丘の上には唯一の神殿がある」

それは壮麗な円柱が並ぶ建造物だ。円柱に守られ、中心に尖《とが》ったタマネギ型のドーム屋根を抱く壮大な建造物があった。

あれが神殿。

「その十二の聖堂にはそれぞれ主がおり、すべて王族が務めている。神殿には神官が常駐している。だが、神殿には神のお告げが下ったひときわ強い能力を持つものが務めると決まっている。神のお告げは一年おきにあるが、それで神官が決まらない年も多い。神のみしるしが完成した者が神殿に入る。神として強い力を持ち、国の天候から周辺海域の安全、穀物の豊作を約束するものだ」

「そんな生き神様が王族からでるのですか？」

「でるときもでないときもある。神が下りることのほうが稀《まれ》だからな。何の神が下りるかも人間にはわからない」

「はあ」

「下りた神によっては言葉が喋《しゃべ》れなくなることもある」

「難しいのですね」

「それだけ力の強い神だからな」

「ところでシュヴァル様。少しは遠慮していただけませんか」

メイリアは先ほどから乳房を出して下半身も下着を着せつけられるまで生まれたままの姿で立たされている。召使いたちが周囲を取り囲んでいるとはいえ、裸の姿は正面に立っているシュヴァルから完全に遮蔽されているわけではない。

むしろ、使用人が動き回るときに彼の目にはメイリアの姿がすべて映っていることの方が多いだろう。それでも彼は堂々とそこに立ちはだかってメイリアに神殿や聖堂の説明をしている。

「その昔、神は天上にいたといわれているが、それが人にも下りるようになったそうだ」

「シュヴァル様。ご説明はありがたいのですけど、どうか遠慮なさってください」

メイリアは召使いたちが髪を結い上げ、ねじ込みながら髪飾りをさしていく、その作業を妨げない程度に上半身をねじって胸の膨らみをシュヴァルから隠そうと努力している。

「遠慮とは？」

「その場所からどいていただけると嬉しいです、もしくは背を向けていただけると」

「なぜ」

「なぜって乙女の裸を服を着ている殿方に観察されているのは私の国ではマナー違反で……」

「いちいちうるさいな。『マナー違反』だって？　その言葉もここでは禁句にするぞ、いいな」

「そんな勝手に……」

「ここは俺の国、俺の離宮。姫は俺の花嫁候補。何か問題でも？」

「問題あります。ありすぎです」

ちょうど髪も整えられ、シャリーも纏い、腰の黄金のベルトもピタリと細い腰に嵌められたメイリアは、つかつかとシュヴァルの前に進み出る。

「シュヴァル様にかかったら、私、何も喋れなくなってしまいます」

「そうか？」

メイリアが進み出たことに最初は目を見張っていただけだったシュヴァルだが、メイリアの美しく結い上げられた赤い髪の毛先をすっとなぞりながら嬉《うれ》しそうに笑む。

「何もすべて規制するわけじゃない。好き、愛している。結婚したい。そんな言葉なら大歓迎だぞ？　何十回、何百回くり返しても止めやしないからな」

「――その主語はシュヴァル様限定だったりしませんよね？」

メイリアの唇をシュヴァルの指が塞いだ。

「おい。皆もう出ていっていいぞ」

召使いたちを外に出し、扉が閉められるとシュヴァルは咎《とが》める表情をしながら、メイリアの耳元に囁《ささや》く。

「おまえは、俺の花嫁候補としてイグリス国からわざわざ船で海を渡ってきた。王宮の貴族たちにはそう紹介されていることを忘れるな」

「忘れていません……」

「では俺以外のものを好きかもしれないという言葉はおかしいだろう？」

「あ、あ……」

メイリアは改めてシュヴァルの言うことに気づいて、口を両手で塞ぐ。

「すみません。私、気づかなくて。ただ、シュヴァル様が私のお願いを聞いてくださらないからちょっと動揺したんです」

「お願い……?」

「着替えの間、よそを向いていてくださいと申し上げました」

今度はメイリアが少し目を上げて彼を詰る。

「ああ、だが今さらであろう? それに見ず知らずの関わりのない娘を連れ回し、裸を見ているのであれば王子として、神の一族に近しいものとしてゆゆしき問題にもなるが、姫は俺の花嫁候補として、この国の見聞に来たのだ。花嫁の裸など見ていて当然だ。むしろ、花嫁の裸を見ないまま結婚する王子が世界のどこにいるのか」

「そうなのですか?」

「そうであろう? 政略結婚ならいざ知らず、姫は政略でここにいるのではないのだから」

「政略結婚でない……」

また複雑な思いが脳裏を掠《かす》める。本当はファウリンが政略結婚の相手としてここにくるはずだった。自分がファウリンの名を騙《かた》って来てしまっているのをシュヴァル王子は知らない。

「もしかしたら、恋愛結婚という王族にはふさわしくないものになるのかもしれないな?」

シュヴァル王子の少し照れたような瞳にメイリアは、はっとして見つめている。

「恋愛……?」

「ああ。そうだろう？　とりあえずはお互いの利益を考慮した偽装の行動だが、もしもこのまま婚約者として流れに乗れば……」

「恋愛……結婚……？」

「ああ。どうしてそんなに不思議そうに言う？　そんなにおかしなことを言っているか？」

「いえ……でも。きっと……あの、これは……」

（実らない恋……）

　そう思う。

「あの、もしも結婚することになれば、あの〝リランディア国神話〟の本は？　返していただけるのでしょうか」

「本？　ああ、もともと我が国の王宮の蔵書出会ったあの書物か。なぜそこまで固執する？」

「お母様の大切にしていた本ですし、私も幼い頃からあの本を眺めて大きくなって……あの神様が私にとって最高の存在だったので」

「もともと我が国の書物だ。誰かが奪っていったのか、何かの手違いでイグリス国に流れ込んだのか知らないが。あれと同じものを修士に書き写させて贈るのはどうか」

「でもあの書物が……」

「ここにずっと姫が残れば、書物を持ち帰らずにすむ。ここの聖堂に置かれればいつも見ることができるのだから」

「ずっとって……」

メイリアは書物のことでも、シュヴァルのことでも、どうしたらいいのかわからず口ごもる。

そのとき、隙を見ていたとばかりに背後から声がかけられた。

「これはこれはお美しい」

ふいに戸口で声がして、靴音を響かせて青年が入ってくる。

インディガイアだ。

「今日の姿も美しいなあ。姫」

インディガイアがメイリアの前に立ち手を取ってくるのを、妨げたのはシュヴァルだった。

「兄上。言ったはずです。ノックをせずに勝手に部屋に入るのはやめていただきたいと」

「そうだったか？　美貌の姫君の前では扉など些細《ささい》な障害だ。簡単に乗り越えられる」

インディガイアは、シュヴァルの刺すような鋭い視線ものともせず。メイリアに小さく腕を振って一礼してくる。

彼の腰の剣がカシャンと鳴る。

彼は手に持っていた大きなフルーツの盛られた籠をメイリアに差し出してくる。

「贈りものだ。受け取ってくれないのか？」

メイリアは、シュヴァルに許可を求めるような視線を送りながら、受け取るのを躊躇《ちゅうちょ》した。

自分はシュヴァルの花嫁候補としてこの王宮に泊まっている。

シュヴァルの兄だからといって、男性であり神族でもある彼に親しさを見せてはいけないような気がする。シュヴァルはメイリアに、顔がうっすら隠れる紗《しゃ》のベールをかけて、背中に垂らして額飾りで止めた。

「兄上のことは気にせず行くぞ」

「あの……」

メイリアの腕を取ると、シュヴァルはインディガイアの前を通り過ぎて、扉から外に出る。まるで一陣の風のように見事な身のこなしで、メイリアは驚いたほどだ。

「シュヴァル様」

メイリアは腕を引かれながら、たなびく彼のシャリーと黄金の腰巻きの房が揺れて跳ねるのを、どことなく優越感に浸って見つめている。

シュヴァルの美しい走り姿。彼が手を引いて走った女性は今まで何人いるだろう。

強く、それでいて頼もしさを感じる彼の腕を引く力に、幸せを感じながらメイリアは走る。

「あ」

躓《つまず》いて足がもつれる。一歩二歩、よろけて不格好に転びそうになったメイリアを、シュヴァルの腕が抱き留める。

「大丈夫か？　すまない。女性の歩幅を考えていなかった俺が悪かった」

「え」

そんなことで、まじめに謝罪されると思ってもいなかったメイリアは支えてくれている彼の顔を改めて見つめる。

「いいえ。私が躓いたからいけないんです。あまり走ったりしなくなっていたし、こういう長いドレスに慣れてないのもあって」

「走らない？　西洋の姫はそうなのかもしれない。でもこの国では王女でも花畑を走り回るのはよくあること」

「花畑を走る……？　それはなんだかとっても……」

「いやか？」

「いやだなんて……」

メイリアはどきどきしてくるのを感じている。

「おいで」

シュヴァルはメイリアの手を掴み直すと、今度は幾分加減した歩幅で走り出す。

メイリアもドレスの端を思い切り引き上げて足先にドレスの裾が絡まないように工夫しながら彼のあとを走る。

王宮内の整えられた幾何学的な石積みの庭園が流れるように過ぎていく。

庭園の緑が背後に流れ、オレンジやレモン、椰子《やし》の木々が砂岩の作り込まれた花壇から覗く果実の庭園も過ぎて凝った破風《はふ》のある王宮の建物の脇を抜けると、高い城壁の向こうに抜けるアーチの門が現れる。

シュヴァルはその門を抜け、そして突然開けた草原の中に足を踏み入れた。

「あ……」

広い草原。美しい白い花が咲き誇る野原だった。

「王宮のすぐ外がこんな花畑だなんて、すごいわ……」

「ここの白い花はクローバー。気候がいいのかほとんど一年中咲くようになった」

「すごい……綺麗……なんて綺麗……」

明るい陽射しの元で真っ白な花は雪のように、小さな綿毛の塊のように、地面を埋め尽くしている。メイリアはしゃがんで、その花を絨毯《じゅうたん》に触れるように撫《な》でた。

掌にふわふわした白い花が触れる。

メイリアはそのまましゃがみ込んで、大地に顔を寄せてその花の香りを嗅いだ。

「綺麗だ」

「本当に綺麗……こんな素敵なところに連れてきてくれてありがとうございま……」

顔を上げてシュヴァルに礼を言おうとしたところに、彼の唇が覆《おお》いかぶさってくる。

「んぅ」

顔が重なり、影が重なる。シュヴァルはメイリアの顎を掴み、肩を掴みながら、顔を寄せながら何度もメイリアの小さな唇を吸ってくる。

メイリアは唇を甘く挟まれ吸われるたびに、どきどきと鼓動が速まっていくのを感じている。

シュヴァルが舌を挿入してくる、長い口づけ。舌先がメイリアの上顎をなぞり舌先をメイリアの戸惑う舌に絡めてくる。

「んぅ……あッ」

白い花の上に横たえられ、メイリアは胸をまさぐりながらドレスの肩を落としてくる大きな手を感じている。身体中が火照《ほて》ってくる、下腹部がじゅくんと熱く液体を落としてきて、足を合わせる。濡《ぬ》れたそこにまで彼の指先が落ちてきて、メイリアは身をすくめた。

「だ、め……」

もう濡れているなんて気づかれたくない。はしたない姫と思われる。

「外で抱き合うなんて……」

「結婚を前提でここに滞在しているのに、おかしくないだろ？　周囲に俺が結婚しそうだと、思わせないとな。嘘《うそ》じゃなくて偽装じゃなくて」

「誰も……嘘だなんて思わないと思うの。それにここで抱き合っても、誰も見てないわ」

「見てるかもしれない。言っただろう。ここには使い魔がいるんだって。獣に姿を変え、獣の目で監視しているものがいる。ここはそういう国だ」

「でも明るいわ」

メイリアは、下ろされたチュニックの肩を気にして、そして太股《ふともも》まで捲《まく》り上げられているドレスの裾を下ろそうと手をやった。その手をシュヴァルが押さえ付ける。

「夜だったらいいのか？　星もない……月もない……闇夜だったら？」

「そ……」

メイリアの両方の手首がシュヴァルの大きな手で押さえ付けられてしまう。

恥丘を舐《な》められながら囁かれる言葉はメイリアの濡らされたそこをくすぐるように刺激してきて、身体にぞくっとした淫らな背徳がこびりつく。

「どれだけ夜空に星がなくても、おまえという輝きがあれば空も暗くはなれないだろう」

「あ、そんな……そんなとこ……だ、め」

「だめなところだらけだ。だが、それは聞かない……聞けない」

シュヴァルの声は強引過ぎるほど強引でその行為も容赦なかった。

メイリアのそこは大きく開かされて、濡れている花片がとろりと蜜を流す。

シュヴァルの指先が、桃色の花片の中に包まれている芽芯をつまみ上げてくる。

「ひゃう……ッ」

「もう少し暗ければいいのか？　恥ずかしがり屋め」

シュヴァルはむっとした顔で言ったが、その声は本心ではないことをうかがわせる。

シュヴァルが声を張って言った。

「では闇夜、来るがいい。雲よ、太陽を覆い隠せ！」

メイリアは彼が冗談を言ったのだと思った。でも彼がそう言い放って手で空を薙《な》いだそのしばらくあとに、やおら風が強くなってきたのだ。

ひゅうっと、草原を薙ぐ風。緑の下草が揺れ、白いぽんぽんのような花々が踊る。

風は見るまに雲を呼んで、それまで晴れていた青い空を灰色にし、雲で覆い隠してしまった。

「きゃ」

風がメイリアのレッドピンクの髪を揺らし、長く垂らされている耳元の縦ロールが頬《ほお》を打つ。

黄色のシャリーが翻《ひるがえ》り黄金の肩の飾りもベルト周りに下がっている宝石飾りもしゃらしゃら

と音を立てる。足下から捲《めく》り上《あ》げられていた長いドレープも激しく翻ってメイリアの太股も、足の付け根も白い肌を晒している。

シュヴァルは風に揺れる黒髪に、肩から翻るマントが背を叩きつけていても彼は口元に余裕の笑みを覗かせている。

それはメイリアの肌を撫でる手にもまったく動揺すらなく、風の中、急に薄暗くなった空を見上げるでもなくメイリアの白い身体を押し開いている。

「シュヴァル様……雨が……降ってきたら……」

「降らない。この国の気候風土を知り尽くしている俺が言っているのだ。安心して抱かれろ」

シュヴァルの身体がメイリアの脚の間に割り込んできて、メイリアの剥き出しの胸元を柔らかく揉みしだいてくる。

片手でお尻の下の谷間を撫でながら膝の上にメイリアの腰を持ち上げてきている。

メイリアは風に触れられながら、シュヴァルの大きな手による愛撫《あいぶ》を受け止めて、天候の急変の中、どうすることもできずにされるままになっている。

「もっと……して……。お願い……」

はあはあと、吐息交じりにそう呟き、しばらくしてからなんて淫らに艶《つや》めいた言葉を口にしたのだろうと気づいて、メイリアは少し顔を赤らめた。

ここにはメイリアが今まで見たこともない珍しい花々が咲き誇り、蝶もミツバチも軽やかに飛び交っている。

極彩色の光。一面の緑。飛び交う色とりどりの蝶。

絡みつくシュヴァルの腕や、足に拘束される快感。

彼の下肢に貫かれ、彼の動きに翻弄されることの淫らな快楽。

濡れた肌を彼の指先が辿り、メイリアの細い身体を人形にするように様々な体位に変えさせる。

「あ……そんな……の」

あまりに恥ずかしい姿勢をとらされて、メイリアは閉じていた瞼を開ける。

メイリアの大きく屈折させられた肉体。開脚させられた太股の間に、彼の顔が迫ってくる。

自分の顔の前には彼の下肢が見え、そこにまるでもう一本の足のように巨大で長い彼の性器がぶら下がっている。すごい大きさだ。こんなものが彼の中心にあるなんて信じられない。

男性にはみなこんなに立派なものがついているのだろうか。

まるでそれが彼のすべてであるように独特の形をし、固く勃ちあがってくるその動きにメイリアは目眩を覚えた。

「しゃぶって」

「え……」

「姫の口にそれを入れて」

「口に……これを？　入りそうに……ない……わ」

「大きく口を開けて……しゃぶって」

それがメイリアの口づけに濡れた唇の上に下りてくる。

メイリアの口よりずっと大きく太いそれがどうしたらしゃぶることができるのか、メイリアには見当もつかない。顔が真っ赤になったのを、幸いにもこの体位なら悟られずにすんだ。

「え……」

「こうして……口に含んで。互いの……ものを互いの口に……そうして体液を……流し込む……ウロボロスの……蛇《へび》」

お互いの身体をお互いが口にして、丸く背をかがめ合うそれは、男女の輪のようで、流れる髪を掴まれながらメイリアは彼の性器を口にした。

唇から突きだした舌先で、先端をちょろりと舐める。

「ああ、そうだ、もっと……して」

シュヴァルの声が昂揚している。

「ぁあ、愛してるよ……我が姫君……」

彼の雄を咥え込んだメイリアは、必死で口腔で舌を動かす。

圧迫されて苦しいほど中を満たしているそれは、さらに固く強ばってきていて、メイリアは喉をのけぞらせる。

メイリアがシュヴァルの性器を口にして苦闘している間にも、彼はメイリアの両方の乳房を巧みに愛撫し、その柔らかな膨らみを揉み、先端の乳首をこりこりと甘く押し潰している。

乳輪に添って爪の先をそっとあてがい円を描かれると、口の中に性器が押し込まれているこ

とも忘れて、歯を動かしてしまいそうになる。

（ああ……ああ……）

喉の奥まで詰まってくる彼の雄塊。

ぎゅっと上顎と舌を狭めて、それを押し潰そうとすると、シュヴァルは快感を覚えるのか中でびゅくびゅくと震える。

「んぅ」

そうされるとメイリアも喉から、乳房に稲妻が走ったように感じて、胎内の蜜壺からとろりと蜜が流れ出す。

「姫……」

彼が広げた舌でメイリアの淫唇を舐めてくる。

薄い恥毛の間を這う舌が、縦筋の谷間に滑り落ちていく。そうして湿り気のある谷間を縦に何度となく滑り込む。後の蕾にかけて走らされる濡れた舌が、小さな雌芯をいたぶるたび、メイリアは喉の奥で淫らな呻きを上げている。

（もっと……もっとして……もっと舐めて……）

声にならない懇願は、いつのまにか細い腰を動かす動作に現れていて、シュヴァルはその腰をしっかりと掴んではまた舌を淫らに動かす。

蛇のように左右にちろちろとさせながら中に埋もれている清純な花の芽をいたぶるようにされるとメイリアはさらに身体が喜ぶのを覚えている。

こんな湧きあがるような肉欲は初めてだ。

いけないことと思っているのに、彼の舌に腰を自ら押しあてがってしまいたくなる。

シュヴァルは淫唇を二本の指で押し広げて桃色の秘所を、さらに強い圧をかけて舐めまくってくる。

「んぅう……んんぅう……ンク……ッ」

メイリアは気持ちよくてそこからたらたらと蜜を落とす。

「姫……甘い蜜が流れてくる……とてもいいな……」

彼は最初はその蜜を舌で舐めては呑み込んでいたが、やがてあまりに大量に流れてくる蜜を他にも活用しようと思ったのだろう。指ですくい上げてメイリアの肌に滑《すべ》らせてくる。

ぬらぬらとした彼の手が蜜を肌に押し広げてきて、怪しい感触にメイリアはまた悶えた。

蜜を塗らして指が乳房を掴んでくる。

「んあ……」

口腔一杯になった性器が喉を圧迫してきて、苦しい。

歯を当てないようにするのが精一杯だ。

「ああ……んぅ……、くっ、ん……」

「姫……姫……」

濡れた舌の音がぴちゃぴちゃと音をたてて、メイリアは恥ずかしさに顔を染める。

自分から性欲を見せつけてしまっているのが恥ずかしかった。

もっとしてほしい。もっと舐めてほしい。

もっと体中触れて抱き締めてほしい。

「姫、もっとしてやろう。もっとだ」

それまでの紳士的な言葉とはニュアンスが変わってきている雄の声。

それなのに、メイリアはシュヴァルの声の荒っぽい響きにより肉欲を感じている。

「もっと……して……もっと……触れて、強く……強く……」

メイリアの願い通りシュヴァルは肉を滾《たぎ》らせて、濡れてびちょびちょになっている淫唇の間に突き立てた。

そして小さな濡れた蕾に押し込んでくる。

「んぅう……ッ」

シュヴァルの指が自分の男根にあてがわれながら、蜜を塗り込んでいる。

少しでもメイリアの蕾を傷つけまいとしているのだろう。

濡れているとはいえ、メイリアの小さな蕾は彼の巨根を呑み込むには難儀する。

中に挿入する前に指先で何度も押し広げるようにしても、メイリアのそこはいとも容易《たやす》く裂けてしまう。

「綺麗な身体だ。俺があのとき耐えられなくなったのを自身で納得できる。姫……」

彼がのしかかってきてメイリアの片足を肩に担ぐ。

「あん……ッ」

濡れている花弁の間からとろとろと垂れていた蜜が溢《あふ》れて、内股を伝う。

「怖い……」

彼が入ってくる。濡れた肌をなぞるように彼の手が触れ、口づけがくり返される。唇を激しく舌で舐められながら、その舌は口腔に忍び込んで、メイリアの舌を絡め取ろうとしてくる。

メイリアは自分の舌が、皓歯《こうし》が、玩具《おもちゃ》のように弄られているのに、身体の芯が抜き取られたようになりながらシュヴァルにすがりつく。顎裏はバターのように舐め上げられ、舌先はオレンジジュレのように吸われている。甘い汁を口腔に蕩けさせていくのを彼のするに任せている。

「もっと挿入するぞ」

シュヴァルはメイリアの乳房を口に咥《くわ》え、乳首をくちゅくちゅと舐めながら囁く。

「あ……」

メイリアは乳首に媚薬の塗られた棘《とげ》を一つずつ埋め込まれていくように、悶えた。下肢に蕩ける蜜が彼の勃起した男根に伝い、どろどろになっていく。

欲望に赤らんだそれに滑《ぬら》つくメイリアの乙女の蜜は二人の肌が打ち付けられるたびにぴちゃぴちゃと水音をたてていく。

「あ……んぅ」

「気持ちいいか？　随分と濡れた」

「ひゃぅ……ンッ」

「もっと気持ちよくなるがいい……もっと……もっと」

下肢が激しく揺さぶられて、メイリアの背中は白い花々を押し潰していく。

草の汁と花の蜜が潰されて交じり合って、草原に漂っていく。

メイリアはシュヴァルの髪の香りを嗅いで、体温が上がって行くにつれ、彼の身体から強く漂う芳香に酔いしれていく。

「ああ……もっと……もっと……ぎゅっとして……もっと……奥まで……」

彼の雄が自分の細い膣《ちつ》道を満たし、擦りつけてくるのが気持ちよかった。

メイリアが痛みで膣を引き絞るたび、彼の亀頭がぐぐっとそそりあがるのが胎内で感じられる。メイリアの乳房が彼の挿入のたびに上下して揺れている。そのたびに彼の男根が怒張して、小さな蕾は快楽に赤く濡れながら引き裂かれた。

「んっ、んう……っ、はあ……は……っ」

声も出ずに苦しい呼吸だけ、喉をこみ上げてくる。

「姫……もっと奥まで行くぞ」

「もっと……おく……なんてない……」

彼の巨根はメイリアの膣口をとっくに通り越し、肉の壁を突きまくっている。

メイリアの中は彼で膨張しているほどだったし、熱い挿入で身体の奥から溶けているよう。

どろりとした溶岩のようにメイリアの奥から濃縮された精液が零《こぼ》れてくる。

「ああ……んぅ」

のけぞって、彼の亀頭の激しい陵辱から抜け出そうとしても、シュヴァルの手がメイリアの細い腕を、そして愛撫に濡れた乳房を掴んでいて離してくれない。

「あ……んぅ……もうだめ……それ……以上は……ああっ」

メイリアの甘い悲鳴が草原に吸い取られていく。

「だめだ。もっと……入る……もっと奥に……俺を受け入れろ……姫」

シュヴァルはメイリアの身体をメイリア以上によく知っているかのようにそう囁いて、さらにメイリアの乳房を大きく吸い込んでいく。彼の口腔でしゃぶられ、吸われるとメイリアの下腹部の奥がきゅんと音を立てて収縮するのがわかる。

甘酸っぱいものが身体中を駆けめぐる。

乳首を舐められて舌先で突かれながら、膣道への挿入は果てしなく続き、くり返される抽挿にメイリアの細い身体はがくがくと揺さぶられている。

「ん、も、もう……だ、めえ……」

奥が熱い溶岩ですべて溶かされていく。熱砂のごとき彼の吐息がメイリアの肌を灼《や》く。

「もっと、ぎゅっとして……絡みつくおまえの肉襞が、気持ちよくて堪らないんだ」

「あ……っんぅ」

メイリアは呻く。

肌に浮きあがる汗粒が、シュヴァルの舌で吸い取られていく。

舌先が肌を這い、彼の指がメイリアの乳房に絡まりつき、お尻の肉を揉《も》んでいる。

「身体のすべてが俺のものだ。俺を感じろ……姫……」

ぐぐっと彼の腰がいっそう深く動いた。膨れあがった巨大な男根が突き刺さっていく。柔肉は更に引き裂かれ、蜜で濡れた膣道がメイリアの意志とは逆にシュヴァルの身体を受け入れてしまう。

「ひゃ、っんぅ……あああああ……ッ、あ……ああッ。だ、だ、めえ……ッ」

メイリアは乳房を天に突き上げながら身を弓なりにし、シュヴァルの熱く焼けた男根に貫かれた。

「ああ……ッ」

ギュッと瞑《つぶ》った眼裏に真っ赤に流れる血潮が見えた気がした。

そして身体中に満ちたシュヴァルのもので喉がつまって小さな呼吸が潰されていく。

「――ッ……も、もう……だ、めえ……」

身体の奥で悲鳴が走る。メイリアの眼に小さな真珠のような涙が浮かんだ。

頭の中は真っ白だった。

身体がぎゅっとのけぞって、彼の欲望のすべてが吐き出されるのを受け入れる。

びゅるびゅるっと彼の先端が痙攣《けいれん》し、メイリアは中に熱いどろりとしたものを感じた。

「んぅ……」

ぐぐっと押し付けられ、蜜と精液で繋がっている二つの身体が、熱で溶けそうになっている。

そしてシュヴァルも荒い息を吐きながら「うっ」と言ったかと思うと腰を離してメイリアの上に黒髪を散らした。

「ああ……ああ……姫……素晴らしい……」

濡れた髪がメイリアの白い肌をくすぐる。メイリアはその声がまるで遠くの空から聞こえたかのように感じて一度ふっと目を開いた。

天が光って、シュヴァルの背に大きな翼が広がっているように見える。

（ああ……綺麗……）

メイリアは雲間から広がる金の光を見た気がして、ただそう思いながらまたゆっくりと目を閉じた。

「姫……眠ったのか？」

シュヴァルの低く潜めた声が耳元に聞こえたが、それに応えられるほどの気力はなかった。

熱い吐息がメイリアの身体にしばらく落とされ、繋がりきった下肢はシュヴァルの放った精液とメイリアが彼を受け入れるために流し続けた蜜でぐっしょりと濡れている。

下半身がぬらぬらと輝いたまま、草の匂いの中で二つの身体はいつまでもそのまま重なり合いながら緑と白い花の大地に横たわっていた。


メイリアがぼうっとしながらも、緩やかに瞼《まぶた》を開いたのは空に星が瞬《またた》いている頃だった。

白い肌にはシュヴァルのマントがかけられていて、傍らで彼がメイリアの情事で縺《もつ》れた赤い髪に触れながら、美しいものを見る眼差《まなざ》しをして爪の先で一筋一筋ほぐしている。

「お目覚めか。我が姫よ」

「――あ……」

「おまえ……お前でいいな。姫。可愛くていつも抱き締めていたいほどだ」

「私は……可愛くないわ」

「俺が可愛いと言ったら可愛いんだ。なぜ逆らう」

「そんなに断言できるなんて……どうして……」

「どうして？」

「お世辞にしては……行きすぎてる」

「お世辞じゃないな。俺はそれほど人付き合いのうまい男じゃない。だからこそ、父王が女性のひとりも扱えないのではないかと忠臣に訊いたほどだからな」

「身の回りをしてくれる召使いの人は何を基準に選ばれているの？」

「生まれと性格と容姿だ」

「容姿も選考要素なの……美しいということよね」

「もちろんだ。王宮に勤めるのだから」

この国の美意識や美の基準が自分の国とは違うのだろうと、最初の頃は納得させていた。でもこの国でもメイリアが美しいと思える容姿のものばかりが召使いとして雇われているのを見るに、美が基準として選ばれているのではないかと今では思えている。

メイリアの指に指を絡めてきて、シュヴァルはそのまま花の上に横たわる。

「あ……」

メイリアはその姿を見て、神話の中のあの光景を思い出した。

〝神はたったひとり、不眠不休で世界を創りあげ、襲い来る悪魔から守った。
そしてすべてが終わったとき、疲れ果てて、緑の大地に横たわった。
やがて緑の大地に白い花が咲き乱れるのを夢見て――。
約束された愛しい人が現れるのを待ち続け、眠り続けた――。〟

◆第四章◆　愛されすぎても困りもの？

「姫……ファウリン姫……」

嫌いな名前だ。こんなに満ちたりた疲労感の中では絶対に聞きたくない名前。

華やかな妹の名前。

「ファウリン……起きろ」

「ん……」

無意識に一度、ファウリンがここでの自分の名前だったかと確認するようになっている。そして不自然じゃないように素早く返事をしなくては。そう思いながら目を開く。

黄金ベッドの下。ベッドの天蓋《てんがい》の星空の下で目覚めるのは何度目になるだろう。

このベッドにすっかり馴染《なじ》んでしまったけれど、冷静に判断力のあるときには馴染んではいけないと自戒もする。

「ファウリン姫。目覚めたか？」

メイリアは、シュヴァルの澄んだ群青色の鋭い瞳を、夜の美神のようだと思いながら見つめる。この瞳を見ると、この人が悪い人ではないと思うし、この人の魅力に惹《ひ》かれてしまっている自分を再認識してしまう。

そして彼が真《ま》っ直《す》ぐメイリアを見つめてくると、恥ずかしくてつい目線をそらしてしまうのも、改めなくてはいけないと思う癖だ。

「あの、私、どれくらい眠っていましたか？」

「一晩かな」

「一晩……」

メイリアは自分がいつ、どこで眠って、そしてどこのベッドにいるのかすっかりわからなくなっている。

「今は朝……ですよね。あの、私緑の草原で……その、シュヴァル様に……」

「じれったいぞ。はっきり言えばいい。俺は姫を草原で抱いた。睦《むつ》んだ。それがなにか？」

「えっと……そうですよね。それから記憶がなくて。私……ここにきてからどんどん日にちの感覚がなくなっていて……」

彼に禁句とされている言葉をできるだけ言わないようにしながら、メイリアはあの時の激しい行為を思い出してまた頰《ほお》を染めた。

痛いとか、無理とか叫びながらも、彼の身体に突き上げられる快楽を、メイリアの幼い身体は覚え始めてしまっている。

「かまわない。おまえの日時計はこの俺が務めるからな。俺をみて時を知ればいい」

「シュヴァル様の身体のどこかに……時刻が書かれているのですか？」

彼はメイリアが自分の身体をしげしげと見つめているのをみて、軽く吹き出した。

「可愛《かわい》いことを言うな。だからかまいたくなるんだな」

「え、可愛くなんてないです」

メイリアはベッドの中でもぞもぞと動く。また起きあがって、身体に何も纏《まと》っていなかったらどうしようと思ったからだ。メイリアが起きあがることすらしようとしない様子を見てシュヴァルはメイリアの毛布ごと抱き上げる。

「は、やん」

「そんな可愛い声を出すなと言っているだろ。今またここでお前を抱きたくなってくる。この真っ白なミルクのような身体を苺《いちご》のような色に染めたくなるだろう」

「それは困ります……」

メイリアが顔を俯《うつむ》け腰までうねる赤い髪に顔を埋めるとシュヴァルは容赦なく赤い髪を指に絡めて背中に回してメイリアの小さく白い顔を上げさせる。

そのときふいに彼が窓のほうに向かって視線を飛ばし、ナイトテーブルにあった、小さなカップを投げつけた。

「え……」

メイリアは彼が何をしたのかわからず唖然《あぜん》として窓を見たが、そこには何もいない。

「どうして、カップを？」

「蛇《へび》がいたんだ」

「蛇ですか？」

「ああ、普通の蛇じゃなく覗《のぞ》きのために使わされた蛇だ。もう追い払ったから、大丈夫」

「覗きのために？」

「父上かインディガイアか知らないが、ここで起きていることを目に焼きつかせて報告させるんだ。一応神獣《しんじゅう》だが役割は使い魔のようなものだ」

「そうなのですか」

　彼は簡単に蛇を一掃したと言うが、大丈夫なのだろうか。

　今も窓の外には麒麟《きりん》の頭が覗いていたり、尾が身体よりも長い黒い猿が木の枝を伝わりながら飛んでいったり、首の長い鷹《たか》が周回していたりしている。

　鬱蒼《うっそう》と南国の木々が茂る庭園の中から見える光景は、メイリアの国ではあり得ないものだ。

「あれも……全部神獣？」

「あれも全部神獣だな。覗かれないうちに服を着ろ」

　メイリアは身体に毛布を巻き付けて起きあがった。

「ファウリン。今日は街に行くぞ」

「え……あの、今はいつ？　ここはどこ？」

「またそれか？　まあ、いつも健忘症のような可愛らしい姫というのもいいな。あまりお目にかかったことがない。新鮮だ」

　腕を引かれてメイリアは上半身を起こし、そして下肢に鈍痛を覚えて顔をしかめた。

「どうした？」

「――たいの……」

「なんだって？　もっと大きな声で言わないと聞こえないぞ？　声が細すぎる」

腰をかがめて顔を寄せてくる。そんなシュヴァルにメイリアは俯《うつむ》きながら答える。

「そら、ちゃんと言ってみろ」

メイリアはいっそう頬を赤くして俯く。だが覚悟を決めてできるだけ大きな声で口にする。

「い……痛い……の！」

「痛い？　どこがだ？　具合が悪いのか？」

もしかしたら、シュヴァルは嫌がらせでわざと聞こえないふりをしているのかもしれないと思ったメイリアは、赤らんだ顔をシュヴァルに向ける。彼は真剣な顔でメイリアを覗き込む。

「どこが痛む？　え？　どこだ？」

そしてメイリアにかけてあったシャリーをむしり取ると、全身をあらわにする。

「――きゃ……」

メイリアは今度は身体中を赤く染めて、シュヴァルの手からマントを奪い取ると下肢にかける。そして突発的に動いてしまったせいでシュヴァルの欲望を受け入れていた秘所が斬りつけられたように痛む。

メイリアは耐えるためにギュッと手を握って拳を作った。

シュヴァルは最初驚いた顔でメイリアを見たが、その拳を自らの手で握り締めてくる。

「身体のすべてが小さいのだものな。気をつけたつもりだが……痛むよな」

「や！　な、何を言って……ど、どこも……」

「あそこが痛むのだろう？　一番繊細な俺の花。俺の蕾《つぼみ》……」

「だ、だから……。まだ正式に婚約もしてないのに……体を繋げるなんて……やっぱり間違ってたの……まだ私……子供なのだわ……」

「婚約していることを公《おおやけ》にするためにいいだろう。王位を継ぐためにはインディガイアより先に王に認められ、儀式を受ける機会を得なくてはいけないんだ。だから……王に姫と睦んでいるという既成事実を先に作り、知らしめたい。女性と愛をはぐくみ、子作りをできる身体なんだと。この国においての俺の評価で足りなかったのはそのことだと父に言われたから」

「それ、聞いたわ。だから……私がその大役を担っているのよね」

「ああ。そうだ。そう言っただろう？　役を担うというのは、ただお飾りでそこにいればいいだけではない。ちゃんとその役目を役目として務めてくれなくては困る」

「――ええ。聞いたわ……」

　メイリアは、納得するしかない。ここに来て、シュヴァルの部屋にいるようになってから、何度もそうやって自分を納得させてきた。

　彼が甘い言葉を囁《ささや》くときも、彼が自分に口づけをしてくるときも、手を握ってくるときも、身体をあわせてくるときも、いつも自戒してきた。

　花嫁候補だというのはあくまで役割。本気で彼を好きになってはいけないと。

「――ごめんなさい……勝手を言って……私はここに置いてもらっているのだもの。ちゃんと務めるわ」

「身体を……傷つけたことは……悪かった……もう、しないことにする。演技だけで」

急に俯《うつむ》いてそっぽを向くシュヴァルに、メイリアは何ともいえない感情が湧いてきて、慌てて彼の手を掴む。といっても袖口をつまんだ位だったが、それでもメイリアにとってはかなり大胆な行動だ。

「務めは果たすわ。あなたはこの国に私を自然な形でいられるようにしてくれたのだもの。ちゃんと……あなたと相性のいい最高の花嫁候補として過ごすわ」

「そうか？」

「ええ。だから一緒に行けと言うところには行くし、触れてもいいの」

シュヴァルは黙したままメイリアを見つめている。

「む……」

「睦んでもいいか？」

メイリアは自分でその言葉を言おうとしていたというのに、改めて真剣な眼差しをうけてしどろもどろの返しになっている。

「む……むつむって……」

「抱いてもいいかということだ」

「し、しかたないのでしょう？　そういう行為をそれとなく人に知らしめるためにどうしても必要とあれば、私もシュヴァル様にご恩がなくもないですから」

「そうか。それはよかった」

シュヴァルは口元を少し歪《ゆが》めるとメイリアの身体を抱き上げた。

「ちょ」

「行くと言った場所には行くのだよな？　では出掛けるぞ」

シュヴァルはメイリアを毛布ごと抱きかかえて寝室から出る。昼を過ごす部屋に行くと、そこに異変が起きていた。

「なんだ？　これは」

むせかえる甘酸っぱい香り。

空気が明らかに違っているその理由はすぐわかった。黄金の装飾に満ちたシュヴァルの部屋の中は、色とりどりの花で埋め尽くされていた。メイリアはシュヴァルの腕の中から下りる。

「これ……シュヴァル様が？」

「いや」

「でも綺麗ね……すごいわ。見たことのない花ばかり。中庭にも咲いていないわ」

「――問題は、誰がこの余計なことをしたかだな」

彼は額飾りを輝かせ、その中心に下がるルビーの色を燃やしながら室内をぐるりと睥睨《へいげい》する。

暑い国に咲くような情熱的なランやブーゲンビリア、曼珠沙華《まんじゅしゃげ》。メイリアの顔ほどある菊の花。むせかえるほどの花の香りに部屋中をワクワクする気持ちで眺め渡していたメイリアだったが、背後から突然声をかけられて飛びあがる。

「素敵な花だろう？　お気に召したかな？」

「え……」

シュヴァルに似た声。だがシュヴァル以上に気取った高慢な声。

振り向くまでもなく背後から腰を抱き締められて、耳元に唇が押し当てられた。

インディガイアの褐色の髪。青い目がすぐそこにあった。

「君のために花の都から急いで最上の花を届けさせた。もっともっと様々な花を取り寄せてこの部屋に贈ろう」

「結構ですよ。兄上。ここは我が部屋。姫だけの部屋ではないのだから、迷惑です」

「おや、お前は花は嫌いだったか？　だったら、話は早い。姫を我が部屋に迎え入れよう」

インディガイアはメイリアの手を取って連れ去ろうとする。

メイリアは片手で毛布を押さえて身体を守っているから、逆らうには力が足りない。

シュヴァルがメイリアの身体を押さえ、クルリと回して自分の背に回した。

「邪魔立てするな。弟のくせに」

「血は半分しか繋がっていませんがね。一年も生まれの違わない俺にそんな口をきけるほど能力に差があるわけでもないのは兄上自身がよくおわかりのはず」

「ああ。だが女性の扱いにも人間との会話術もイマイチの弟が、自分より早く王位に近づこうという思いあがりは放っておけないものでね」

インディガイアはシュヴァルより豪華に見える額飾りに、シュヴァルより連《れん》の多い宝石の胸飾りを輝かせながら口の端を吊り上げる。

シュヴァルはくっと喉の奥を鳴らして嗤《わら》う。

「兄上のように生まれた直後から神紋のはっきりしていた方が、俺のようにうっすらと儚《はかな》げな紋しかない弟と王位を争うだなんて」

「争うつもりはない。もう手に入っているようなものだからな」

「そうでしょう？　でしたら、この花嫁は俺のものにしておいてください。せめてもの情けというやつです」

「お前に情けなどかけるつもりはない。勝手に父上とイグリス国に行って出し抜こうとしたくせに」

「イグリス国に俺が行ったのは王に同行を命じられたからです。それに兄上は王宮にいなかったでしょう？　他所《よそ》の国に花嫁候補を捜しに行っていて」

「とにかく、花は王女への贈りものだ。お気に召したか？　ファウリン王女」

「え……ええ……とても」

花はとても美しい。ただ、それでシュヴァルとインディガイア王子が争うのは避けたい。

「ではもっと持ってこさせよう。明日も明後日も。そうだ。姫の来国を祝って、庭園を造ろう。私の離宮のほうには丁度いい空間がある。ああ、ちょうどいい、そこを見にくるかい？」

「え、でもまだ私……」

「食事か？　ではまずデザートをと思ってお持ちした」

インディガイアは指先で入口のほうを示すと、そこには彼の従者がずらりと壁際に立ち並んでおり、手には銀のお盆を掲げている。

彼はメイリアがシュヴァルの背後から出てこないのを見て、小さなグラスに乗ったアイスクリームを掲げて見せる。

「西洋ではこのようなアイスクリームを食後にいつも召しあがるでしょう？　この国ではないものですが」

色々な国の人々と交遊のあるらしいインディガイアは、西洋の食にも詳しいらしい。

「兄上。よけいなことです。彼女は我が花嫁候補。兄上は別の姫を花嫁としてください」

シュヴァルはメイリアの手を掴むとそのまま部屋を出て行く。

「シュヴァルよ！　我が神紋の高まりを見るがいい！」

中庭《コリドール》に入って、背後から投げかけられる兄の声に、眉根を動かしただけで表情を変えない。

「シュヴァル様……」

「――――なんだ」

「私毛布のまま……です」

メイリアは、やっと言いたいことを言えてほっとした。彼が足を止めてくれたからだ。

「インディガイア様は悪気はないのだと思います。花を贈ってくれましたし、花をお好きだとか。花好きな方に悪い方はいないと私の国の格言で……」

　彼はやおらこちらを向き直って、メイリアの肩を掴む。

「そんな格言はこの国にはない。だから、花好きだろうとこの国では悪意に満ちているかもしれないんだ。そう思え」

「シュヴァル様……」

　怒っている。

「予定が狂った。最初どこに行くと言った？」

「街へ」

「――そうだった。来た方向は間違ってなかったな。そこが十二番目の門だ」

　メイリアは彼が見たほうを見て、思わず息を呑《の》んだ。

　巨大なアーチ型の城門がそこに聳《そび》えている。黄金の彫刻がびっしりと施された門。

　そんなアーチの下をシュヴァルの腕に引かれ、見上げながら通過する。その門をくぐり抜け、離宮の敷地の外に出てからシュヴァルは手を口元に持っていき、ぴゅうっと鋭い口笛を吹いた。

　途端、突風が吹き上げて、周囲の岩場から小石を巻き上げる。岩場に生えるソテツや椰子《やし》の木々がうねり、メイリアは髪を覆うベールと紅い髪とを必死に押さえる。

「え？」

　いつの間にいたのだろう。孔雀《くじやく》のように緑の羽をした巨大な鳥が足を畳んで座っている。

「これは……ダチョウ？」

王宮動物園ではダチョウを見たことがある。でも半信半疑になるほど、ここに今跪《ひざまず》いている鳥はダチョウよりも格段に巨大だった。

「これは我が乗り物《ヴァーハナ》ガルダだ。速いぞ」

よく見ると羽冠がついているその鳥の顔は、人にも似ている。嘴《くちばし》がついている人の顔。

「え……あの……乗っていいの……かしら」

「乗り物だって言っただろう。俺が乗るものには姫も乗れ」

シュヴァルはひらりと飛び乗って、黄金の首に回してある太い手綱を握るとメイリアの手を引いて引き上げた。

「跨《また》がって、俺に掴まれ。空を飛ぶから」

「そ、空を？　どこにいくの……ねえ、どこに……ッ」

メイリアは毛布を気にしながら必死に彼の身体にしがみつく。

途端。ガルダは巨大な身体を前に傾け、立ちあがり、翼を広げ、羽ばたきをし始める。その羽ばたきが一つ打つたび、メイリアの耳元に風が吹き荒れ、顔に強風が打ち付ける。

まもなく、ふわりと巨鳥の身体が浮かびあがった。シュヴァルが手綱をかけている首が前方に突き出し、あっという間に風に乗る。

「きゃ」

空気が上から押し付けてくる、メイリアはシュヴァルの腰に手を回して必死に振り落とされまいとする。急上昇するガルダ。足下が浮遊して、メイリアの薄絹のベールも赤い髪も空中に舞い散ってしまう。

（怖い……っ）

「綺麗だろう。空から王宮を見てごらん」

（目……開けられない……）

「大丈夫だ。そっと開けてごらん」

彼の背中から声が伝わってくる。メイリアはそうっと片方の目だけ開けてみて、状況を確かめる。そこはもう碧《あお》い空しかない空中だ。

柔らかな羽毛のはるか下に王宮が見える。黄金に光り輝く十二角形の形。その王宮の角の外に突きだしたようにある壁と、その先にある円形のドーム状の建物。すべて幾何学的な造形が美しい。そして陽が当たって淡いピンク色に輝く大地と岩場。そして島のようにまとまって緑が茂る。はるか彼方に大地と同じ色の街が見えて、今ガルダはそこへ向かって飛んでいる。

羽が打つたび空が碧く、大地が輝く。白い雲が霞《かす》んで見える。

「綺麗……」

そう口に出そうと思ったけれど、この高さと速度があまりに怖くて唇が強《こわ》ばって動かない。

（どこに行くの？　このまま行ったら別の国にも行けてしまいそう）

メイリアはこの国境もない空に浮かんでいる心許《こころもと》なさに急に怖くなってくる。

「しかたないな。高さを落とすぞ」

人二人を乗せてなお、速度も高度も十分なガルダをシュヴァルは操って、金の手綱を引いたようだ。恐れをなすほどの高さから今度は急降下してガルダは街の上へと下りていく。

「きゃ……」

また毛布が捲《めく》れあがりベールも赤い髪も流れ星のように尾を引いて翻《ひるがえ》る。

心臓がすくみあがるような下降をしばらく続けた後、風は柔らかくなり、そしてメイリアの頬《ほお》を打ち付けていた風もふっと止んでいる。

「さあ、下りるぞ」

シュヴァルの声がして、一度またガルダは浮きあがったように感じたが、そのまま柔らかく地面の上に着地していた。

ガルダはまた足を曲げ、身体を前後に揺さぶりながら身を大地に横たえる。

「おい。そんなにしっかり掴まっていたら俺が降りられない」

シュヴァルの呆《あき》れたような声にメイリアは慌てて彼の腰から手を離した。

「よかった。窒息させられて死ぬかと思った。空は空気が薄いしな」

シュヴァルはショールを翻してガルダの背から飛び降りる。そしてメイリアのほうに両腕を広げて「降りて」と声をかけてきた。

飛び降りられるの高さの鳥の背中から、メイリアは滑るようにして降りた。シュヴァルの腕がちゃんとそこにあったからこそできたことだ。

「ありがとう」

突然、鳥の背に乗せられて、高い空中に連れ出されて、どう文句を言ってやろうかと思っていたのに、その広げられた腕と、真っ直《まっす》ぐ見上げてくれた青い瞳にすべて許してしまっている。

「空を飛んだのは、初めてだったか？　気持ちいいものだろう」

「怖かったわ……風が痛かったし。でもとっても綺麗だったけど。王宮を上から見たら宝石箱みたいだったし、平原も草地も街が上から見えたのもとっても素敵だった……」

「そうか。喜んでくれたようでよかった。姫が何をしたら、喜んでくれるか考えていた」

「え？」

「インディガイアは特別な花を揃え、西洋のデザートを用意していた。姫に喜んでもらうためだ。俺の花嫁候補だというのによけいなことをと、少し悔しかった。こうして抱き締める以外に花嫁候補に何か喜ぶことをしたかったのに、先を越されてしまったから」

「そんなこと。とっても嬉しかった。怖かったけど。ガルダの背も滑るけれど。でも……街に行くには私こんな格好で……」

　メイリアは毛布を掴んだまま、シュヴァルを見つめる。

「ああ、いいんだ。姫のためにここまで来たんだから」

シュヴァルはメイリアの身体を抱きかかえて街へ入るために灰色の石粉で固めた門をくぐると、石畳の道を歩いていく。

　慣れている様子から、よくこの街に来ているに違いない。

「王子様なのに……こんな風にお付きもなく街に来ていいの？　従者も連れず、誰にも行き先を告げてなかったわ」

「姫の王宮では供は必ず付けるのか。行き先も告げて？」

「供を連れてても王宮から外になんて王女は出られないわ」

「厳しいんだな。ああ、ここだ」

シュヴァルはガラスの嵌《は》まった扉を足で押し開けて、メイリアを中に入れた。


「ああ、似合っている」

シュヴァルは衣装店に行き、メイリアに選んだドレスを着させて鏡の前に立たせる。

「足はサンダルのほうがいいか、それともくるぶしまであるほうがいいかな」

「宝石がこんなに付いていなくてもいいです」

この国の王室が使うような衣装店の服に飾られる宝石はすべて天然宝石だ、ということに気づいてメイリアは気後れしていた。

メイリアの姉たちも高価なドレスを次々買ってもらっていたけれど、メイリアは甘えることも下手だったしドレスもそれほど買ってもらってはいなかった。王宮の外の店を歩いて回っていることすらメイリアには未経験のことだったから、それだけで心が浮き立ってくる。

鮮やかなドレスを纏《まと》って、足にぴったりとした革のサンダルを履いて、そのサンダルにも大きなエメラルドの宝石が甲の部分を華やかに彩っている。

額飾りはメイリアにとってはなくてもいいものだったがシュヴァルがしつこく勧めてきたから、ルビーの華やかな金の額飾りをつけて、おそろいの腕輪と足輪をそれぞれつける。

「まあ、王子様がいらっしゃるなんて青天の霹靂《へきれき》ですわね。インディガイア様はそれこそ普段から様々な女性を服を替えるようにして連れて歩いてらっしゃいますけど」

女性店主が出てきて陽に焼けた健康そうな肌で、にこっと笑った。

メイリアの王宮にいるような、きまじめで口数少ない色白の女性達とは対照的だ。

「王子様が初めて女性を連れているのですもの、大切な方なのでしょう？　肌にいい香油も買われてはいかが？　薔薇《ばら》の香りのいいものが入ってます」

「肌にいい香油か、それもくれ。ツケでいいか」

「むろんです。王子様が次の満月に儀式を受けられますように」

「味方をしてくれるのか？」

「もちろんです。シュヴァル様はずっとこの大地のことを考えて政策もとってくださっていましたもの。この大地の綿花やオリーブ畑や葡萄《ぶどう》畑のことも、灌漑《かんがい》のことも全部シュヴァル様のおっしゃるとおりにして収穫を伸ばしました。国民たちは皆喜んでおります」

「こっちに来い。パティオで塗る。この大地は陽射《ひざ》しが強いから、香油を塗っておけば肌が傷まない」

シュヴァルがメイリアの手を引いて、店の奥から別の中庭に出て、コリドールを歩いていけば、突然、花の蔓《つる》が絡まりついた棚がある。日陰になっており、その下にソファが置かれている。誰かの家の中庭のような場所だ。

「ここは？」

「昔王族が大神殿に行くときにここで穢《けが》れを払った庭だ」

「昔……ということは今は使われていないのですか？」

綺麗な中庭だ。花が咲き乱れている。棚に絡みついて強いピンクの花をびっしりと咲かせているのはブーゲンビリアだろうか。

「じっとしていろ……動くと……変なところに香油が付く。付いてもいいのか？」

メイリアはシュヴァルに背を向けたまま滑らかな指先が、香油で滑っていくのを感じている。

「王子様に……させることではないわ」

「お前は王女様なのに……誰だかわからない俺に軟膏《なんこう》を塗ってくれただろう」

「――――怪我《けが》をしていれば……当然だから……」

メイリアは、その会話をしてあのときの彼がここにいるシュヴァルなのだと改めて思う。

メイリアは背中に滑る彼の手が、肩口に来たとき掴《つか》んで開く。

そこには蓮《はす》の花の文様がいっそうはっきりと浮きあがっている。

何枚か足りていなかった花片は均等に八枚描かれている。

「これは傷じゃなくて……入れ墨《タトゥー》でもないのですね」

「神紋だ」

「――神様のお告げが聞ける人になるの？」

「王位継承権第一位。その地位を得られるどうかかは満月の日の儀式で決まる。そしてその儀式を受けられるかどうかは、父王と神官の見立てによる。儀式を受けるにふさわしい人物かどうか。俺は花や大地を動かすことはできる。俺に足りなかったのは、人間。側に置いて自分に心から尽くしてくれる乙女がいれば万全だった」

「それで私を花嫁候補にしたの？　花嫁は、旦那様に尽くすもの」

「いやか？　そういう理由があったことを聞かされたら？」

「いやじゃない……」

　書物が目的。そういうよこしまな思いがあったのは自分のほうも同じだ。

　そう思うともっと彼にはよくしてあげたい。彼の目的を果たさせてあげたい。

　あの空を見せてくれた。あの大地を。あの草原を。彼は神に近い存在になって、きっともっと緑を増やし、そして葡萄畑を広げてイチジクやナツメの木々ももっと増やして鳥が飛んで水を浴びて人々が灌漑に使う水も確保していけるような国にするに違いない。

「手は痛くないの……？　ではあの傷は？　本当にもう直ったの？」

「とりあえず今は傷はない綺麗な身体だろう？　見たくせに」

「見てなんてないわ……そんな……じっくり見られるような状況じゃないもの」

「ではじっくりと見るがいい」

メイリアの前でシュヴァルはショールを落とし、肩からチュニックを脱ぎ、上着を脱ぎ、下に穿いているパンツを脱ぎかける。

「だ、め。見せなくていいですから！　本当に。こんなところで裸になられたら困ります」

「どうして困る？」

彼はもう下半身ぎりぎりまで服を脱ぎ落としていて引き締まった筋肉を見せている。

綺麗な身体には傷はない。あのときの複雑に盛りあがった紫色の傷。

「傷、ないだろう？」

メイリアは頷く。

「綺麗で抱かれたくなる身体だろう？」

メイリアはそこも頷きそうになって慌てて首を横に振った。

「何でそこは否定なんだ？　おかしいだろう。じゃあ今までいやいや抱かれていたのか？」

今度はもっと必死に首を横に振る。

シュヴァルはそんなメイリアを怖い目で見ていたが、やがて手を伸ばして抱き締めてくる。

「――――よかった。嫌われていなかったか……」

「嫌ってなんて……」

「本だけのためかと疑わなくもなかった……そうじゃないだろうとも思ってはいたが……」

彼の大きな体がメイリアを抱き締める。彼のオイルまみれの手がメイリアの肌を滑って背中から、肩胛骨から、そしてしなやかな背骨に沿って腰に落ち、お尻を揉み始めている。

「あ、こんなところでぁ」

「ここには……覗きが来ていない……からいいんだ」

「身体……拭かないと……香油まみれ……」

「香油だけじゃないな。いやらしい液でぬらぬらしている」

「そんな言い方……」

「一国の王女様にはふさわしくないか？　でも、いやらしくて素敵だ」

シュヴァルは微笑《ほほえ》んで、またメイリアを抱き締める。


「下ろしてくださっていいし……」

「ガルダまでだ」

シュヴァルはメイリアを抱きかかえたままで重さなど感じないように颯爽《さっそう》と歩く。

「そういえば、ガルダはどこに？」

小山ほどの巨大な鳥だ。この国においては珍しい鳥ではないにしても、馬車が停まっているほどには目立つはずなのに、メイリアが探してみてもどこにもあの金色の鳥は目に付かない。

「そこにいるだろう」

シュヴァルが視線で差したところにいるのは長い金髪を頭上で一つに結わえている、チュニック姿の青年だった。

一見してそれほど高貴なもののしている姿ではないというのに、おかしなことに彼の頭には豪華な羽根飾りが付けられており、首に黄金の手綱がかけられている。

シュヴァルを見ると一礼して、こちらへとやってくる。

「まさか……彼が……乗り物？　ガルダ？」

目を丸くして彼を見つめるメイリアに、シュヴァルは珍しいことでもないように答える。

「ああ、そうだ。神の姿にも人と、人獣、そして獣、と様々ある。変化できるものも多い」

「王が見張りをつけているから、少なくとも俺と姫の仲睦まじいところはわかっているだろう。インディガイアも」

「――そう。では満月の儀式にシュヴァル様が選ばれる可能性は高いということですね」

「ああ……そう信じている。前日にしかわからないことだが」

もし、彼が満月に選ばれたら、自分は帰るのだろうか。

怒っているに違いない父の元へ、そして勝手に名前を偽《いつわ》って使ったファウリンの元へ。


部屋に戻れば、先ほど見たよりもさらにたくさんの花で溢れかえっていた。

花の香りはむせかえるほどで、シュヴァルは明らかに不愉快な顔をしている。

不愉快どころか、花をすべて窓から投げ捨てたいと感じているほどの怒りを一瞬見せていた。

「あの、私にどこか空き部屋をいただけませんか？　お部屋を移った方がいいと思うのです。

ここではなく……」

　メイリアがおずおずと提案したのをシュヴァルは面白くない顔をして、見返る。

「なぜ？　俺と一緒の部屋ではいやなのか？　仲睦まじく見せるにこれほど効果的なことはないのだが」

「だって……お花嫌いでしょう？」

「なぜだ。花は好きだ。花も緑も何もかも、育てるのも眺めるのも好きだ。嫌いなものなどほとんどない。インディガイア以外は」

「そこまでお兄様のことを言わなくても」

「ああ、そうだな。今まではそこまでのことはなかった。だが、おまえを俺から奪おうとしていることに、今は強い憤《いきどお》りを感じている」

「インディガイア様は手出しできません。もうじき満月、それまでに王陛下にシュヴァル様が次の儀式にふさわしいと認めていただかないと」

「俺が女性を妊娠させて子供を作れる身体だと認識させれば……」

　メイリアは最初何を言われているのかわからず、ただ彼の射抜くような眼差しを受けて瞬《まばた》きもできずにいる。

「あの……妊娠は……」

　王女として、それはしてはならないことだ。いくら出来損ないで国家の利益にそれほど貢献できない容姿だとしても、未婚のまま子供ができてしまっては王女として慎《つつし》みがない。王にとって恥さらしな娘になってしまう。

「シュヴァル様」

シュヴァルはメイリアに一歩近づき、そして唇に、机上にあったガレットを押し当ててきた。

「あちらの国の焼き菓子だな。食べるといい」

そう言ってから声を潜めて「振りだけでもいい。今窓の外に鳥がいる。父の使い魔だ」とメイリアに囁《ささや》いた。

メイリアは、気づかれないように視線だけ窓にやって、そこに黒い鳥がいるのを確認する。

そして微笑みを浮かべると嬉しさを抑えきれないような昂ぶった声を上げる。

「シュヴァル様……。満月が過ぎた頃、結婚をしてくださるなら喜んで。王女としては婚儀前に妊娠することははしたないと言われて育ちましたから」

「もうできているかもしれないな。早くに父王が俺たちのことを認めてくれるといいのだが」

「ええ。本当に……でももしシュヴァル様の子が私に宿ったら……嬉しすぎます。それにもう国に帰れなくなります」

「帰すものか。この国で婚儀を上げる。そのまま王宮に暮らすんだ」

「――ええ」

メイリアの唇に彼は今度は唇で甘い洋なしを口移しで差し入れてくる。

メイリアはそれを甘い口づけと共に受け取って、口腔で味わった。

シュヴァルはメイリアを部屋に連れ込み、カーテンを引いて窓から完全に見えなくしてしまうと囁いた。

「とても上手だ。もっと俺を誘ってくれ、姫……」

シュヴァルは、テーブルの上に揃えてある酒器から赤い色ガラスで作られているグラスをとり、そこに並々と酒を注いで飲み干している。

「姫も飲むか？　薬草酒だがナツメやミモザ、パイナップルの葉やびわが入っていて甘いから飲みやすいだろう」

「では少し」

メイリアは、もう自分に向けられているグラスを断るのは彼の努力のたまものである気遣いを無にする気がして、それにほんの少し口をつけた。

花の香りのせいだろうか。飲み慣れない薬草酒のせいだろうか。身体が熱くなるのは不自然なことではなかったけれど、なんだか息が苦しい。それにとても身体がだるく感じられる。それは初めて空を飛んだ恐怖と緊張感からくる肉体の疲労かもしれないけれど。

「疲れがとれる。それに女性には美しくなる効能もあるらしい。それ以上美しくなっては困るけれど」

また、シュヴァルが嬉しい冗談を言う。

「シュヴァル様は十分に社交的だと思います。社交性があるのだと思います。他で忙しくてその能力を発揮する機会を作っていなかっただけで」

メイリアは、ふと、自分が言われたいと思っていたような言葉を彼に言っているのに気づく。

彼はメイリアの指先が、まだどことなく強《こわ》ばっているのに気づいて、その手を自らの手で包んだ。温かい指先がメイリアの強ばった指をほぐしてくれる。

「いきなり空を飛んだのは、まずかったかな」

「――いえ。貴重な経験です」

「喜ばせたいと思った。俺のために尽くしてくれた乙女を……」

「そうですか。嬉しいです」

「いつか、運命の女性と出会えたら、共に、空を鳥のごとく飛び、碧《あお》い海に潜り美しい魚や珊瑚《さんご》の間を泳ぎ、地中を蛇のように潜って何千年も前から培《つちか》われている宝石の原石を見て、国創りの神が作った洞穴を見て……そう思っていた。姫が生まれ育った王宮では許されなかったことを何もかもここでさせてやりたいと思った……」

シュヴァルは、熱っぽい声で囁きながら、メイリアの唇を甘く咥え舌先で舐めていく。

(あの空の旅は私のため……街に連れ出してのドレス選びも私を喜ばせたかったから?)

メイリアは窓辺の気配に耳を澄ませる。

ここには多くの獣がいる。獣は王族の使い魔かもしれないから気をつけなくてはいけない。

シュヴァルは、ふっと身を起こしてテーブルに置いてあった香炉へ手を伸ばす。香炉に火を灯すと、そこから揺らめく白煙が糸のようになって天井へと昇り始める。

吸い込むほど癒やされる。甘い香りだ。

「たばこを……吸うか」

「たばこ……ですか？」

「ああ、スークで買った。水たばこだ。落ち着くぞ」

彼はナイトテーブルの下から美しい縦長の瓶をとりだして口の先に付いている管を片手で制御しながら、銀の細工の施されたマウスピースを口にした。

中が白い煙で満たされて、吸い口に碧い色のついた水が上がっていく。

「とてもふしぎな形の瓶、アラジンと魔法のランプみたいですね？」

「あれはランプではないのか？　これは、擦っても魔神は出てこない」

「これ……」

「いい香りがするだろう？　色々な色と香りが選べるが、姫にはまずはこれがいいと思う」

柔らかで甘酸っぱい、果実の香りが鼻腔の中に漂ってくる。けだるい甘い香りが次第に強くなっている。

「あ……あ……」

わけもなく、甘い声が漏れる。

テンの毛で描いたかのごとき細やかさ、髪の毛で編まれたかのごとくしなやかな絨毯の上に、メイリアは次第にくずおれていく。毛足の揃ったシルクの絨毯《じゅうたん》、その上で、メイリアは、けだるさに溺れていく。

「いい香り……」

「柔らかな気持ちになれる」

透明なガラスの中は、白い上気が揺らめき立って、とても綺麗だ。

ふと気づくと、メイリアの膝に指先が乗っていた。

彼はメイリアの腕にするすると延ばした指先をふいに強め、強く掴み直して自らに引き寄せた。彼の胸に倒れ込むような形で腕を引かれてメイリアはどうすることもできずに彼の唇に唇を合わせる。

彼がそう望んでいたからだ。そしてメイリアも、彼の熱くて色気に満ちた男の唇を胸が熱くなる思いで見つめていたことに気づく。

(私、こんなにもシュヴァル様が好き……シュヴァル様のものになりたい……身も心も……)

「身も心も俺のものだ……姫……」

「あ、んぅ……」

心揺さぶられる声。ときめく言葉。

「俺だけの白い肌。俺だけの……夕陽が掛かったような黄金の髪……」

しゅるりとウエーブの掛かったメイリアの髪にも指を潜らせながら、彼はしっかりとうなじを捉えて放さない。

唇を押し付け合って貪るように舌を絡める。

メイリアの胸元に彼の指が下りてきて、酷く荒々しく服の合わせを引きちぎった。

「んぅ……」

痛みを覚えたがそれさえも快楽だ。

彼の指が乱暴に肌を掠め、そして掴み、腕が痛いほど強く引かれて、メイリアは彼の身体の上に乗ってから、クルリと床の上に組み伏された。

「我が姫……俺のものだ。俺のもの……」

指先がメイリアのふくらはぎへ、そして太股へとゆっくりと舐めるように進む。

アーチ型にくりぬかれた窓から白い月光が射し込んできている。

白い肌をいっそう艶《なまめ》かしく照らし、そこにシュヴァルの舌が紅く唾液を輝かせながらメイリアの肌に這っている。

首筋に、そして鎖骨にそって蠢《うごめ》く舌先。

彼の舌はなんて巧みに動くのだろう。なんて、長くて滑らかなのだろう。

そんなことを思っているうちに胸と胸の谷間を這い下りてきた彼の舌は、片方の乳房の上に乗り、そして乳輪に沿って、円を描いて舐め回してくる。

「んぅ……あ、あ……んぅ」

「感じるのか？　ここを舐めるとお前の声はひときわ甘く蕩け出すな」

「んぅ……だって……すごく……すごくそこは……」

「感じるんだろう？　こうして乳房を揉みながら、先端を舐めればきっともっと……」

「あんぅう……くぅッ……」

彼の足がメイリアの太股を大きく押し広げていく。

床に散っている長い髪の上で、メイリアは悶える。

彼の下半身を覆う衣が引かれて、太股が剥き出しになったのが月灯りでわかる。

そして彼の足の間にある男性の象徴がむくりと立ちあがり、メイリアの太股を撫でてくる。

「んぅ……」

彼の下半身は、さらに上方にそそり立ち、固く巨大になっていく。まるでメイリアの淫唇にそのまま突き立つのではないかというほど巨大にそそり立った男根は、早くも先端に先走りの汁を見せていた。

「ああ……」

メイリアは一度彼の中心に屹立した雄を見て、気が遠くなりかけたが、それを受け入れる役目を仰《おお》せつかっている自分の幸運を思えば。多少の痛みも耐えられる。

「姫……いいか」

「あ……」

シュヴァルは一度乳首を弄ってから指を下腹部に滑らせ、淫唇の間に潜り込ませる。きゅっとそこが締まったが、彼の指はそれが拒絶ではないことを十も承知だ。

「ああ、もう十分濡れている……とろとろだな」

彼の指が粘液を絡ませながらメイリアの双葉の谷間を前後にゆっくりと動かし、中の芽芯を淫らに嬲《なぶ》る。

「こんなに蜜が流れるとは……すごいな」

「あ……ああ……」

恥ずかしくて肌が桃色に染まってくる。

汗ばんでさえきてしまう。だがその肌を彼の指はしっかりと吸い付くように掴んできて、腰をメイリアの開いた太股の間に推し進めてきた。

蜜で濡れた淫唇の間にその先端が押し込まれる。

宮殿の美しい円柱が立ち並ぶガーデン。

アーチ型の窓が連なる、回廊。

中庭に照る丸い月と、そして葉擦れの音を立てる椰子の木。

肌を晒しても寒いことのない、この暖かな気候の中では、裸で夜を過ごすことも、ベッドの中ではないところで誰かと抱き合うことも、メイリアの国で思っていたよりずっと簡単で、そして燃えあがる行為。

「姫……こんなところで眠っては風邪を引く。明け方は急に冷え込むのだから」

シュヴァルはメイリアを抱き上げてベッドに入れる。毛布を丁寧に書けて身体を包むと、窓の外に目をやった。

大きな丸い月がアーチ方の窓の向こうに大きく輝いている。

窓から木々の陰がくっきりと射し込んで、シュヴァルの影も奥の長椅子やテーブル、ベッドのほうへと長く伸びる。

その影に大きな羽のようなものの影や長い尾のようなものまで伸びているのを、シュヴァルはじっと見つめていた。

そしてその影が風もなく、誰も動いていないというのに生き物のように自由にくねり、大きな翼は音もなくぱたぱたと揺らめいていた。

◆第五章◆　秘密の真夜中

水たばこを吸ったせいだろうか。その前の薬草酒のせいだろうか。

メイリアは、深い眠りにつき、そして真夜中に喉が渇いて目が醒《さ》めた。

隣に眠っているはずのシュヴァルの姿が見えない。

どこかに行っているのだろうと最初は気にしなかったが、水差しから水を飲んでいる間も彼はまったく戻ってくる気配がない。しかも身体にかける毛布がきちんと畳まれている。

戻って眠るつもりはないという暗示を見た気がしてメイリアは不安になった。

あんなに楽しい思いを色々させてもらった一日。

もう外に覗く強い月の光は満月が迫っていると教えている。

見上げてそこに輝くのは、ほとんど真円と言ってもいいほどの丸みを帯びた月だ。

(明日にはきっと王陛下が王子たちの誰かに神殿で儀式を受けるように告げるのね。そしてその儀式を行ったら、神様の神託《しんたく》を受ける。王位を継げる神託を受けるの)

シュヴァルなら、選ばれてきっと神託を受けられると思う。

それほど彼は品格もあるし、教養もある。国のため、国土のために尽くす気持ちもきっと生まれついてあるのだろう。

そして国を支配するにふさわしい人格も。人付き合いがなかったとはいえ、自分とうまく付き合えているのを見れば王陛下もシュヴァルのその欠点を欠点とは見なくなるだろう。

「シュヴァル様は……どこに？」

まさか、掠《さら》われたりしていないだろうか。

王族の中には儀式を受けたいと思っている適齢期の男たちが大勢いると聞いている。

メイリアは不安が募《つの》ってそっと部屋を出て、中庭やコリドールを探し歩く。

月が明るい夜だから、ランプを手にしていなくても、周囲を見るのに苦労はしない。

（あのときの夜みたいだわ）

あの夜の王宮は大勢の客人で溢《あふ》れていた。でもこのシュヴァルの離宮は、静まりかえっていて、警備のものですらほとんど見あたらない。

メイリアは、改めて王宮の、シュヴァルの離宮の中をほとんど知らなかったことを今さらながらに痛感し、巨大な廊下と、廊下の繋がりである部屋を一つ一つ覗《のぞ》いてみている。

寝室は数多くあり、そのほとんどは鍵がかけられている。

使われていない部屋のほうが圧倒的に多く、使用人の部屋もどこなのかわからない。

メイリアは迷ってしまって、途方に暮れた。そのときになって、奇妙なリズムを感じて耳を澄ませる。太鼓と鈴のシャラリシャラリと鳴る音が聞こえてくる。

（シュヴァル様？）

廊下の奥まで足を進め、角のあたりで音が聞こえてくる方向を定める。

離宮の中の外れ。裏庭のほうから音は聞こえてくる。そこは、大きなホールのような場所だった。部屋の天井はドームのように丸くせりあがっていて、そこは黄金で塗られている。星が描かれ、様々な獣が描かれ、その天辺《てっぺん》に書かれているのはどこかで見た覚えのある神にも等しい堂々たる姿で多くの謎めいた生き物に顔の似ている青年神の曼荼羅図《まんだらず》だ。

まさしくメイリアが持っていたあの書物の中の一枚と同じものがそのドームにも描かれていた。そして独特のリズムを打つメロディはその部屋から聞こえてきていた。そっと中に入ってみる。扉は微《かす》かに開いていて、鍵がかけられていないのは一目でわかる。そして中には天井から下げられたランプが灯《とも》る祭壇のようなものがあって、その奥にはカーテンが掛けられていて中が見えないようになっている。

(誰かいるの?)

甘ったるい香が漂ってくる。

そして激しくなってくる鈴の音。

『タントラ・タントラ』

『リ・ランディア……タントラ……トトス・エンドラ』

カーテンの下の隙間に人の手が見えた。倒れているのだろうか、座っているのだろうか。人の手がだらりと床に落ちている。

メイリアは驚き、その場に立ちすくむ。

中に誰かいる。でもカーテンを引き開けなくては中は見えない。

『タントラ・タントラ』

シャリン！　シャラン！

人の念じるような声だということがわかった。声と鈴の音は響き渡って重なり合って、異次元に通じるような不思議な不協和音を醸《かも》し出している。

音の渦のようにこちらに向かって大きく音を広げてきて、メイリアの頭の中にはその声と音とがわあんと響き渡っている。

（や……）

何かに捕まりそうなそんな気配がした。

周囲の暗がりに獣《けもの》の姿が影となって映り込んでいる。

多くの獣。耳のながい影、首の長い巨大な影、足の長い影。ずんぐりとした大きな山のような影、肩の張った肉食動物の影。首の長いコンドルの羽ばたきの影。

それは生きているものの影。どうしてこんなに部屋の一室に獣がいるのかわからない。

動物園かと思うほど多くの獣がいるようだ。

（でもどこに？）

影しか見えない。外の満月に近い光に照らされて、獣の影はくっきりと長く射し込んでくるが本体の姿はメイリアがコリドールのほうに視線を凝らしてもいない。

カーテンが翻《ひるがえ》った。大きく、風が入ったように、そして強風に翻る。

カーテンの向こうに、倒れている男の姿が見えた。

「シュヴァル様？」

メイリアは、巨大な祭壇の前に倒れている男がシュヴァルだと確信する。先ほどまで寝室にいたと思われるチュニック姿の彼は、長い手足を放り出しているものの、苦痛に顔を歪めている。

「シュヴァル様。どうしたんですか」

シュヴァルのその様子は、初めて彼を見つけたあの王宮での夜を思い出させる。

また、傷が痛むのだろうか。

「シュヴァル様」

呻く彼を抱き起こそうとして、メイリアははっとする。彼の手や腕に、あの赤紫の傷が浮かびあがっているのがわかったからだ。

「シュヴァル様。また傷が……どうしたんですか」

不思議な傷だ。それは何となくわかっていた。でも軟膏《なんこう》のおかげで治ったのだと思っていた。軟膏の効力が落ちたのだろうか。それでまた傷が浮かびあがってきてしまったのかもしれない。

「シュヴァル様。お部屋に戻って軟膏を塗りましょう」

「――――誰……だ？　お前は誰だ……」

シュヴァルの口から出たのは思いがけない言葉だった。

「シュヴァル様？」

苦しむような様子から、確かめるように薄く開かれた目は紅《あか》い色だった。そして今、シュヴァルの眼が赤く燃えあがり、獣のような鋭さでメイリアを見ている。

「シュヴァル様……？」

「知らぬ。お前を知らぬ……どこかで見た顔だが……何ものだ？」

「あの……」

彼の眼差しはいつものどこかまじめで陽気で人なつこさもある高貴な男のものではなく、この世の何も見ていないかのように虚《うつ》ろなものだ。水晶のような、空洞でありながら輝きと鋭さを含んだ眼差し。

（誰……）

「我が名は……シルヴァ」

「シュヴァル様ですよね？　待っていてください。誰か呼びますから」

メイリアは声を強めて、シュヴァルの腕を握り締める。

「人を呼ぶと……？　やめろ……それにここは……王族しか入れない場所だ。使用人でも入れない。ここに入ったおまえは……神に罰せられ、消される……無謀な娘よ」

「消される……？」

メイリアは意味がわからず訊《き》き返したが、シュヴァルはどこかここを見ていないかのようなふしぎな眼差しで天井の丸窓を見つめている。

円い窓からは真円に近い月が覗き、透明な光をこの黄金の鍾乳洞のような黄金の氷柱が下がっている特別な空間に落としている。

彼がその真円の光の下からわずかに外れたところにいたせいで、彼の背中から光がさしているのに気づかなかった。

彼の掌《てのひら》の中にある花片《はなびら》が、ある一枚を残してくっきりと色づいている。

「シュヴァル様」

「——おまえ……誰だ……ああ。そうか。〝蓮《はす》の乙女〟か。もうじきだからな。もうすぐ……」

シュヴァルの身体に、またうねるような、ナイフの先で掻《か》いたような細い傷跡が無数に浮きあがっている。

「シュヴァル様。また傷が……」

痛みがあるのだろう苦痛の表情だ。

「お部屋に戻りましょう。こんなところにいてはいっそう痛みが増します。どうしてまたこの傷が……」

「満月までに……花を持つ乙女を……」

王位と満月の儀式。それがシュヴァルの怪我とこの不可思議な現象を起こしているのだとメイリアは悟った。

神がかっているのだと感じる。メイリアの国でも神を下ろす神依《よ》りの老婆が神託を聞いたりしていた。そのときの声や行動、眼差しと似ている。

「シュヴァル様……ここに人を呼べないのなら、部屋に戻りましょう。そしてお薬を塗りましょう。あのお薬はよく効きますから、すぐこの傷はまた消えますから」

メイリアはシュヴァルの腕を引き立ちあがらせようとする。だが彼の身体は岩のように重い。

彼の身体の至る所に赤紫の傷が膨れあがって、奇妙な文様を描きながら脈打つ血管のように脈打っているのを見て、メイリアは思わず彼から手を離した。

「どうした……私を……部屋に運ぶのだろう？　乙女……」

「ええ、痛くはなかったですか？　今、急にシュヴァル様の肌が燃えるようになって……」

「神の月が……近づく〝印〟だろう……おまえが〝蓮の乙女〟である証《あかし》だろう。ここでもうこのまま繋がればいいのだろうが……おまえは……どうだ」

メイリアの身体を引き倒してきて、シュヴァルはその身の上にメイリアを載せた。

「私に跨れ……そのドレスを脱ぎ落として……私に……」

「でも、血が……」

シュヴァルの掌からも、額からも血が滲《にじ》み出している。

「痛くはない……もうじき痛みも感じない完全な身体になるだろう……」

「完全な身体……ですか？」

それは彼が儀式を受けることができるということだろうか。

「シュヴァル様……」

「跨《また》がり、まぐわれ、乙女よ……」

彼は確かにいつものシュヴァルではない。そう、あの晩の彼だ。どこか飄々《ひょうひょう》として、痛みの中に別の世界を見ているような浮世離れした気配を纏《まと》っていた。

「シュヴァル様。歩けますか？　お部屋に戻りましょう。早く」

メイリアはなんだか怖くなって、シュヴァルの腕を取り、できるだけ身体に痛みを与えないように気遣いながら腕の下に身体を割り込ませて起きあがらせる。

「シュヴァル様……。歩いてください」

「――必死……なのだな……。重くはないのか」

「大丈夫です……私は大丈夫ですから。痛くはないですか？　シュヴァル様が……心配なだけです。私は大丈夫ですから、もっと寄りかかってください」

彼が本当に身をまかせてきて、メイリアはよろめいて転びかける。

「きゃ」

足下に絡みつくドレスのせいもあって、サンダルがドレスの端を踏んだのだ。

メイリアは自分が下になりながら、シュヴァルの身体を庇《かば》おうとした。そしてそのまま回廊の入口に身体をぶつけ、シュヴァルは長い黒髪を乱しながらメイリアの上に倒れ込む。

「シュヴァル……様……」

シュヴァルは動かなかった。

だがしばらくしてメイリアの首横にうなだれていた顔がゆらりと起きあがり、メイリアの顔をしげしげと見つめている。

「姫……」

シュヴァルがメイリアを瞳の真ん中に捉えているのがメイリアにも見えている。

「シュヴァル様……大丈夫ですか？」

「大丈夫か大丈夫じゃないかといえば……それより俺はどうしてお前の上に乗っている？」

彼は体重でメイリアを潰しているのではないかと畏《おそ》れたらしい、痛む身体で急いで身を起こし、メイリアを抱き起こす。

「俺は……なぜここに？」

「覚えていないのですか？　祭壇のある広間に行かれていたんです。身体にまた傷がたくさん浮きあがっていて……」

メイリアはシュヴァルを見る。

彼の背に、黒い影がつきまとっているのにぎょっとしてシュヴァルの胸元にしがみつく。

「どうした？」

「今シュヴァル様の背中におかしな影が……」

シュヴァルは振り返ったが、そこに何もないのを確認すると、メイリアをたしなめるように、声を緩めながらその背を抱き寄せる。

「大丈夫だ。きっと俺が神に愛されている証拠だ。王位に近づいている証だ」

「そうなのですか？　それなら……いいのですけど」

そういえば、さっき中庭に多くの不思議な獣が跋扈《ばっこ》していた。あの獣たちの姿は今はない。

「おかしなことが……たくさん……」

「満月だからだ。欠け年の満月は神と人にとって特別な繋がりをつくる。海の満ち引きが一番差がでるその年でもある」

メイリアはシュヴァルが碧い目に戻り、普通に話し掛けてくれることに深く安堵《あんど》している。

「よかった。歩けますか？　早くお部屋に戻りましょう」

「――こんな時間なのに……捜しに来てくれたのか？」

「感動してくれますか？　とても尽くす面倒見のよい花嫁候補でしょう？　契約したからにはちゃんと務めは果たしますから」

「さすが評判の高いイグリス国の王女だな。感動した」

シュヴァルは腕の下になっているメイリアの首筋をぎゅっと抱き締めて赤い髪に口づける。

メイリアは前方にシュヴァルの寝室の扉を見て、ほっとした。彼が自分にいつもどおり話し掛けてくれて、そして自分の嫌いな部分を好きと言ってくれている。

それだけで、シュヴァルの頼みならなんでも聞いてあげたくなっている。

引き籠もりでひとりでいることの多かったメイリアが今は彼といつも行動を共にして寝室まで一緒だ。ガルダに乗っているときもぴたりと身体を密着していたけれど、嫌悪感どころか安心感があった。

それは今もだ。

「姫。重い俺を支えてくれてありがとう。もういい。下ろしてくれ」

ベッドまであと数歩のところだ。

「どうして？　ベッドへ横になって。薬を塗ります」

「こちらの寝椅子で十分だ。それに薬は自分で塗れる。この前より痛みもたいしてないぞ」

「それは何よりですけど、額に汗が滲《にじ》んでますから強がりはやめてくださいね。さあ、うつぶせになって」

目にしていないが、きっと背中にも傷があるのだろう。シュヴァルをベッドに押し倒してそしてチュニックを背中から捲《まく》り上げる。思った通り背中にも不思議な線の傷が無数に現れている。その文様に見覚えがあると思ったら、あの書物に書かれていた多くの獣の姿だった。

「シュヴァル様。これ……蛇《へび》や亀……獅子《しし》や鳥の模様ですよね。こんなものがどうしてシュヴァル様の背中に……」

「見てはいけない」

シュヴァルは鋭く言った。

「神々の宿る王族の男の身体だ。これは多かれ少なかれ王子には現れるもの。これが強くなったものが儀式を受けることができる。特にこの掌の蓮《はす》の花がそれを象徴する。もっとも王座に就くにふさわしいものだと神々が選択するんだ」

「――そうなのですね。では普通の怪我じゃなくて……」

メイリアはテーブルの引き出しからとりだした軟膏を指に掬《すく》ってシュヴァルの背に塗り込んだ。本当に身体の至る所に傷が浮かびあがっていることを知る。

「シュヴァル様……これは儀式を受ける前だから現れるのですか？」

「いや。満月が近づいているからだ。そしてもし儀式で神に認められれば俺は神殿に務めることになる」

「神殿に?」

「この離宮にもあまりいられなくなるだろう。だから、こうして今、姫と睦《むつ》み合っていたい」

「間者《かんじゃ》が見ているんですね?」

　メイリアの腕を掴んで引き寄せたシュヴァルが唇をメイリアの額に寄せて音をたてている。

「間者がいてもいなくてもしたい。だめか?」

「薬が効いているんですか? そんな元気になって」

「ああ……そうかも。だめか? いつ大神に選ばれてもいいように、できるだけ触れていたい、子供も早くに産んでほしい」

　メイリアの服は彼の手によりあっという間に脱がされている。

「結婚するまで子供ができたら困りますから、だめです」

「困らない、結婚すれば……いいのだから。儀式に選ばれ、儀式で選出されたら、結婚の儀を行おう、父上たちもこの王宮に呼ぶといい」

「え……」

　はっとした。父がここに呼ばれたらメイリアがファウリンの偽物だとばれてしまう。

「どうした? 俺を好きになってくれたか? いや、お前がそれほど好きじゃなくても俺は好きだ。俺が好きだから……俺のいいなりになれ」

「それじゃさっきのシュヴァル様と変わりないです」

「さっきの？」

「シルヴァと名乗っていた……寝言みたいでしたけど」

「——そうか」

メイリアは掌を開かせてシュヴァルの花片をなぞる。

シュヴァルはメイリアの身体の上にのしかかると、大きく口を開けて乳房に食らいついた。下肢を大きく空中に抱えられて、メイリアは上半身を捩《よじ》る。

「だ、め……」

「もしも俺がいなくなったら……悲しんでくれるだろうか？」

「いなくなるなんて、どうして……？　おかしなこと……言わないでください。こんなときにくだらない冗談、いりませんから」

シュヴァルはメイリアの足を開かせて自分の身体に跨がらせた。

ぐぐっと足の付け根に突き上げてくるシュヴァルの男根に、メイリアは腰を浮かしてしまう。

大きな雄はますます巨大に膨れあがり、固く屹立《きつりつ》してきている。

メイリアのお尻がそれの切っ先で押し上げられ、その淫らな亀頭の感触がメイリアの花弁の間を擦り上げてくる。

蜜壺から蜜が溢《あふ》れ出《だ》すのに時間は掛からなかった。

花弁を割ってくる彼のものが、小さな雌芯を擦りながら、熱い欲望を押し付けてくる。

貫くそれがメイリアの蕾《つぼみ》を割ってくる。粘膜が押し広げられて、膣《ちつ》道に侵入してくるそれの熱さと激しい硬さにメイリアは息を詰めた。

「もし、姫の前から消えても消えなくても……この思いは確かだから……だから……」

ぐぐっとメイリアの奥が突かれてくる。突かれれば溢れ出す乙女の蜜は彼の穿《うが》ってくる太い男根を濡らし、絡みつき、結合している熱い蜜口から水音を立てて肉体の外に流れ出している。身体も頭の中も彼に愛されているのだという思いだけで満たされていく。

彼の上に跨がって、彼が下方から打ち出す腰の動きに、お尻の奥から蜜を零《こぼ》しながら揺れている。張りのある乳房が上下に揺さぶられ、その白い乳房さえ、汗に濡れて輝いている。

「ああ……んぅ」

突かれて、彼の男根が蜜口から外れかけるとメイリアのそこはぎゅっと彼の竿《さお》にしがみついている。

「ああ…淫らな姫だ……。そんなに激しく求めてくるなんて……。演技が……うまいな……」

「え、えんぎ……？　なんの……」

両方の手首を掴まれて、メイリアはその彼の手を掴み返すように指先を動かしている。

「俺を……愛する……演技……。覗き見が……どれだけ……昂奮するだろう……どれだけ……俺たちが……愛し合っていると思ってくれるだろう……」

メイリアは、自分が本当に彼を愛していると言いたくなった。

でも、それは許されないことだ。

「ファウリン姫……君はなんて……素敵だ……あ……愛してる……。このままもしここで本当に君が俺の花嫁になる日が来たら……もし。そんな日が来たら……」

「ええ……私……」

メイリアは身体が愛される喜びで一杯になって、淫らな欲望が華奢《きやしや》な肢体に溢れ出ている。頭の中の、思考まで彼への欲望で満たされている。応える身体はまともな思考を手放して、肉欲に溺れそうになっている。肌の隅々が彼の指の愛撫《あいぶ》を求めている。

身体の奥は彼の雄塊に擦り上げられる快楽に酔いしれている。腰を緩やかにしならせてメイリアの身体は揺れている。突き上げられるたび空中にその柔らかな長い赤い髪は踊り、細い首筋が弓のようにのけぞる。

「ああ……もっと俺の上で揺れろ……ファウリン……」

メイリアはシュヴァルの上で、身体の奥を強ばらせた。

「んぅ……ッ、もっと……もっとだ……ファウリン……」

その名は、メイリアの中で激しい葛藤を浮きあがらせる。

（ファウリン……？　違う……違うの……私は……）

彼はファウリンだから、自分を好きなのだろうか。もし私はファウリンじゃないと告白したら、彼はどうするだろう。

ファウリン王女を妻にするにはシュヴァルにとっても王にとってもメリットがある。

（でも私では……お父様も……許可するかどうかわからない。ファウリンをこの国に送り込むとあのとき言っていたのだもの……)

王女を各国への友好関係のための道具として使っている父でさえ、自分の婚姻には力を割いてくれるかわからない。引き籠もりで社交性がなく、存在感のないメイリアでは、ファウリンと同じイグリス国の王女であっても花嫁にするつもりなど起きないのではないか。

(私には何もないもの……無理だもの……)

こうして見知らぬ異性に抱かれることだって想像もしていなかった。

(私には……シュヴァル様の花嫁になるのは無理……。でも愛してる……この人を心から好きなのに……)

そんな混濁する頭の中で、メイリアの子宮はシュヴァルの硬く凶器となった亀頭を呑み込もうとして下がってきている。

メイリアの膣は彼の溶液で満たされたくて疼《うず》いている。

固い性器がメイリアの柔らかな粘膜を何度も強く貫いてくる。

「ああ……ッ！　あああ……ッ、シュヴァル……様……ッ」

「ファウリン……王女……ッ……」

荒い息の中で、彼の声がファウリンを呼ぶ。

(いや……いや……やめて……)

メイリアは激しく乳房を上下させながら、腰まで覆う長い赤い髪を鞭のごとく振った。

「俺のものだ……王女……」

ぐぐうっと彼の亀頭がメイリアの小さな器官にねじ込んでくる。先端から熱い飛沫が放たれ、メイリアの膣を海のように満たしてくる。

「あ……ああ……ッ」

めいっぱい押し開かれた蕾が破裂しそうだ。身体の中の欲望がはち切れんばかりになってシユヴァルの雄を押し潰す。

「んぅう……」

苦しげでありそして満足そうな息が彼の喉を満たし、激しい熱がメイリアの膣の裏側の肉壁を焼き尽くす。メイリアは、彼の腕に支えられながら、がくんと頭を下げ、そのまま乳房を彼の胸に押し付けた。

『素晴らしい演技だ……ファウリン……』

そう呟かれたような気がしたが、メイリアは目を開けることも、声で応えることももうできなかった。汗まみれの華奢な身体を投げ出したまま、肩で息をすることしかできなかった。


朝の鳥のさえずりは、やはりメイリアの国の鳥とは違うようだ。

南国の声の大きな鳥がさえずっている。乾いた暖かな空気がメイリアの肌を撫《な》でる。

さやさやと椰子《やし》の葉が擦れる音が聞こえてくる。

（もう起きなくてはいけない時間……）

肌に感じる光にメイリアははっとして目を開けた。

そこにいるはずの王子がいない。また、夢を見たのかと思った。

でもベッドは乱れたまま、昨日の夜の激しい性の行いの跡を刻んでいる。

「シュヴァル……様?」

細く隙間の開いたベッドの重いカーテンを指先でそっと押し開く。

「シュヴァル様?」

メイリアの身体に汗のなごりと彼に塗り込んでいた軟膏のヴァニラのように甘い香りがつきまとっている。

「シュヴァル様……?」

朝、彼が側にいないことは今までなかった。いつも彼がメイリアを起こしてくれていた。

メイリアは周囲を見渡し、部屋に彼がいないことを確かめる。

足先を床に下ろして、サンダルを履いて、そして長椅子にかけてあったシャリーを纏《まと》う。

使用人が側にいないときにこのシャリーはとても便利だと思いながら、それを胸元からくるりと纏って巻き付けると下着をつけていなくても、部屋の外を少しくらいなら歩き回れる程度の室内着にはなる。

額飾りにベールをかけて、髪と目元を隠し、部屋からそっと抜け出した。

夕べのあのおかしな中庭の光景は今はまるで消え失せている。

麒麟《きりん》や象や鷲《わし》やコンドル、豹《ひょう》にフラミンゴに孔雀《くじゃく》。様々な鳥や獣がこの中庭に混在していた。

（あれは夢……？）

水たばこのせいかもしれないし、シュヴァルに勧められて飲んだ薬草酒のせいかもしれない。

甘い飲み口だったけれど、アルコールはかなり強めだった。

メイリアは中庭を通り、コリドールを通って昨日の神殿に足を向ける。

もう儀式の日のはずだ。彼は昨日そうだったようにまたそこにいるかもしれない。

青い空に白い丸い月がうっすらと浮かんでいる。どこかからか、鐘の音が聞こえてくる。

シャリン、シャラリン、小振りの鐘がいくつも激しく打ち鳴らされている、独特の音色だ。

何かあったのだろうか。

この国でも鐘は聖堂にあるはずだ。

聖堂の鐘が特別な数、特別なリズムで鳴らされるのは、メイリアのイグリス国では聖人の記念日だったり、王の儀式の行われるとき、結婚や、王子、王女の誕生など、限られたときだ。

（何かあったの……？　今日は王族の男性が神位をかねた王位継承権の移動の儀式が受けられるかどうかの決定の日のはず）

そうシュヴァルは夕べ、言っていた。

それの儀式如何《いかん》で、メイリアは彼の婚儀ができるかできないかも決まってくるのだと。

メイリアは複雑な心境で、その音色を耳にしながら、シュヴァルを探す。

聖堂の扉は閉めきられたままで、大きな真鍮の取っ手を握ってどれだけ押しても、引いてもびくともしない。

中からかんぬきが掛けられているのだ。

「昨日は開いていたのにどうして……」


「どうかしましたか？　姫」

青年の声が背後からかかって、メイリアは一瞬シュヴァルかと思って振り向いた。

だがそこにいたのはインディガイアだ。

「シュヴァルはもう神殿に入りましたよ。神殿に入り、身を清め、儀式に臨んでいるはずです。儀式の間は、お付きの者も神官さえも神殿には入れないのです。神の神託を受け入れられるかどうかは神のみぞ知る……ですが」

「儀式に……では王陛下はシュヴァル様の可能性を認められたのですね」

「子供を作れる身体か……どうかはわからないがね」

インディガイアは嘲笑《ちょうしょう》気味に言う。

「我が国の王族は多産でなくてはいけない。王族《ファミリオ》は、より優れた血脈を残すため、より優れた容姿と肉体を残すため、子孫を多く残さなくてはいけない。王子達は才能も運動能力もそれぞれ秀《ひい》でるところはまるで違う。奴は国土の有効な活用術やその土地の木々や生き物の特性をよく知っている。その代わり人間関係を築く時間もその才能も乏しく、半径一メートルに入れるのなんて使用人くらいだ。だから、あれがイグリス国に狩りに出かけたと聞いて、私はとても驚いた」

「狩りはこの国では禁止されているのですよね。王族は特に」

「そうだ。でも父上はイグリス国の招待に応じてしかも数多くいる王子の中からシュヴァルだけを同行させた。それは奴に何か見つけさせるためだったのだと、姫を見てわかった」

「――――え？　そんなことはありません。出会ったのはほぼ偶然で……」

「言い訳はいい。この燃える炎の赤い髪。菫《すみれ》の瞳。朝靄《あさもや》のごとき白き肌。神の乙女だ。〝蓮《はす》の乙女〟。だからこそ、シュヴァルは姫を連れ帰った。そして王はそれを容認している。許し難い抜け駆け行為だ」

メイリアはどう返答していいかためらった。

「あの、それよりシュヴァル様は神殿に入られたのですよね？　儀式が終了するのはいつですか？　明日でしょうか」

満月が太陽の光に消えるまで神殿で祈りを続ける。その身に大神を宿すために。

「強い神の力をその身に宿す。それは自己が消えるかもしれないことだが、それをシュヴァルは姫に伝えたのか？」

「――――自己が消える？」

「ああ、もともと神がかった力を持つ王族だが、大神を宿すともなれば、雨を操り緑を操り海の満ち引きさえ操れるかもしれないという大技使いになるわけだ。王族の憧れ。その力を得るのがあのシュヴァルならば、個人の意志など二の次になる。神の力でその身体は満たされてしまうのだから」

「そうなのですか……」

それであのときもシュヴァルは様子がおかしかったのかもしれない。

「あの……シルヴァ神……それが大神の名前ですか？」

「ご存じか。そうか……姫は我が国のことはよくご存じだ。我が国を好いてくれている。それだけで、私はあなたに好意をもつ。姫。シュヴァルのことなど忘れて我が離宮においでなさい。王位継承権なら私が一位であることはご存じか？」

「私は王位に興味はありませんから」

あの美しい曼荼羅図。それにメイリアは心惹《ひ》かれたのだ。

あの国創りの神の逸話、悪魔の蛇と戦い国を造り、柔らかな草地に倒れ込んだまま眠りについた男神。その神の逸話に惹かれて、あの挿絵の神に惹かれてこの国に憧れていた。あの書物を取り戻したいと思ってシュヴァルの言うとおり花嫁候補を演じてきた。

（でも……）

「さあ、姫。我が離宮はシュヴァルの離宮よりよほど美しいしつらえです。庭園にも花が咲き乱れ、オレンジやレモンなど果実もたわわに実っている。是非、見に来てください」

「インディガイア様、お誘いのお言葉はありがたいのですが、私は神殿でシュヴァル様が出てくるのをお待ちしたく存じます」

メイリアは丁重に断って、シュヴァルがいるという神殿へ行こうとする、その手をインディガイアが掴《つか》んだ。

　掴み、思いきり強く引き戻して、メイリアの小さな身体を自分の胸の中に包みこむ。

「姫は儀式を受けたかったシュヴァルに体《てい》よく利用され、儀式を受ける彼にあっさり捨てられたのだよ？　あんな身勝手きわまりない奴に義理立てする必要はない」

「どういうことですか」

「父上と神官の許可なく神殿での儀式は受けられない。父の懸念は儀式を受けるにはシュヴァルの人格に偏《かたよ》りがありすぎることだった。だが、姫と仲睦まじくしているところを偵察に見せたのだろう？　それで父と神官は奴に儀式を受けさせることにした。大神の力を得られたシュヴァルは、記憶をなくすかもしれない。姫のことも忘れるかもしれない。それでも儀式を受け力を得ることを望んだんだ」

　インディガイアはメイリアの腕を掴んで歩き出す。

「それは姫を二の次にしたということだ。奴は自分が大神の座に就くことを願っていた。姫と結婚の儀を行うことではなく。姫の子供を見ることでもなく！」

　メイリアは、彼の言葉を聞いて、抵抗する力も声も失っていた。

　シュヴァルは最初から彼の目的のためにメイリアを利用しようとしていた。お互い様だ。メイリアはこの国に密入国してしまったことを隠して体裁を取り繕《つくろ》わなくてはいけなかった。

（だから……今さら傷つくはずはないわ……。だってそれがシュヴァル様のためになること。シュヴァル様の望みを叶《かな》えるために協力するというのが約束だったのだから。なのに……なんで、こんなに心が空虚《くうきょ》になったの？）

「さあ、姫。こちらへ」

インディガイアは、神殿から離れた自分の離宮にメイリアを連れて行き、中庭を回廊越しに眺めさせる。美しい大輪の薔薇《ばら》が咲き誇り、椰子の木が揺れ、ソテツが奇妙な葉を延ばし、大きな黄色い木の実がなっている木が聳《そび》えている。不思議な庭だが、とても奇妙なバランスで成り立っていて面白く美しい。

「あちらには睡蓮《すいれん》の池がある。この国で最も高貴な花。この国のシンボルである蓮《はす》。そして蓮の中でも幻だといわれているのが紫の蓮の花」

「そうなのですか？」

「赤い髪もとても神聖なものだ。我が国では……私はまだ赤い髪の乙女など見たことがない。それだけ貴重な存在。シュヴァルがいない今、この貴重な美は私のためにあってほしい」

「明日には、シュヴァル様は神殿から出てこられますよね。でしたら、私は神殿でお待ちしたいと……」

「だめだ。許さないよ」

インディガイアはメイリアの腕を引き、胸に抱き締めると背中から二本の腕でしっかりと拘束する。胸が押し潰されてインディガイアの胸に下げている何連もの黄金の胸飾りが柔らかな乳房を苛めてくる。

「もし奴が大神シルヴァの光を受けてその身に力を得れば、それまでの記憶を失うだろう。そして姫のことも忘れてしまう。大神は花嫁などもらえない。姫が奴と子供を作っていないなら、シュヴァルと結婚する必要はない。私の花嫁になるといい。私は社交の場にも慣れている。姫を喜ばすことにかけては誰にもひけをとらない」

「で、すが……」

メイリアはインディガイアに抱かれたまま、動揺している。

シュヴァルの記憶がなくなってしまう？　自分のことも忘れてしまうかもしれない。そして書物のことも覚えていないかもしれない。そんなことがあるだろうか。

必死に否定しながらも、あの夜にシュヴァルが様子がおかしかったことも、メイリアのことを誰だかわからなかったことも同時に思い出していても立ってもいられなくなる。

「私……シュヴァル様と約束事があるのです。ですから……」

「約束？　結婚の約束でもしたか？　だが、それをこの私が引き継ぐと言っているのだから何も心配することはない姫の父上にもそう知らせを送っておいた」

「え……」

「前々からイグリス国の王はこの国に滞在したいと希望していたそうだから、こちらで姫の婚儀を行うつもりだと聞けば飛んでくるだろうと父が言っていた。そのとき、私と婚約をしていたと伝えればよろしい、そうであろう？」

インディガイアは、それまでとは違う、恐ろしい蛇のような顔になる。シュヴァルとよく似た美しい顔立ちだからいっそう凄みが増して恐ろしい。

「姫よ。シュヴァルはもういない。ここに戻ってくるときに奴は記憶を持っていないか、大神に認められずにいっそう軽蔑される落ちぶれた王子として戻ってくるかだ」

「軽蔑だなんて……。儀式でもしもその大神になれなくても、シュヴァル様はなにも悪くはありませんから」

メイリアはぐっと正面の男を睨《にら》むようにして、インディガイアの身体から身を離す。インディガイアは驚いた顔でメイリアを見つめ、それから蛇のように口元を歪めて舌を覗かせた。

「姫。こちらへ来るんだ」

インディガイアはメイリアの腕を取り、金と銀の細やかな装飾が施された大きな扉の前にぶつからんばかりの勢いで引きずっていく。

インディガイアはその扉の中に入り、メイリアを奥の寝室に連れ込んだ。

高い天井から吊られた巨大な黄金のテントのような天蓋《てんがい》に、そこから床に落ちるカーテン。その奥にある大きなベッドにメイリアを突き飛ばした。

「あ……」

メイリアは豪華な刺繍で埋め尽くされた覆いのかけられているベッドの上で弾《はず》んだ。

小さくほっそりとした身体は、インディガイアの逞《たくま》しい腕に小枝のように翻弄されている。

「ファウリン姫。ここで……私とちぎりましょう。そうすれば誰もが喜ぶ結果になる。私は今後、儀式の機会を失ったとしても、王族の跡継ぎを姫と生み出すことができる。そして父も姫と私の婚儀が行われることを望んでいる。姫を国に戻したくないのは父も一緒だ」

「で、も……」

どうして急にこんなことになっているのか、メイリアにはどうすることもできない。

ベッドの上に上がり、にじり寄ってくるインディガイアに、メイリアはジリジリと後ずさるが、ベッドヘッドの前には大きな枕とクッションが控えていて、もういくらも下がることはできそうにない。

「あ……の。インディガイア様。私などインディガイア様にふさわしくありません。今まで数多くの女性を見ていらしたあなたには私なぞ物足りないところばかりのはずですから」

インディガイアの指先はメイリアの乳房をドレスの上から揉《も》み込んでいたが、次第に胸元の衣服を下ろすように動きながら、肩からも服を剥《は》ぎ落としていく。

「姫……。父は私と姫の結婚を望んでいる。許可している、子供を作っても誰のお咎《とが》めもない。神官ですら、王族の子供は多いほどいいと認めているんだ。シュヴァルは子供を作る気構えも能力もいまだ怪しいからな。この私と繋がり子供を産め……」

「わ……たし……は……私はシュヴァル様のことが……好きで……ですから……」

「今までずっと過ごしてきたのがシュヴァルだからだ。これからこの離宮で私と過ごせば、奴のことなど忘れる。私のことを好きになるから……」

「そんな……」

「私が姫に与えられないものなど何一つない。西洋の習慣が捨てきれないというのなら、ここに西洋の城を建てればいい。ここに西洋の食器を運ばせ、ドレスを仕立て、そしてここに馬車を走らせ、あちらの国の使用人を連れてくればいい」

メイリアはここにきてこの国のすばらしさと興味深い事象の数々に感動さえ覚えていたが、自分の城が懐かしくて戻りたいと思ったことはなかった。すべてシュヴァルが自分を愛してくれて、言葉でも安心させてくれて、愉しませてくれていたからだ。

むしろ、あちらでの自分の生活が小さな一室だけで紡《つむ》がれていたのだと思えて、この明るい太陽が室内まで射《さ》し込《こ》むような南国の空気が好きでたまらなくなっている。

「言ってご覧。欲しいものは何？」

「ここで欲しいものは……神の書物と……そしてシュヴァル様……」

「姫。無茶を言うな。無茶ばかり言うな。私への侮辱か」

やおら、インディガイアの声が低く恫喝《どうかつ》してくるようなものに変わった。

彼の眼差《まなざ》しは尖り、刃物のように残酷な光を見せている。

そして褐色の長い髪が髪飾りを弾《はじ》き飛ばしながら、ハリネズミか、獅子かというほどの勢いで立ちあがった。

「――あ……」

まるで獣だった。彼の頭上を、肩を、覆い尽くさんばかりに褐色の髪が広がり翻り、その腕に並々ならない筋肉が盛りあがる。

「姫よ……我がものになれ……」

彼の指先がメイリアの肩口から薄絹を引き裂いた。真っ白な乳房が溢れでて、桃色の先端がふるっと揺れる。

メイリアは怯《おび》えて身を捩《よじ》って彼の身体の下から逃れようとする。

だが、その動きにベッドの上や横に置かれている蔦《つた》の蔓《つる》が伸びてきて絡まってきた。

まるでそれはインディガイアの意志のように動き、メイリアの手首に、足首に何重にも巻き付いてくる。喉を、そして胸のまわりにまで伸びてくる蔓に、メイリアの身体は手かせ足かせをはめられたように拘束されている。

「これは……な、に……」

メイリアの身体はまた元通りベッドの上に仰向《あおむ》けになって押し倒された。

「我が王族に逆らうことは許されない。王子の力は絶対だ。私の植物はよく言うことをきく」

インディガイアの声で、蔓は歓喜したようにざわめき、メイリアの腰を、足の付け根にまで絡みついて、足を引き開いていく。

「やめて……こんなこと……」

植物にいいように身体を開かされてメイリアは怯えた声で叫んだ。

その口にまでベッドヘッドから伸びてきた蔓が巻き付き、舌にも絡みついてくる。

「んぅ」

「逆らうなと言ったよ？　姫」

インディガイアは、怪しい笑みを顔面に浮かべて冷えた声をかけてくる。

「優しくしようと思ったのに……王族に抵抗するなど……罪人にされても当然の行為。王子の愛を拒むなど、その場で首を落とされても当然の無礼だ」

メイリアの口に入った蔓は、うごめきながら喉の奥にまで入り込もうとしている。

「我が植物は、澄んだ菫色《すみれいろ》の目を潰すこともその愛くるしい小さな鼻を潰すこともするよ？　私はもったいなくてできないことでも彼等は植物だから……」

「ひゃ……んぅ」

メイリアの乳首を絡みついてきた蔓が締め上げて、白い柔肉にくい込んできている。天辺の桃色の部分にまで蔓の先端が締め付けてくる。

「いた……痛い……」

喉の奥に挿入されたそれを呑み込むまいとえづきながら、メイリアは身を捩る。

両方の白い乳房が幾重にも輪を描くような怪しい形に変えられ、乳首は誰もがそれを見ればつまみたくなるようなぷりっとした甘い桃色に変えている。

「可愛い姫。美しい姫。我が子を産め。やってくる姫の父上に私の花嫁になると挨拶をできるように……」

インディガイアはメイリアの曲げられた足の間に身を割り込ませた。そして白い足をかかえ上げ、蔓に押し開かれている花弁の中に指先を入れてくる。

もうねっとりと蜜が滲《にじ》んでいる秘所は、インディガイアの指先でぴくぴくと蠢《うごめ》く。

「温かいな……綺麗な桃色だ……ここに我が身が結合するのだな……」

彼のうっとりとした声に、獣の獰猛《どうもう》な気配を感じてメイリアは必死で助けを呼ぼうとする。

だが蔓の巻き付いた唇はまるで猿ぐつわを嵌《は》められたように動かすこともままならない。奥まで挿入されている蔓のせいで舌も動きを制限されてしまっている。

（いや……ッ、シュヴァル様……）

ごうっと空気が鳴った。

天蓋の房飾りが弾けるように揺れて、部屋の中の様々な調度品ががたがたと揺れている。

「な……なんだ？」

それまで、長い髪を逆立て、肩や腕の筋肉を上げて、獣が欲情しているかのような激しい姿を見せていたインディガイアだったが、周囲の異常な気配に、メイリアの肌を舐めていた舌を離す。そして部屋の中に視線を走らせた。

「なんだ？　これは……」

部屋の空気が重く、天井から、壁際から、見えない何かがのしかかってきているかのように息苦しい。

「なんだ……？　誰だ……。力を……使っているのは」

インディガイアは、顔を上げたが、その視線には何も映ってはいないらしい。ただ、やはり部屋の調度品ががたがたと揺れているし、天蓋も海の上にいるかのように揺れている。

「誰だ！　シーバか？　ダーラムか？　それともヴィラムか？　姫を強奪しようとしても渡さないぞ」

メイリアは急にインディガイアが何を口走っているのかわからない。ただ、周囲の気配がおかしなことだけははっきりわかる。

　インディガイアの背後に大きな黒い影が浮かびあがったかと思うと、それがにわかに形を変えて、天蓋を覆い尽くすほどの大きな翼になり、そして大きな象の耳が突き出し、長い鼻がにゅうっと伸びて左右に孤を描く牙が張り出す。

　その黒い影から生まれた長い鼻が、メイリアの上にのしかかっていたインディガイアを背後から殴り倒した。

「んぅ……ッ」

　インディガイアは小さな呻《うめ》きをあげ、向こうの壁に背中から打ち付けられて床上に転がる。

メイリアを拘束していた草の蔓は突き出ていた牙に割かれ、鼻でねじ切られて空中に飛散する。

　メイリアは、目を見開いたまま、その影を見つめている。それはあの中庭で目にした異様な影とそっくりだった。それが今、インディガイアの部屋の中に現れている。

　悪霊だろうか。悪魔だろうか。恐ろしげな風貌なのに、メイリアは怯えもせずにただ見つめているだけだ。

　影は大きく揺らいで翼も大きな耳も、そして長い鼻もすうっと引いていく。その後に現れたのは人の影。闇に包まれ、黒い靄《もや》を纏っているかのような青年の影だった。

　黒いチュニックに黒い上着に、黒いベールを身に纏ってそこにいる青年。すうっと滑るようにベッドのほうへ近づいて、メイリアの腕をとる。メイリアには、それがただの影にしか見えなかったが、そのたたずまいが誰かよく知っている人を彷彿とさせている。

「貴様……何ものだ……この私の部屋に侵入し、このようなことをしでかすとは……」

床から起きあがったインディガイアが、黒い影に掴みかかる。だが黒い影は、また長い牙を突き出して彼が走ってくるそのほうに剣のように斬りつける。

「――――っ！　シュヴァル……か？　いや、まさか。シュヴァルのわけはない。奴は神殿で儀式を受けているはず。儀式の最中には何人たりともあの神殿から出られるわけがない」

インディガイアは、すんでの所で牙の切っ先から逃れ後方に飛び退ると、乱れて顔にかかる髪を荒々しく掻き上げながら呻いた。

「誰だ……誰だ？　おまえは……答えろ」

圧倒的な力の差に唇を噛《か》んでいる。そんなインディガイアを尻目に、紅《あか》い目で一瞥《いちべつ》すると突然現れた黒い影はメイリアをいっそう強く抱き締め、身をかがめた。

「おい、彼女をどこに連れて行く気だ！　その娘は絶対に渡さないぞ。私の花嫁だ。私の子供を産む女だ……！」

インディガイアは手を大きく動かすと、花を巻き上げ、蔓をまた勢いよく繁茂させる力で影の男を捉えようとしたのだが、黒い男はインディガイアを睨みつけると、花を散らし、蔓を斬り捨てメイリアを抱きかかえたまま床を蹴った。メイリアの身体が宙に飛んだ。

「あ……」

天井にぶつかる。メイリアはとっさにそう思ってぎゅっと顔をしかめてそのときを待った。彼の腕の中で身を縮こまらせて息を詰める。

だがいくら待っても、石造りの天井にぶつかることはなかった。

（どうして？　どうなっているの？　今のはまぼろし？　また私の幻覚なの？）

何が起きているのかさっぱりわからない。

そしてメイリアの身体はふんわりと夕闇の中、空を飛んでいる。

そしてメイリアは周囲を見下ろして、あのときを思い出した。あのシュヴァルのガルダで空を飛んだあの素晴らしい空中飛行を。

（ああ……）

恐怖で縮こまっていた身体が少し緩んだ気がした。足下を見下ろせば恐ろしいほどの高さなのに、抱き締められている感触がその怖さを薄れさせている。

（これは……誰……？　人なの？　それとも……）

メイリアは抱き締められている腕を見る。黒かったあの身体は今は普通の人の姿に見えている。逞しい腕、広い胸。綺麗な鎖骨。首筋は長くてその顔の輪郭も鋭く整っている。

熱い唇、綺麗な鼻筋。前方を見つめている青い眼差し。

「シュヴァル様……？」

シュヴァルはだが、応えなかった。その名前に反応も見せなかった。ただ前方を瞬《まばた》きもせず見つめ、そして急にメイリアを抱いた彼はそのまま背中の羽を使って羽ばたくことをやめていた。

「きゃ……」

落下する身体。メイリアは胸が空《から》っぽになってしまいそうな恐怖を感じながら、ギュッと彼の身体にしがみつく。

それまでのふわふわした飛行とはうってかわった急降下だった。メイリアは地面に打ち付けられそうな恐怖でシュヴァルの身体にしがみつき、彼の胸に顔を埋める。

「――――ッ」

心臓が飛び出しそうな身体の感覚。そして急降下は終わっていた。

メイリアはいつの間にか自分の髪がふわりと肩や背中にかかっているのに気づいて、うっすらと目を開ける。メイリアの身体は大きなドーム状の天井の中にいて、はるか彼方の天井の真ん中から満月が青ざめた光を煌々《こうこう》と広げている。

ドームの中にも月の光を反射させた金の彫刻で埋め尽くされた壁面が輝き、白い大理石の床がぼうっと華やぎ、円形ドームの周囲を固めている円柱をも輝かせている。

床にはモザイクタイルで複雑な文様が描かれていて、メイリアは男と共にその円の真ん中に立っていた。

「ここは……」

メイリアは足で立つそのモザイク画が見たことのある模様だと気づいた。

あの神の書にあったお気に入りの曼荼羅図だ。多くの獣と星と月と太陽が隙間なく描かれ、多くの獣人や神や人の姿もある。その中心にひときわ大きく描かれているのが円を遮《さえぎ》るほどの大きな翼を左右に広げ、大きな象の耳を持ち、長い鼻を下げ、胸を覆う胸飾りをつけ額飾りをつけた大神。シルヴァ神。

そういえばさっきの黒い影は、翼を持ち耳を持ち、鼻を持っていた。

メイリアは改めて傍らに立つ男を見つめる。

黒髪が流れ、黒い衣装に身を包み、立つ姿はとてもいつものシュヴァルではなく、そしてあの神にそっくりだと思ったような姿でもない。

身を飾るものは今は一切つけておらず、チュニックにショール姿の彼の肌には、あの赤紫の傷が一面に浮かびあがっていた。

「シュヴァル様……」

メイリアは思わずその名を呼んで彼の肌に指を這わす。

彼は肌に触れられてもびくともせず、メイリアを見下ろすでもなくただ佇《たたず》み、瞑想しているように目を伏せている。

『出て行け。出て行け……ここは神殿……今は欠けの年に一度の貴重な月を持つ夜なり……』

(でも、私どうやって入ったのかわからない。シュヴァル様に連れてこられただけ……)

『曼荼羅から出よ……月の窓から出よ……満月の光を浴びてはいけない……普通の人間にこの輝きと力は耐えきれない……あるのは消滅……』

声はシュヴァルのもののようでいて、そうではない気もした。

現にシュヴァルは目を伏せたまま、苦痛に満ちた顔をして眉間に皺《しわ》を寄せたまま、糸に吊られたようにその場に立ちつくしている。

「シュヴァル様……」

『そのものはすでに別のもの……体の文様は大神と繋《つな》がる証《あかし》。掌の蓮の花片《はなびら》は、欠けるものなくその身が完成したことの証……』

「大神官ではなく……？　大神の力を得たの……？」

『王族は神の力を受け継ぐもの……中でも特に優れたものは……儀式を受けて大神を宿す』

「大神官ではなく、王位を継ぐのでもなく、大神シルヴァの座に就くもの、そういうこと？」

メイリアがその名を呟《つぶや》くと、天窓からの月光が降り注ぎ、床の文様がきらきら輝きながら浮きあがってくる。メイリアとシュヴァルの身体を包むように金の輝きは揺らめきながら空中にその輝きを広げていく。

『リ・ランディア……ル・ランディア……タントラ……タントラ……』

『リ・ランディア……ル・ランディア……タントラ……タントラ……』

不思議な音色がリズムを刻んでどこかからか聞こえてくる。

（あのときの……あの夜聞こえてきたあの音色……）

シュヴァルの手がゆっくりと胸元で合わされて、額の髪が揺らめき舞いあがる。

額の中央に彼の掌にあったのと同じ赤紫の痣《あざ》が浮かびあがってくる。鮮やかな花片が集まって蓮の花の形をなしていく。

彼が目をゆるりと開いた。

真っ赤に燃える血のような色だ。

「シュヴァル様……」

『その名で呼んでも無意味だぞ……我は……シルヴァ神。風も花も大地も統べる……大陸を作り出したもの……この地のすべてを揺るがすものを……対峙《たいじ》し守る力を得しもの……』

「でも……私にとってはシュヴァル様です。儀式を経て、強大な力を得てシルヴァ神になったとしても、彼の中身はシュヴァル様だと思います」

『ここから出て行け……儀式の邪魔だ……この人の身体にいっぱいの神の力を今注ぎ込む……早くしろ……！　早く……今宵《こよい》の満月は……人間には強すぎる……文様からどけ……』

言われたようにするべきだと思った。大神殿には王族と神官しか入ることを許されていないのだから。

しかも今はシュヴァルの儀式の最中であって、この広いドーム状の神殿の中にはシュヴァルしかいない。お付きの者も神官さえもこの中にいてはならないのだとインディガイアが言っていた。

（早く出ないと……シュヴァル様の大切な儀式に差し障りがあってはいけない……）

強き神の力を得て、餓える大地も乾く国も、すべてを善きようにしたいと願っていた彼の言葉を思い出す。彼の理想の世界を作るための手助けをしたいと思った。だけれど、ここに自分が入り込んでいては儀式の邪魔になることは必至だ。

（でも足が動かない……体も動かない……手も……ぜんぜん……）

焦るメイリアの心とは逆に身体は指先一つさえも動かすことができないでいる。

「シュヴァル様の邪魔をしたくはないの。お願い……私をここから出して……！」

メイリアは必死に叫んだ。

声は広い神殿の中に響き渡り反響している。頭上に昇る月の輝きは青白い閃光のように強まった。周囲を金剛石のごとく輝かせ、メイリアの肌を焼き尽くすほどのもので、メイリアは破けたドレスを押さえている手を離して目を覆った。

メイリアは強い光を眼に受けて、視界を失う。目を開いても、闇と純白の世界が目を閉じても交互に見えるようなそんな異常が起きていて、ぎゅっと目を瞑《つぶ》る。ちかちかと緑色の閃光が走ったようになって、体中が熱く燃える。息も詰まるような圧縮された空気を感じて、メイリアは口を開けて呼吸する。

『神位に関わるものには消滅が約束されている』

そんな言葉が頭の中によぎった。殺されてしまうのかもしれない。邪魔者だから。神様の儀式を邪魔したから。でも、ここで死ねるならそれもいいかもしれない。父がこの国にやってくる。そうしたら自分がファウリンでないことが王や王子にばれてしまう。

その前に彼に真実を告げておきたかったけれど、話せないまま不慮の事故で死んでしまうのも悪くはない。そんな考えがメイリアの気持ちを軽くする。だが、閃光を浴びたというのにメイリアは生きている。呼吸も次第に楽になって、肌に触れる空気はとても清浄なものに感じ始めている。周囲は神聖な静けさを纏っていたが。穏やかだった。

「ああ……」

メイリアは動くようになった両手で目を覆い、そして床の上にへたり込んだ。

大事な儀式のクライマックスを邪魔してしまった。

大事な約束を守れなかったという後悔の念が胸の奥から大波のごとく押し寄せてくる。

「シュヴァル様……」

誰かがメイリアの頭に触れた。指先がメイリアの頭を撫《な》で、赤い髪を梳《す》いてくる。

「シュヴァル様……？」

見上げるとそこには紅い目のシュヴァルがいて、メイリアを見つめている。

赤い瞳でも自分を見ていることの喜びをしみじみと感じているメイリアは、彼の手にそっと指先を伸ばした。

触れ合う指先と指先。痺れるような甘酸っぱさがジンとそこから伝わってくる。

「シュヴァル様……もうシュヴァル様じゃないんですね……」

彼の肌の現れていた複雑にうねる草の蔦のような文様は今はもう消えている、でも黒髪の下に覗く額の中心には蓮の花びらが八枚、くっきりと鮮やかに刻まれたままだ。

「掌の花は……？」

メイリアがシュヴァルの手をそっと取って、裏返す。そこにも鮮やかな花が浮かんでいた。

「最初からシュヴァル様が儀式を受けると決まっていたのですね？　だから身体にこの神紋があって……インディガイア様に言わなかったのは……傷つけないためですか？」

メイリアの問いにシュヴァルは反応していない。ただメイリアの赤い髪を掬《すく》い取っては指の間で梳いているだけだ。

「シュヴァル様……儀式はもう終わったのでしょうか。それともまだこれから？」

天井に覗く満月はいつの間にかそこからずれて、もう微《かす》かにしか覗《のぞ》いてはいなかった。

もうじき夜が明ける。そうしたら彼はこの神殿を出て、大勢の国民や貴族、神官たちに迎えられながら大神になったのだと宣言するのだろう。大神は大神殿の主となり、国王よりもどの王族よりも強い発言権を持ち、先ほどメイリアを不思議な体験に誘ったように、空を飛び空気を震わせることなども簡単にやってのける。そんなことが自然に理解できた。

「シュヴァル様。私、もうここから出て行きますね。今までありがとうございました。この国で楽しい思いをさせていただいて、そして恋人気分まで味合わせていただいてとても幸せでした。でも……私はシュヴァル様にふさわしい姫ではなかった……私は大きな嘘をついていたから……あの書物を取り戻したくて、ここにいたくて嘘をついていたけれど、私はファウリンではないの……」

彼は少しも表情を変えずにメイリアの赤い髪を見つめている。

「ごめんなさい。偽《いつわ》っていて……」

メイリアはシュヴァルの手を一度強く握り締めて、そして緩やかに放した。

彼の掌の綺麗な花を一度見て、踵《きびす》を返して神殿の出入り口と思われる巨大な二枚扉へと走る。

足音が冷たい大理石の床に響き、天井まで反響している。メイリアはあのリズムとメロディがいつの間にかやんでいることに気づかなかった。

そして扉を引き開けると、そこには満開の蓮の花が池の中から茎を長く宙に浮かせて鶴のように咲いていた。

「――――あ……」

メイリアは一度足を止めてその一面の蓮の花に魅入ってしまう。

息ができないほど美しい花園だった。そうそうないと思われるほど、鮮明に咲き誇る蓮の花。

メイリアは一度大きく息を吸い込んで蓮の甘い香りを吸ってからその場を去ろうと足早に階段を下りていく。ここから自分がどこにいけばいいのか、途方に暮れたけれど、この神殿にいては他の人に見つかってしまう。

神聖な儀式に女性が入り込んでいたと知られたら、大神の力を継いだシュヴァルであっても面倒なことが起きかねない。

メイリアは階段を駆け下りて、そして蓮の花園の池の周囲をとりあえず走った。

やがて小さな小石を踏んで傷ついた足裏の痛さに、サンダルを履いていなかったことに気づく。

「いやだ……私……」

ドレスもぼろぼろだったから、早くどこかで着替えをしないと、王宮の中だけでなく外に出ても好奇の視線で見られてしまうだろう。

メイリアは自分の着替えがあるシュヴァルの寝室へ、一度は足を運ばなくてはいけないと思い悩んでからその方向へと足を向ける。

「そうよね……恥をかくのはもういくらでも一緒だもの、ここにファウリンと父が来るのなら、その帰りの船に乗せてもらって国に帰ればいいんだわ……それしかないわ」

メイリアは苦渋の決断をした。父がここに来ればメイリアのとんでもない嘘が明らかになる。父が怒るのは間違いない。しかもメイリアは王女として大切な処女を失って男を知っている身体になってしまっているのだから。

「ファウリンも……怒るわね……」

シュヴァルの花嫁になることを楽しみにしていたのに、メイリアが先に傷をつけた形になってしまった。

メイリアは傍らに蓮の甘い香りを嗅ぎながら胸元を押さえ、白い肌を隠しながら走る。

途中で足が痛くてたまらなくなって、ゆっくりと、這《は》うようにしか歩けなくなっても、大神殿から遠ざかるためにと歩き続ける。

「ああ……紫の蓮なんてあるのね……」

緩やかに流れる蓮の花園の中に一つだけ小さな薄紫の花がひょこんと申し訳なさそうに咲いている。

まだ開いたばかりで花弁も満足に広がってはいなかったが、なんだか妙に目を惹く花だ。

「あれが紫の蓮の花なのね……」

シュヴァルが何度も褒めてくれた紫色の瞳。彼の褒め言葉でメイリアはずいぶんと心が柔らかくなって、素直に褒め言葉を受け入れることができるようになっていた。

「全部……シュヴァル様のおかげなのね……」

以前までの自分なら、こんな風にぼろぼろのドレスで外を歩こうなど思えなかったはずだ。どこかに隠れて、誰かが見つけてドレスを調達してくれるまで震えてしゃがみ込んでいたに違いない。でも今は、シュヴァルに褒められた形のいい胸と細い腰と、しなやかな手足だと思えば、多少露出が酷《ひど》くても歩けないほどじゃないと思う。

暖かな気候のこの国では、使用人たちも胸がかなり開いていたり、足に大きなスリットが入っていて膝までドレスが捲《めく》れるものも珍しくはないのだから。

「でも……私、これからどうしたらいいの」

シュヴァルの部屋に戻れるだろうか。それにインディガイアがまだ自分と結婚しようと狙っていたら、今度こそ避けられる気がしない。

メイリアは前方に軍隊を見つけて慌てて花園の池の縁にある大樹の陰に身を隠す。

「探せ！　探せ！　遠くには行っていないはずだ。インディガイア様がお怒りだぞ」

メイリアは、探されているのが自分だと悟ってできるだけ身を小さくしている。

だが男たちは剣や鋼鉄の甲冑の金属音を響かせて、メイリアの潜む方へとやってくる。

（こっちにこないで……）

「いたぞ……」

がさっと大きなイモの葉が揺れて、メイリアの前に鉄の甲冑に身を包んだ軍人たちが立ちはだかった。メイリアは初めて見るこの国の軍人の姿に怯えて逃げることもできない。

そんなメイリアを見て、男たちは息を呑んで驚愕していた。

「これは見事な……赤毛だ……インディガイア様が望むのも無理はない……」

「ああ。これは……まさに〝蓮の乙女〟……」

軍人たちは、胸に握った手を当てて、神への感謝の姿勢をとると、メイリアに手を伸ばす。

「いや……やめて……お願い……触らないで……」

メイリアの叫びに応えるように、周囲の風が急に強まる。

突風ともいえる強風が軍人たちの肩にかけられている臙脂色《えんじいろ》のマントを翻し、頭に、顔に巻き付けている。

『触れるな……触れてはならない。それは神のもの。神の乙女だ……』

厳《おごそ》かな声が天から響き、大きな羽音が強風をさらに複雑に渦巻かせる。

ギュッと目を瞑り、強風に脱がされそうなドレスを両手でしっかりと押さえていたメイリアの手が、強い力で引きはがされる。

「いや……ッ！　やめて……離してッ」

「いやなのか？　離してほしいのか？」

その声は、少しだけ残念そうな気配を含んだ男の声。メイリアははっとして顔を上げてその人物を確かめる。そこにいたのは、黒髪を強風に靡《なび》かせながら立つシュヴァルだった。

「シュヴァル様……」

「離してほしいのか？　離せと？」

「いえ……あの、私てっきり別の方だと思って……」

メイリアは改めて彼を見上げる。インディガイアじゃない。シュヴァルだ。でもシュヴァルはもう大神が下りてシルヴァになったはずだった。

「今頃は神官が儀式の成功を王陛下の前に報告をしているはずじゃないの？　あなたは……特別な神様になったのでしょう？」

「――そうだな」

「この風もそうなの？」

「――どの風？」

メイリアは、シュヴァルの冷えた目が今はもう青く澄んで、そして全身の神紋が消えているのを確かめる。それとほとんど同時に周辺に吹き荒れていた強風がやんでいるのにも気がついた。

「――ここは？　どういうこと？」

花園だった。蓮の花園。メイリアはまたあの蓮の池に連れ戻されたのだと思った。それも彼の空を飛ぶ能力を使って一息に飛んだに違いない。この場所にガルダの姿は見えなかったから。

メイリアは、もう一度胸元を押さえる。そして背を向けて、一歩を踏み出そうとして、そこが本当に水の上に浮かんでいるのだとわかる。

がくんと、身体が真っ直《ます》ぐに落下して水面につま先が落ちそうになったメイリアの身体をシユヴァルの腕が抱きかかえた。

「危ないな。それとも蓮の池でずぶ濡れになるのが趣味か？」

そういう少しふざけたような、傲慢な口ぶりはシュヴァルそのものだ。でも彼ならば記憶もすべて失っているはず。インディガイアはそう言っていた。

「濡れるのは……嫌いじゃないです。でも溺れてしまうのはいや……」

「どうりで泳ぐにふさわしい、淫らなドレス姿だな」

やはりシュヴァルの話し言葉だ。

「あなたは……誰？」

震える声で訊ねた。

「俺が誰か忘れたのか？　どうして？　頭でも強く打って記憶が飛んだか？　それとも、インディガイアかその他の十九人の兄弟が君に物忘れの薬でも盛ったのか？」

「あなたは誰？」

「――シルヴァ大神。風を使い、多くの獣をこの身に宿す。特別な能力を宿す神」

彼はそう言って、蓮の花の神紋の輝く掌をメイリアに突き出した。

途端、そこから花の香りがふわりと立ちこめ、メイリアに風が吹き付ける。

「んぅ」

メイリアはシュヴァルの腕に強く身体を押し付けて、その風から顔を、そして翻る赤い髪を守ろうとする。

風はすぐにやみ、そして目を開けるとそこはメイリアのよく知っている部屋だった。

星のちりばめられた濃紺の天蓋があり、そこからカーテンが下がっている豪華なベッド。その大きなベッドがあってなお、広々とした寝室。区切りの扉のない向こうにテーブルがあり、居間になっている。シュヴァルの部屋だ。

「――ここがどこか……あなたは覚えているのですか？」

「今度は俺を記憶喪失者にでもするつもりか？　ファウリン姫」

「大神になれたの？　なれなかったの？」

メイリアは次第にこの状況に心を弄ばれているような気がして、真っ直ぐに彼を見てそう詰め寄った。

「先ほどの蓮の花。紫の一輪の蓮の花。それが王宮に咲いた近年珍しい蓮だ。そしてここにいるのが赤い太陽の陽射しを移した神を持ち、菫色《すみれいろ》の瞳を持つ貴重な姫だ。俺が狩りに行って連れて帰った、最大の獲物だ」

「――獲物だっていう話はインディガイア様に伺いました。私のことは貴重で稀少な生き物で、王族は、誰もが欲しがり身を繋げて、子供を産ませたがっているって」

「ああ、そのようだ」

「『そのようだ』って。あなた、シュヴァル様の記憶を持っているのね？」

「ああ……そうだな。もしかしたら失われているところもあるのかもしれないが、姫のことは覚えてる、何もかもだ」

メイリアはまだ自分の身体にかけられていた彼の手をじっと見つめて、それから彼の顔を見上げる。この瞳の色が赤いときは彼はふしぎな世界を彷徨《さまよ》っているような眼差しをしていた。

今ははっきりとメイリアを見つめている。でも彼はもう異様な力を使える大神だ。

「ずっと神殿の外で待っていてくれると思っていたのに……違ったな」

メイリアは唇を噛《か》みしめながら小さく首を横に振る。

「できなかった。それにあなたはもう私を必要としなくなっているはずだと教えられたわ」

「誰にだ？　インディガイアにだろう？　ほとんどの王子は伝説の神の求めていた赤い髪の乙女の話を知っている。だから姫を見れば自分のものにしたいと思うだろう。嘘をついてでも」

「では、あなたもイグリス国で私の髪の色と瞳の色を見てここに連れてきたの？　ただそれが必要だったの？」

「――それはどうかな。初めてあったとき、その髪の色はランプの灯《あか》りでよくわからなかった。ただ私の身体が奇妙な姿であることに動じず親切にしてくれたことだけは確かだった。神紋が突然、激しく強く表れたために、急遽国に帰ることになったが、あのまま滞在していても俺は姫に恋に落ちたと、そう思う」

メイリアは訥々《とつとつ》と語るシュヴァルの声に、胸をときめかせながら、また不安に陥っていく恐怖も感じている。

彼が恋をしてくれていたとしても、もうじきメイリアの父がこの国に来る。そのときファウリンを連れてくるかもしれない。そうしたら自分がファウリンだと嘘を言ったこともすべてばれてしまう。

「でももうあなたは大神の器になったのなら、王位後継者第一位でも、神官でなくてもどうでもよくなったでしょう？　誰もがうらやむ地位に上り詰めたのだから」

「そうだな。この身ならば山火事が起きても被害を最小限に食い止められるかもしれない。日照りが起きても、風を起こし雨雲を呼び込めるかもしれない。そして姫を正式に花嫁にもできるはずだ」

「ではあなたは……もう私と関係ないはずよ。私はさよならをしたわ。この国と大陸を守る大神のあなたは、王子としての結婚も必要ない存在になるのだって聞いたわ」

「大神と婚姻を結べる娘は少ない。大神が普通の男ではないからだ。でもファウリン姫ならばそれは可能だ。俺がそう言うのだから間違いはない」

「どうして！　そんなことはないわ。言ったはずよ。私はこれといった取り柄もなく、父にもどうでもいい王女として見られているの。この赤い髪も、紫の瞳も、本当は好きじゃないの。好きになれなくなっていたの。だから……あの本を返して。そうしたら私こっそりと国に帰るわ。あなたはこれから華々しい儀式で忙しくなるでしょう？」

「だめだ」

シュヴァルはメイリアの身体を背中から両手で押さえ込んで、赤い頭の天辺《てっぺん》に口づけた。そして乳房が腕に載るほど強く抱き締める。

「だめだ。ここから帰しはしない。他の王子にも誰にも姫は渡さない。俺がどれほど恐ろしい姿をしていても、それをものともしなかった姫を、放すわけがない。そうだろう？」

「――私があなたを？」

「ああ。そうだ。大神の宿りし我が身はとても異様な姿になる。それでも姫は動じなかった」

メイリアは彼に抱かれているうちに陽の光が射し込んできているのを感じていた。二人の重なる影は、みるまに縦に長く伸び、その影にはシュヴァルの背についている大きな翼と大きな象の耳、そして鼻、牙がくっきりと映し出されていた。

「どうだ？　これが大神シルヴァの姿だ。大神の力を受けたこの肌の血管に宿る精だ」

メイリアを抱く彼の腕に、手に、あの赤紫の細かな傷が浮かびあがる。それは確かに血管のようでもあり、とても普通の人の姿には見えない。彼の黒髪から黄金の髪留めが外れ、闇に蠢く触手のごとく空中に広がっていく。

彼の額飾りが外れ、その下から第三の目が現れる。その目がメイリアをカッと見つめた。

太陽の光のような金の目だ。

「怖いか？」

問われてメイリアは、シュヴァルの腕に口づけた。

柔らかな口づけ、しっとりと唇の内側をおしつけ、薔薇色の舌先をそっとその文様にそって這わせている。

「私は……怖くないです。だって最初からシュヴァル様はこのような姿でした。それにとても美しいと思ったお姿ですから」

メイリアは後方に顔を捩ってシュヴァルの顔を見上げる。

「では、我が花嫁になってくれ」

「私、あなたに嘘をついていたの。だから結婚はできないわ」

「嘘？　結婚できない嘘とは？」

シュヴァルはメイリアに顔を寄せ、もっと強く抱き締めてくる。

「私、本当は……」

ファウリンではないと、言いたくない。それ以上に、引き籠もりで王族の中でもつまはじきにされていた王女のメイリアだと告げなくてはいけなくなるのが辛《つら》かった。

そのときジルが部屋の外からノックをして現れる。

「シュヴァル様。大神官と王陛下がお呼びです。そしてファダルの港にイグリス国からの船が到着すると。おそらく王陛下の来訪かと」

メイリアの身体が強《こわ》ばった。

「そうか。わかった。身を清めて、衣装を着替えて後でいく。まだ儀式の疲れがあるからと、そう伝えよ」

「承知しました」

シュヴァルがジルと話している間にメイリアはもがいて彼の腕から逃れようとする。

だが、シュヴァルはすぐまたしっかりとメイリアの身体を押さえ込んで、そして頬に、額に口づけを落としてくる。

「嘘がなんなのか言わないと、このまま王陛下の前に連れて行って結婚すると報告するぞ？」

「それは困ります。絶対に困ります……から」

「では、早く言え。ここで白状しろ。ファウリン王女。お前の父上の船も到着したようだ」

「――私は……ファウリン王女じゃないの。嘘をついてしまったの。最初出会ったときから……だから……あなたの結婚相手にはなれないの」

メイリアは俯《うつむ》いて、ギュッと目を瞑《つぶ》って言葉を振り絞る。隠してきた秘密の告白に、心臓は破裂しそうなほど脈打ち、頭の天辺まで血が上《のぼ》ってしまっている。

シュヴァルはどんな顔をしているのだろう。怒っているだろうか。

「そんなことか」

メイリアが精一杯の力を振り絞って告白したというのに、シュヴァルの答えは恐ろしいほど素っ気なかった。

「そんなこと……？　そんなことって……私にとっては一大事なんです。それにシュヴァル様だって、ファウリン王女のことを望んでいたのでしょう？」

「ファウリン王女を望んでいた？」

「ええ。イグリス国の幼く美しい王女の噂《うわさ》は有名だっておっしゃっていました」

「〝聞いたことがある〟程度だと思うが？　それに俺はファウリン王女とはあったことがなかったから。どういう王女なのか詳しくは聞いていない」

シュヴァルが気抜けするほどメイリアの告白に動じておらず、ファウリンであってもなくてもかまわないという口調なのが、かえってメイリアには腑に落ちない。

「とにかく、私はファウリン王女ではないのです。嘘を申し上げ、騙《だま》していて申し訳ありませんでした。父の下す罰は受けますから、どうか王陛下や神官のもとに連れて行ったりはしないでください。イグリス国の恥の上塗りになっては国家の沽券《こけん》に関わります」

メイリアは俯きながらも、王女として今の自分にできうる限りの謝罪をして、そして国に戻ることを考える。

「父上の乗ってくる船にまた潜り込むつもりか？　また密航か？」

「そんなことは……」

そうとっさに返すものの、考えていたことはそれに限りなく近く、メイリアはシュヴァルの顔を見上げたまま、徐々に頬が赤らんでくるのを感じた。

「ふん、当たりか。図星か。命中なのだな？　そんなところだろうな。俺の可愛い姫の考えることといったら」

「シュヴァル様はご自身が望み通りの王の評価もいただいて、大神の器にもなられて、これ以上ないという幸運の絶頂なのでしょうけれど、私は大事にしていた〝リランディア国神話〟までシュヴァル様に奪われて、この国に密航してきてしまった身です。自国に帰らなくてはいけないとなれば、ない知恵を絞り出して苦悩します、それを笑われるなんて酷すぎます……」

メイリアは、苦悩の限りを表情に現して、憤る。

「帰らなければいいんだ」

「そんなわけには」

「ここにいればいい。いくらインディガイアや他の王子がお前を手込めにしようと狙っても、もうお前は我が手つきではないか。誰にも渡さぬ。誰の手にも触れさせん」

「そんな……手つきだなんて下品です……父に知れたら……」

そう。メイリアにはそれさえも苦悩の元凶だった。自分がシュヴァルと睦んだと知ったら父は烈火のごとく怒るだろう。

「お前の父にも、手出しさせない。おまえは俺にとってファウリン王女よりも可愛く美しく、賢く優しく、最上級の乙女だ。ずっと……創世記の大神が大切なただひとりの娘を心待ちにして花の中に眠りについたというのがよくわかる。俺もずっとその信徒だったのだから」

メイリアはシュヴァルの顔をじっと見上げる。

「あなたが……あなたもあの神の創世の逸話を好きだったの？」

「あの花の中で眠る神が我が中にいる。そして白い花に一輪だけ咲く紫の花は姫、おまえだ……メイリア」

「――――ッ」

メイリアはシュヴァルの口から出た自分の名前に驚いて息を呑んだ。

「それをどうして……」

先ほど自分がファウリンではないと告げたとき、彼はでは本当は誰なのかと訊《たず》ねさえしなかった。だからメイリアは、そのことでも彼は自分がファウリンでなければ興味さえ抱かれない存在なのだと落胆していたのだ。なのに、いつの間にか彼はメイリアの名前を知っている。

「どうして私の名前を……」

「あの花。我が花園の神聖なる蓮の花、あの蓮の名前も〝メイリア〟なんだ。同じ名前なんだな。偶然だろうか？　それとも運命だろうか。大神の求める乙女も紫の花。俺が求めているのも紫の花。そして焼け付くようにまぶしい赤い髪を持つ乙女。メイリア王女……」

彼は知っている。確信している。

「俺は君を花嫁にする。俺の人付き合いの悪いところをメイリアは払拭してくれた。女性に触れることに興味のなかった俺に、女性を愛する気持ちまで教えてくれた。だから……」

「どう……して……あのときの黒い獣神の影は……やはりシュヴァル様？　でも儀式の最中には誰も大神殿から出るなんてことはできないのだってインディガイア様も言っていたわ」

「実体は出られないのかもしれないな。だが、強い想《おも》いは自由にあの場から出入りできたんだ。そう思う」

「強い想いが？」

「ああ」

「シュヴァル様がそれだけ私を強く想ってくれているということ？」

「――ああ」

「本当に？」

メイリアはシュヴァルの顔を下からねじ込むようにして見上げてみる。

「おい、くどいぞ。しつこいと、こうだ」

シュヴァルは見上げてきているメイリアの胸をやおら掴《つか》んで柔らかく揉《も》みしだき、しかも、驚いて唇を開いた乙女の花弁のような唇を、重ねた唇でついばんだ。

「んぅ……」

メイリアは最初、「乙女の胸を掴むなんて」、そう文句を言おうと思っていた。けれどもシュヴァルが押し付けた唇で、何度もメイリアの小さな唇をついばんできて、隙があればその甘い舌が覗く口腔に舌先を忍ばせてくるのを遮ることができなくなっている。

彼の顔がすぐそこにある。彼の眼差しがすぐそこにある。

彼が自分だけを愛してくれている。それがはっきりと伝わってきて、メイリアは彼の唇を自ら吸い上げ、甘い舌に舌先を絡めていく。

「名前を……呼んでもいいか？　メイリア王女……」

「いつ……誰が……あなたに……教えたの。酷いわ……黙ってるなんて」

「俺に神紋が強く出始めた頃には、わかっていた。大神の力の一部だ……こうして姫を蕩《とろ》けさせるのもそのへんの男には不可能な技術で……責めてやるから……覚悟しろ」

シュヴァルはメイリアの乳房を揉みながら、膝頭で乙女の足の付け根を弄りながら、いつしかベッドのほうへとメイリアを追い込んでいる。

「や……んぅ」

口づけしながら、メイリアはシュヴァルが捲《めく》り上げたベッドのカーテンの奥に倒れ込んだ。

仰向けにベッドに倒れたメイリアのほとんど纏《まと》っていないかのようなドレスをシュヴァルは腕の一振りで脱がせてしまう。豪華で重い腰帯さえも、彼の魔法のような指で金具は外れ、黄金も宝石も煌《きら》めきながら床の上に落ちていく。

「シュヴァル様……」

彼がどさっとメイリアの上にのしかかった。

頑丈で大きなベッドだが、荒い扱いには軋《きし》んで悲鳴を上げている。

歪《ゆが》んだベッドの上でメイリアの身体も跳ねた。その身体を両手で押し付けて、足を開かせたシュヴァルは一刻も早く愛したいとばかりに桃色の秘所に自らの身体を押し付けていく。

「あ、んぅ……早い……わ。そんな……私まだ……驚いて……いて……そんな気分じゃ……」

「そんな気分にさせてやる。そら……」

メイリアの手を押さえ付けたまま、シュヴァルは唇で乳首をきゅっと吸い上げてくる。

「ひゃんぅ」

「可愛《かわい》い声だな。俺の姫は……」

「それくらいのお世辞じゃ……まだ……拒否するわ。だって……シュヴァル様は……王陛下に呼ばれているはずじゃ……」

「ああ。そうだ。大神官にも呼ばれているな」

「行かないと……大神の地位を剥奪……され……あ、……ッん」

シュヴァルはメイリアの口に指先を挿入して、舌の動きを止めてしまう。

「しゃぶって……ねっとりと……俺をしゃぶってくれ。メイリア……」

『メイリア』そう名前をベッドで呼ばれることが、どれほど幸せか今わかった。

ずっと、ファウリンの名前で呼ばれて、それに応えることを使命としていたけれど、こうしてメイリアと呼ばれれば史上最高の喜びが体中に溢《あふ》れてくる。

「メイリア……しゃぶって……」

言われるままに彼の長くて形のよい指をしゃぶると、彼はその指を増やしてもっと奥に挿入してくる。そうしてメイリアの乳房を代わる代わる、唇で吸い上げてはその先端が固くなるまで舐《な》め上げてくる。

「は、むぅ……ゃんぅう……」

声にならない喘《あえ》ぎが喉からこみあげてくる。

シュヴァルはそうしてメイリアの口と乳房を丹念に愛撫《あいぶ》しながらも足の付け根から溢れてくる蜜にも容赦はなかった。

膝頭で何度も筋に沿って撫であげてくる。

そうして擦り上げられるたびメイリアはそこに熱い欲情を覚えて、次第に太股《ふともも》を開いていく。

開いた太股の内側を彼の膝が器用に愛撫し、蜜で濡らしながら擦り上げていく。

メイリアは、みちゃみちゃという蜜の音に恥ずかしさを覚えるたび、また新たな蜜を蜜壺《つぼ》から溢れさせた。

「すごい蜜だな」

「んぅ……」

しゃぶらされている口腔からも唾液が流れ落ちていく。

「さすが花だ。最高の花。そして最も貴重な俺の花……」

褒められれば褒められるほど嬉《うれ》しくて、そして愛されている喜びに体中が火照ってくる。

シュヴァルの愛撫は花弁の奥の雌芯をつまみながらくちゅくちゅと捩《ねじ》って、そうして蜜口にまで指先を落とし込んでくる。

「あ……んぅ」

メイリアは身体の至る所に施される愛の淫技にたまらず腰を揺らし始めた。

「さあ、姫。もっと揺れていい、もっと悶えろ、蜜は多いほどいい。俺の雄が前よりいっそう巨大になっているのは想像できるだろう？　それを姫の口は受け入れなくてはいけないのだから」

「んぅ」

（もっと大きくなっている？）

メイリアは今まで何度も受け入れた彼の男性器の硬さとその巨大さに悲鳴を上げ続けていた。それ以上大きくなっているなんて、絶対に無理だと思う。

激しく顔を横に振ると、彼は小さな顎を押さえ付けて、唇を唇で吸い取った。

抜かれた指先はメイリアの胸元を撫で、臍の窪みに挿入しながら、その蜜を塗り込めていく。

そして金毛がうっすらと茂る恥丘を丹念に濡らしながらさらなる谷間へ下りていく。

そこはもうたっぷり濡《ぬ》れて、とろとろと蜜をベッドに滴らせているほどだったが、彼はその蜜の中に指をすべて挿入すると雌芯をきゅんとつまみ上げては指の先でくすぐってくる。

メイリアは腰を激しく揺らして乳房を天に突き上げるように身体を捩った。

シュヴァルの愛撫はあまりに気持ちよくて、すでに男性器の挿入以前にメイリアを官能の滝壺に落とし込んでいる。

メイリアのお尻が羽の先で撫《な》でられ、固くしこった乳首を何か柔らかな肉壁が吸い上げてく。足の間の花弁はおそらく下半身を露わにしているシュヴァルの固くそそり立った男性器がなで上げてきているに違いない。太い固い肉塊がメイリアの女淫に割り込んで、今にも蜜口を引き裂きそうに上下してくる。

「あ……んぅ……だ、め……もうだめ。早く……して……」

「何をだ？　姫君」

「早くもっと……」

メイリアは空中に手を伸ばしてシュヴァルの身体をまさぐった。

何か掴んでいないと身体のどこかが綻んできそうなほど、胎内が欲望に溢れてきている。

淫唇から出る蜜が小水のごとく溢れだしていて膣《ちつ》が重く腫れあがってきている。

「中に入れて……早く……は、……やくぅぅ……」

「何を入れるの？」

シュヴァルがわざとじらしているのはわかりきっている。

根っから、少し意地悪なのか、さっきメイリアが唐突すぎると拒絶した罰なのか。

いつものメイリアなら、〝あなたの性器が欲しい〟なんて口が裂けてもいえない言葉だったが、今はもう頭の天辺まで彼の肉棒が欲しいという欲望に犯されている。

「欲しいの……早く……頂戴……」

「裂けてしまうのはいやだろう？」

「や……だけど……欲しいの、こんなに酷い愛撫をしておいて……こんなに蜜を……貪って……奥にくれないなんて……酷い……わ」

「奥に？　今の俺は大神の身体だ。貫いたらメイリアの綺麗《きれい》な身体が奥まで貫かれてしまうかもしれない」

「貫いて……早く……」

シュヴァルはじらしている間中も、メイリアのすべての性感帯をくまなく愛撫している。

乳首は激しく舐め上げられ、吸われて腫れあがっていたし、お尻まで流れ出した蜜は、後ろの蕾《つぼみ》まで性感帯に仕上げている。メイリアの膣口はシュヴァルの指先で広げられていて、内壁は彼の指の腹で何度も擦り上げられている。

「蕾は少しは広がったかな……」

「んぅ」

内壁が彼の指と固い関節で擦られるたび、メイリアの蜜口もその奥にある膣もびゅくびゅくと重苦しい悲鳴を上げる。

「は……はあ、はやく……入れて……」

「指が入っている。満足できないのか？」

　メイリアは首を激しく横に振った。赤い髪が乱れて、唾液で濡《ぬ》れた頬に張り付く。

　唇にも張り付いて、

「なんて淫らな神の花嫁なんだろうな」

とシュヴァルに言わしめたほど、メイリアは乱れて、異性の性器を口にして求めているという淫らな姿を見せている。

「お願いしてほしいな。大神様の雄が欲しいって」

「大神様の……お、雄が……欲しいの……早くお願い……」

「どこに？　どこに入れてほしいか指で示して。間違ってはいけないから」

　メイリアは、指先を震わせながら下半身へと下ろし、濡れた恥丘に触れながら、その裂け目の蜜口を指で示す。

「開いてみて。どれくらいの大きさまで耐えられるか」

「シュヴァル様……も、もう……そんな……いや……意地悪……しない……で」

　メイリアはもう片方の手で顔を覆う。

　早く欲しくて目尻には小さな涙さえ浮かんでいるのに、シュヴァルはまだ意地悪だ。

「どこにどれくらい入るのか……ねえ？　我が可愛い姫。インディガイアになど負けたくはないから……耐えられる限界まで姫の蜜道を開いてやる。擦り上げて最上級の快楽を与えるよ」

メイリアは、唇を固く結んで噛み締めながら、指先を何本か自らの溢れ出す蜜を押し込めるようにしながら挿入した。

「んぅう……あ、はぅ……ンッ」

感じてしまって、声が漏れる。乳首が硬く突きあがって、真っ赤に染まる。

指の間をぬるりと蜜が流れ出すのを感じて、メイリアはまた嗚咽《おえつ》した。

「んぅッ、くぅ……」

ぬちゃりと指の奥で水音がする。

指が挿入された分だけ、膣口から流れていた蜜が溢れて迸る。内股に弾けた蜜がベッドの上にしたたり落ちて「とても淫らだ……」そう、見つめるシュヴァルの口からうっとりとした呟きが漏れる。

「んぅ……は、も……もお……いいでしょう？　もうくれないなら……やめる……から！　他の王子様……みんな……私を欲しがっているって……よそに……行っても……いい……の？」

「シュヴァルが腰を突き動かしながら、メイリアの手を花弁の奥から引き抜いた。

「だめだ。だめに決まっているだろう？　この神を脅すとは……まったくたいした王女様だ……」

「ひゃぅう……んッ」

ぎゅぬっとおかしなほどの水音がして硬くそそり立った雄塊がメイリアの蕾に突き刺さった。

メイリアはあまりの恐怖と痛みに一度両手で顔を覆い、交差させて頭をも抱え込む。それで

も挿入が深く責め上げてきている胎内の快楽に、自分の指を唇で咥《くわ》えた。

「もっといくぞ」

ぐぐっとシュヴァルの腰がメイリアの股ぐらに押し付けられる。濡れた内股にシュヴァルの固い内股が当たって、そして擦り上げてきてメイリアは下肢のすべてを更に赤く火照らせながらベッドの上で揺れている。

小さな指先は、自分では抑えきれない欲望で、いつしかシュヴァルの髪に掴みかかるようにしていたし、ときおり首筋に落とし、背中に回しては張りのある肌に爪を立てた。

「どうだ？　もっと耐えられるか？」

「んぅ」

身体はとうに彼のものに押し開かれて限界を感じているのに、メイリアの欲望は深く甘い天国に落ちている。淫らな天国。淫らなシュヴァルのいいなりになって、彼のすべてを呑み込んだら、どうなるだろうと期待している。

薄く目を開け、彼のものがどれだけ自分にくい込んでいるのか見てしまった。その巨大な象のもののような雄塊にメイリアは悲鳴を喉に詰まらせる。

「遅いぞ、メイリア。俺はもう……その気だから」

ぐぐっと押し込まれていく亀頭の先で肉壁がざわめく。

メイリアの滲《にじ》んだ眼に、巨大な獣の影を背負ったシュヴァルの姿が霞《かす》んで見える。

大きな翼がメイリアの乳房を嬲《なぶ》り、彼の影からぬっと突き出て揺れる蛇のようなものがメイリアの乳房に巻き付いて先端をちろちろと舐めてくる。牙はメイリアのかかえ上げられた足を固定して強く押し広げていたし、お尻の蕾を愛撫してきている触手のようなものの愛撫には失神しそうなほど未知の快楽を植え付けられている。

「ああんぅ……は、んぅ……」

狂いそうなほど、身体のすべてが激しい愛撫に晒《さら》されていた。

こんな風に、体中から性欲の蜜が溢れそうなことなど、今までなかった。世界のすべてのものにメイリアは犯され、官能を搾り取られている。

そしてメイリアの奥に異性への愛と性愛を注ぎ込んでいるのはシュヴァルだった。

吹きだしては肌を舞い落ちる真珠のような汗粒が、メイリアの赤い髪を白い肌に絡みつかせて、シュヴァルの舌がそれを舐めとりながら、腰は激しく挿入を続けている。

メイリアはベッドの上に追いつめられていき、伸ばした手は金のベッドヘッドに絡みつく。

「ああ……もぉ……だ、め……」

頭の奥まで真っ赤に滾った血液が逆流している。白い肌は濡れて桃色に染まり、シュヴァルの荒い息づかいがいっそう荒くなるのを感じている。

「メイリア……いくぞ……最後にお前の最も奥まで……俺の付け根まで……受け入れろ……」

「んぅ……く……ッ！」

メイリアの中に亀頭の硬さがゴリっと音を立てて刻み込まれた、彼の角度が大きく跳ねあがったのが膣に打ち付ける亀頭の硬さで伝わってくる。蜜と精液に溢れた中を掻き混ぜられてメイリアは激しく頭を上下に振った。

開いたままの唇からは悲鳴が溢れ、唇から唾液が伝う。

押し広げられた花弁から、擦り上げられて真っ赤に染まった花の芽が屹立《きつりつ》している。

「ああ……ああ。シュヴァル様……」

メイリアは、叫んだ。

「メイリア……我が神の乙女……探し続けてきた……ただひとりの可憐な花……ッ」

シュヴァルの身体に巻き付く多くの神と獣神たちが宝石のごとく輝く目で、達したメイリアを満足そうに見つめていた……。

◆終章◆　いつも姫を抱き締めて離しませんが、何か？

「メイリア……姫君……王女様……」

誰かがメイリアを呼んでいる。

（メイリア……私の名前だわ……）

ゆっくりと重い瞼《まぶた》を持ちあげる。

体中が痛む。顔も腕も足も、そして何より少し身じろぐだけでお尻のあたりも足の付け根もひりひりとしてとても痛い。

「メイリア……。今度呼んで起きないと、ファウリン姫って呼ぶからな？」

頭上でカーテンの揺れる気配がしてメイリアは顔を上げる。

「ひゃ……」

痛みで思わず声が出た。

その声も少し嗄《か》れているようだし唇も乾いていて、最初うまく開かなかったほどだ。

メイリアは天蓋《てんがい》の内側の金色の星々を目にして、ここがシュヴァルの寝室のベッドだと確認する。

「姫。俺のベッドにいるのはファウリン姫だったのかな？」

「――――ちがうわ……意地悪……。私の好きな大神様はこんなに意地悪だったのかしら……」

「意地悪じゃないから安心しろ。ちゃんと姫のために湯を湧かしておいたし、インディガイアに裂かれたドレスはもっと豪華なものを用意した」

彼はメイリアの前に星空を映したように輝く濃紺のドレスをふわりと舞わせてみせる。

「それから……俺はあまり好みではないが、姫君は意外と喜んでいたからな」

そう言ってベッドのカーテンをもっと大きく押し開くと、部屋の向こうは薔薇《ばら》やランや蓮《はす》の花の花畑になっていた。

大きな花瓶がいくつも部屋に持ち込まれていて、睡蓮《すいれん》用の泉水盤《せんすいばん》さえ置かれている。

「シュヴァル様……が？　それとも……インディガイア様が？」

メイリアは、花というとインディガイアが自分のためにいつもむせるほど贈ってくれていたのを思い出してついそう訊《たず》ねてしまう。

シュヴァルは不機嫌になって、むっと唇を突き出した。

「そこであいつの名前を出すのか？　王位継承権十五位に落ちた、神位は十九位に落ちたあいつの名前を？　そんなことを言ったら臍《へそ》をまげるぞ」

男らしくも美丈夫な彼が、あまりに可愛らしく言うのでメイリアはくすっと笑みを漏らした。

そしてそれだけでも身体の芯が痛むのを覚えてまた顔をしかめてしまう。

「痛む……のか？　痛む……だろうな。だから少しやめておこうとは思ったんだ」

「いいの……シュヴァル様のすべてを受け入れてみたかった……から」

　メイリアははにかみながらそう答える。

　それを聞いてシュヴァルも少しはにかんだ顔をして、それから毅然とした神らしい顔になってメイリアに手を差し出した。

「掴《つか》まって、ゆっくりと起きあがれ」

　言われたとおり、ゆっくりと身を起こした。

「ン……ッ」

　足の付け根にはまだぬらぬらと濡れたあとが輝いている。

「まったく可愛いな。いつもぐっすり寝入っている姿を見ると、人の苦手だった俺でもめろめろになってしまう。猫の惰眠を見守っている気分になる」

「惰眠……ですか？　私のは惰眠ではないと思うのですけど……」

「いいから着替えろ。そんな淫らな可愛い裸を見せつけられるとまた子供を作らせたくなってくるじゃないか」

　シュヴァルが目をそらしたのを見て、メイリアは改めて自らの身体を見下ろした。白い肌にいくつもの情事の痕《あと》が紅色に残っている。

　花びらが散っているような口づけの痕は、確かに日の差す明るい室内でも扇情的だ。

「シュヴァル様が……つけた痕です。責任とってくださいませね」

　メイリアは毛布を巻き付けてそっとベッドから足を下ろす。

部屋の向こうから侍女たちが現れて、ドレスの着付けの仕度を始めている。

「まずは入浴だな。俺がやってやる」

シュヴァルがメイリアを抱きかかえて隣室に行くと湯の張られたバスタブが待ちかまえている。その中にメイリアを浸け込んで中に泡の立った小瓶を投入する。さらに泡立ててからメイリアを引き上げると、白いタオルで包み、そして水気を拭《ぬぐ》った。

「綺麗《きれい》だ……姫……」

「今、ファウリン姫と言いかけましたね？」

「言ってない、言ってないぞ。それは被害妄想だろうが」

シュヴァルは赤い髪を櫛で梳きながら、メイリアをたしなめる。

「先ほど到着していたが、お父上は、ここに姫がいると思っていないようだな。いきなり婚姻の式をして驚かすのも楽しそうだ。

「え？　父がもうここに？」

「ああ。ファウリン王女を俺の花嫁にする気で来たようだが、徒労だな。まあ、俺とよく似た大勢の兄弟たちが未婚のままだし、我が国では十二人まで妻が持てる決まりだから、人材に困りはしない」

「十二人……まさか、シュヴァル様もそこまで嫁をもらう気ですか？」

メイリアは鏡の中のシュヴァルに訊《たず》ねるが、シュヴァルは笑って応えない。

「シュヴァル様？」

「俺は……姫だけで手一杯だな。だが王は何か言ってくるかもしれないから子供だけはたくさん産めよ。十二人でも二十四人でもかまわない。部屋も食料もいくらでもあるのだから」

「そうですね。人嫌いのシュヴァル様がわんわん騒ぐ。子供たちに囲まれて書物を読んだりしている姿は楽しそうです」

「こら。ふざけてるのか？」

「シュヴァル様が答えないからです」

「忙しいから要らないんだ。メイリアだけで手一杯だって言っただろう。不器用だからひとりの姫を花嫁にしてもらうだけで十分なんだ。結婚は姫以外あり得ないから。これでいいか？」

　メイリアはようやく満足のいく言葉をシュヴァルから引き出せたと微笑む。

「愛人もだめですからね。いつものように夜中に急に苦しみだして、紅い目になって『お前なんて知らない。俺は何も知らない』とか言い出さないでください」

「ほう？」

「どこか異界を見る目になるのもやめてください」

「異界から受ける力も今やこの俺だ。何もかも受け入れろ」

「神殿にばかり籠もらないでくださいね」

「そんなことは当然だ。神殿に籠もるときがあるとしても、絶対お前も一緒に連れていくから。インディガイアがお前を狙うし、他の何十人といる兄弟たちもお前を犯し、子供を作ろうと狙っている」

そう言いながら唇を吊《つ》り上げ、目を妖しく輝かせるのは、神に近いシュヴァルだ。

メイリアにはもう、彼の中のどの部分が表層に現れているのかわかるようになっている。

「悪い噂は立てたくはないです」

「俺の？　悪い噂？　はは！　花嫁を……神殿に匿《かくま》うのは、婚約者として当然だろ？　あいつらが勝手に俺を追い立てたのが悪いんだ。俺は自ら神殿に戻ったというのに。馬鹿だよなあ。俺が神殿から逃げ出して、どこに行くと思っているのか」

「それだけ……神殿から出てはいけない存在だということなのでしょう」

「は！　俺の選んだ花嫁は、やはり従順だ。可愛くて肌もつやつやで……王宮のしきたりには俺よりももう馴染《なじ》んでいるとはな。父上はいい国の娘を選んだ。これはおとなしく生贄《いけにえ》になりそうだ」

シュヴァルは、やにわにメイリアを抱きあげ、離宮の中心の通路を走るように進んで聖堂に入る。そして彼女を祭壇の上の大理石の上に横たえた。

「何を……」

「奪ってやる。奴にだけ、可愛く従順なお前を奪わせておくことはないだろう？」

シュヴァルがメイリアの腕を取って、正面を向かせて問いただしてくる。

その鮮やかな碧い目は真剣な怒りを滲《にじ》ませるように、熱く鋭い。

「奴って……」

「シュヴァル王子だ……まだ獣神になっていない……礼節正しく清らかな王子。あいつだけ……おまえを抱いているなど……許しはしない。おまえは……神になるものへの……供物なのだから……」

シュヴァルの額に赤々としたルビーの色が渦巻く。メイリアを掴む腕にも、赤紫の傷がうねりながら走ったかと思うと、そこから紅い血が滲んだ。

「う」

シュヴァルは痛みに呻《うめ》いた。その文様が強く浮きあがり、肌を裂いて出血をすると、彼の痛みはとてつもなく大きくなってくるようだ。

「生贄だ……生贄はおとなしくしていろ」

シュヴァルが呻く。

「私は……」

シュヴァルの指がメイリアの腕に食い込み、押し付けられた背中が砕けそうなほどだ。

それでもメイリアは、本気を出して彼の腕から逃れた。

「王陛下がお待ちですから、今はだめです。私また入浴からやり直しはごめんですから」

メイリアはシュヴァルの額の花の印を指の先で突いて、彼の身体の暴走を食い止める。

「ふん。それを今言われるのは確かに俺の〝下半身に宿る象〟を押しとどめるな」

「挨拶をして、ことの顛末を説明してからにしてくださらないと、私の父はシュヴァル様を殺します。当然私のことも」

メイリアの告白にシュヴァルは軽く肩をすくめて、唇を曲げる。

「ふん。では式の準備を国王にせっつかないとだな」

「え？　式って……」

「婚儀の式に決まってるだろ。俺とおまえの婚儀だ。まあもうやることはやっているから、国民と全世界へ知らしめるための婚儀の儀式だが。メイリアの父上が来訪している今、行うのが手っ取り早いか」

「あの……ちょっと待ってください……」

「待たぬ」

「待って。シュヴァル様は大神におなりですよね。大神は花嫁などもらえないとインディガイア様が……」

「普通の神族以上の存在だからな。大神が下りた身で、子供を作られたら、他の王族の地位が霞《かす》むだろう。だからそういう噂があるだけだ。今この俺が婚儀の式を行うと言えば王も大神官も反対することはできないだろう。それだけの権威があるんだから」

「そういうことなら、シュヴァル様にお任せしますけど……。お父様は、出席するかしら……あなたと結婚させるのは妹のファウリンにすると心に決めていたはずだから」

「お前の父上は娘をこの国に嫁がせ、親密な関係を築くことが目的だ。何番目の王女であっても、この国と結びつきができればそれで満足だろう」

　メイリアの腰に手を伸ばし、ギュッと両腕で抱き締める。メイリアは彼の唇が額に吸い付いてくるだけで、彼の背中に手を回してしがみつきたくなってくる。

「後悔しない？」

「後悔だと？」

シュヴァルがいつになく厳しい口調でメイリアのことを見つめてくる。

「あなたはファウリンを知らないから。彼女はとてもチャーミングで魅力的なの。男性は皆彼女を好きになるわ。もし彼女も今父とここに来ていてあなたと会ったら、私より……」

「馬鹿にするな」

メイリアの唇は彼の指先で塞がれた。

「俺が求めるのは、ファウリンではなく、メイリア……おまえだ。裏表なく優しく、他人のことばかり先に考え、そして自分はだめだと思い込んでいる。控えめだがその輝きは誰よりすごい俺の一番大切な王女だ。大神を宿す神族の俺に嘘《うそ》をついていてばれていないと思い込んでいたようなお馬鹿なところもとても好きだ」

シュヴァルはもう一度額に口づけてから、メイリアの腰をもっと強く引き寄せる。

「俺のものだ。俺の何よりかけがえのない姫だ……」

シュヴァルが長い腕を伸ばして抱いてくる。

「身体の中にあらゆる神や獣神を持つ俺の花嫁だ。おまえこそ後悔するなよ」

「そんな……ちっとも……」

狼《おおかみ》の爪がでて、象の耳や鼻が出て……人を何十人も一度に貫くことのできる牙がある。そんな獣の血が混じった獣神だ。ときおり意識も失うかもしれないが？」

「かまいません……」

「いつ下半身が咆吼するかもわからない。お前の身体が砕けるほど強く抱き、身体が裂けるほど挿入してしまうかもしれない。それでもいいんだな？」

メイリアはシュヴァルの目を見つめた。透明な、湖のように澄んだ瞳を見つめた。

険しく気高く、剣のごとく尖《とが》った眼差し。その奥に映るのはストロベリーブロンドを朝焼けのように輝かせた髪。朝靄《あさもや》のような肌。特別な睡蓮の色を見せる瞳。

彼の瞳に映る自分は特別な乙女に思える。

彼の瞳に映る自分は、強くて優しい王女に思える。

「あなたが好き……」

「ふん。嘘だったら承知しないぞ」

「嘘なんて……大神様につく嘘などばれてしまうんでしょ？」

「なんだか……その可愛《かわい》い唇を見ていたら耐えられなくなってきた……」

シュヴァルはメイリアの手を取って、指を絡ませながら、もう片方の手で胸を揉んだ。

「きゃ……ッ？」

シュヴァルは一度、瞳をルビー色に光らせ、獣のようにメイリアを見つめる。

だがすぐに輝きを放ちながらまたメイリアを正面からかかえ上げて、足を開かせ腰の位置まで固定すると祭壇の上にお尻を下ろす。

そして唇に熱いキスを落とし始める。

おでこに、そしてうねる髪に、口づけて、うなじを押さえて唇に深い口づけ、舌と舌を絡ませて、小さなメイリアの舌先を咥え込むように吸い上げる。

「んぅ……んく」

ちゅぱ……、音を立てて、何度も何度も吸い上げてはゆるりと離す。そうして何度メイリアの舌を味わっただろう。

シュヴァルは、勇ましくも雄々しい目でメイリアを見つめる。

朝陽が聖堂内に広がり、天界の祝福のごとく二人を照らす。

「ああ、だめだ、だめだ。これ以上ここにいてはまた姫に子作りを迫りたくなってくる。すぐ、王陛下に婚儀の式を挙げることを告白してくる。睦《むつ》みまくっていることを公《おおやけ》にしたら何十人という王子たちもメイリアに手出しはできなくなるだろうしな」

シュヴァルは自分の部屋でメイリアを着付けようと今か今かと待ち構えているだろう使用人たちの許にメイリアを連れて行こうとする。

肩にかけた長い緋色《ひいろ》のマントを翻して、しなやかな革紐《かわひも》で編まれたサンダルの靴底を、きゅっきゅと鳴らして、メイリアを抱いて床を蹴るように進んでいく。

巨象も悠々とくぐれるだろう、背の高い扉が聳《そび》えているのはすぐそこだ。

「待ってください」

「聞かぬと言ったであろう?」

彼は足で扉を蹴って、ひんやりとした外気と、白い朝靄《あさもや》の中に身を晒す。

「待って……だって、私……服を着ていません……から」

「なんだと？」

改めてシュヴァルは胸の中に抱きかかえているメイリアを見下ろす。

自分のマントやうねるドレープと、その上に纏《まと》うベストがメイリアの胸元を被ってはいたが、確かに少女の身体は朱に染まってはいるが、その肌は生まれたままの姿を晒している。

「なんということだ」

「シュヴァル様が……脱がしたんです」

「そうだな。だが……お前の裸があまりに自然で気づかなかったぞ」

「気づいてください……こんな格好で外に出たら私……恥ずかしくて……」

「ふん！　可愛い奴め。では、俺のマントでくるんでやる」

メイリアの身体に自分の黄金のマントをくるりと纏わせ、そして自らの腰に幾重にも巻かれていた黄金の絹のサッシュベルトをメイリアの胸下にくるくると巻き付けて、蝶《ちょう》結びにする。

「どうだ？　この結び方はおまえの国で学んだんだが合っているか？」

「ええ……ええ、合ってます……」

「そうか。これで……美しいドレスができあがったぞ」

部屋に戻ったシュヴァルは、前にメイリアに咎められていたにもかかわらず、メイリアの着替えを肘掛け椅子に座ってじっと見つめている。

十人以上いるメイドたちは、メイリアに大きなエメラルドの揺れるイヤリングをつけ、そして額や首に幾重にも連なる豪華な装飾品をつぎつぎとつけていく。

メイリアの胸は、短いコルセットから乳房が突き出たままのもので、恥ずかしさがこみあげてきていたが、乳房を覆うほどの金と宝石の胸飾りが垂れ下がり、白い肌を隠していく。

それでも、白い膨らみと桃色の乳首だけは胸飾りに隠されず、覗《のぞ》いていたが、この国ではそういう着こなしが王族には当然だとシュヴァルが向こうで頷《うなず》いているので、メイリアはしかたなくそのドレスを許容する。

「美しい身体なんだ。メイリア姫は裸が一番美しいぞ。許されるなら裸のまま王陛下や神官の前に連れ出したいほどだ。まあ他の男が嫉妬《しっと》に狂うのが目に見えているからやめておくが」

シュヴァルは、メイリアの乳房の形や乳首の可憐な色合いを肘掛け椅子から絶賛している。

メイリアは、そこまで絶賛してくるシュヴァルを多少迷惑にさえ思っていたが、「メイリアは最高に美しい」とくり返す彼に、遠い日の母の言葉を甦《よみがえ》らせている。

『メイリアは優しい子、美しい子、誰よりも可愛《かわい》いわ』

彼が褒めると、美しく装飾されていく自らの身体を自身でも誇らしく思えてくるからとても不思議だ。

「ああ、メイリア姫。女神のごとく輝いているぞ……」

それは大げさではなく、質の高い刺繍《ししゅう》の施された錦のマントと、身体のラインがわかる薄絹のドレス。ぴっしりと埋め込まれた宝石が彩る金のサッシュベルトで巻き上げられたメイリアの肢体は、とてつもなく妖艶で美しかった。

「このおみ足は汚してはいけないから、王の前まで俺が抱えていくからな。俺のものだ。可愛い姫。百人の兄弟が襲いかかってきても、俺だけのものだ。可愛いメイリア……」

彼の足が空をかけるようにして、森の向こうの〝王の宮殿〟に向かう間、メイリアはその囁《ささや》きをずっと耳にして幸福だった。

「俺のメイリア……花畑の隅に隠れていても、他の色を纏って潜んでいても、俺はきっとお前を見つけ出す。そうだろう？　メイリア姫」

「――ええ。私はあなただけの花《メイリア》だわ」

逞《たくま》しいシュヴァルの胸に抱かれて、メイリアは頬を薔薇色に染めながらも、菫色《すみれいろ》の瞳を向けてはっきりと答えていた。

あとがき

　ガブリエラ文庫様では初めまして、の斎王です。

『神様（仮）のはた迷惑な寵愛』は、西洋のお姫様が東洋の美しい神様に憧れて育ったという、ちょっと変わった恋物語りです。

　元々神に近しい存在の不思議な国の王族の王子、国のために有効な活動を望み、美貌だけれど女性に疎かったシュヴァル王子と、王族の美の基準から外れていたがために、引き籠もり気味の生活だったメイリア王女の二人が運命的に出会い、それぞれ秘密を持ちながら、愛し愛されするでこぼこ寵愛ドリームを書けて楽しかったです。そして、本作を華麗に、色っぽく彩ってくださったイラストをいただきました、すらだまみ様。本当にありがとうございます。そして本作を刊行するにご尽力いただきました編集様。校閲様。そのほか携わっていただきました様々な方に多大なる感謝を。いつもご迷惑おかけしてすみません。

　そしてご購入くださった読者様にも感謝の意を捧げます。

斎王ことり

ガブリエラ文庫

MSG-028

神様（仮）のはた迷惑な寵愛

2016年4月15日　第1刷発行

著　者　斎王ことり　©Kotori Saio 2016

装　画　すらだまみ

発行人　日向 晶

発　行　株式会社メディアソフト
〒110-0016　東京都台東区台東4-27-5
tel.03-5688-7559 fax.03-5688-3512
http://www.media-soft.biz/

発　売　株式会社三交社
〒110-0016　東京都台東区台東4-20-9　大仙柴田ビル2F
tel.03-5826-4424　fax.03-5826-4425
http://www.sanko-sha.com/

印刷所　中央精版印刷株式会社

斎王ことり先生・すらだまみ先生へのファンレターはこちらへ
〒110-0016　東京都台東区台東4-27-5
（株）メディアソフト ガブリエラ文庫編集部気付 斎王ことり先生・すらだまみ先生宛

ISBN　978-4-87919-325-4　　Printed in JAPAN

意地悪伯爵と不器用な若奥様
Novel 水島 忍
Illustration アオイ冬子
そんな顔をされたら
我慢できなくなるよ
地味なドレスの自分を「ネズミみたいだ」と言った意地悪な伯爵アリステアと、
結婚せざるを得なくなったイブリン。彼はこの結婚にロマンチックなものはな
いと言いながら彼女を着飾らせ事あるごとに優しく触れてくる。「隠さなくてい
い。君が敏感なことは判っている」彼のものにされ甘い悦びに浸った初めての
夜。アリステアへの想いを認めいつか彼にも愛されたいと夢見るイブリンに
彼の弟がこの結婚は遺産のためだと揶揄してきて!?
好評発売中！